Une inexplicable attirance

*

Pour l'amour du Dr Robinson

ANNIE CLAYDON

Une inexplicable attirance

Traduction française de
F. JEAN

BLANCHE

HARLEQUIN

Collection : Blanche

Ce roman a déjà été publié en 2021

Titre original :
SNOWBOUND WITH THE SURGEON

HARPERCOLLINS FRANCE
83-85, boulevard Vincent-Auriol, 75646 PARIS CEDEX 13
Service Clients — https://www.harlequin.fr/contenu/contactez-nous
ISBN 978-2-2805-2690-6 — ISSN 0223-5056

Édité par HarperCollins France.
Composition et mise en pages Nord Compo.
Imprimé en décembre 2025 par ScandBook UAB en Lituanie
en utilisant 100% d'électricité renouvelable.
Dépôt légal : janvier 2026.

FSC
www.fsc.org
MIXTE
Papier | Pour une gestion forestière responsable
FSC® C021394

Pour limiter l'empreinte environnementale de ses livres, HarperCollins France s'engage à n'utiliser que du papier fabriqué à partir de bois provenant de forêts gérées durablement et de manière responsable.

1

Trente pas pour arriver au portail — Neve les compta un par un. Ensuite, dix pas pour remonter l'allée. Finalement, il en fallut onze parce qu'elle dérapa sur la glace, agrippa la rampe du porche pour rétablir son équilibre, et se tordit l'épaule quand sa lourde trousse médicale tomba sur le sol.

Elle agita la main devant le détecteur de la lampe du porche, mais rien ne se produisit. L'électricité n'était toujours pas rétablie, apparemment, mais, à l'intérieur, le poêle en fonte de la cuisine devait dispenser une douce chaleur. A cette idée, Neve se sentit encore plus impatiente de rentrer.

Elle s'apprêtait à glisser sa clé dans la serrure de la porte d'entrée quand son téléphone sonna. Zut… Allait-il falloir qu'elle reparte sur la route, avec cette neige ?

Si jamais c'était le cas, elle s'y résignerait. Elle ferait demi-tour, et redescendrait l'allée au risque de se rompre le cou. Avec un peu de chance, il ne lui faudrait pas vingt minutes, cette fois, pour faire démarrer la voiture ! Oublié, son rêve de boisson chaude, sirotée les pieds nus devant le poêle afin de réchauffer ses orteils gelés…

— Oui, Maisie. Qu'est-ce que tu me réserves ?

— Une bonne nouvelle.

— C'est vrai ?

Ouvrant le battant, Neve entra dans le hall. Il n'y faisait

guère chaud, mais, devant elle, la porte de la cuisine était fermée, isolant la pièce contre le froid qui régnait dans le reste de la vieille ferme.

— Est-ce que je peux enlever mon manteau ?

— Tu es rentrée chez toi ?

— Oui, à l'instant. Il m'a fallu plus d'une heure pour rentrer, après ma dernière visite. Dans Cryersbridge, la route était bloquée par une voiture qui avait dérapé, et j'ai dû attendre qu'on la remorque.

— Tu dois être frigorifiée ! Es-tu au chaud maintenant, ma chérie ?

Maisie Johnstone était la femme du partenaire senior du cabinet médical du Yorkshire que Neve avait intégré huit mois plus tôt. Parfois, elle ne pouvait s'empêcher de materner Neve, que cela ne dérangeait nullement, en particulier en ce moment précis où elle avait bien besoin de réconfort.

— Au chaud ? Presque. Ne quitte pas...

Laissant tomber son sac, elle se dirigea vers la cuisine, ses chaussures éparpillant des éclats de glace sur la moquette. Quand elle ouvrit la porte, la chaleur l'enveloppa telle une couverture douce et accueillante. Elle gratta une allumette pour allumer les bougies sur la table, puis ôta son manteau, et s'assit. Retirant ses chaussures d'une main, elle pressa avec l'autre le téléphone contre son oreille.

— Dis-moi tout, Maisie — surtout s'il s'agit d'une bonne nouvelle.

Au bout du fil, son amie gloussa.

— Plusieurs cabinets médicaux de la région se sont rapprochés des autorités de la Santé pour monter un groupe de volontaires, équipé de 4x4. L'idée, c'est d'aider les médecins et les infirmières qui ont du mal à se rendre chez les patients. Pour demain, tu auras ton escorte personnelle.

— Génial ! Qui est-ce ? Quelqu'un du coin ?

— Il habite à Leminster, mais il vient du Canada, alors je suppose qu'il s'y connaît en matière de neige !

— Ça s'annonce bien, alors.

— Plutôt. Joe est un gentil garçon qui aime la vie au grand air. Il s'est installé ici juste avant Noël, l'année dernière. Il se déplaçait avec des béquilles, mais ça n'a duré que deux mois. L'été dernier, il a construit un porche pour Edie Wilcox, avec une rampe pour qu'elle ne tombe pas en rentrant ou en sortant de chez elle.

— Qui est Edie Wilcox ? demanda Neve.

Maisie, qui avait toujours vécu dans la région, semblait connaître la vie de tous les habitants dans un rayon de cinquante kilomètres.

— Elle habite à Leminster. Elle avait épousé ce vieux Stan Wilcox, et ils se sont disputés sans arrêt pendant trente-sept ans jusqu'à ce que Stan meure subitement d'une crise cardiaque. Elle ne s'en est pas remise et, pendant deux ans, elle n'est plus sortie de chez elle...

— Et maintenant ?

— Ça va ! Cette histoire remonte à une vingtaine d'années. C'est un personnage avec un sacré caractère, et avec elle, il ne faut pas se laisser intimider. Elle refuse que les assistantes sociales viennent la voir, mais avec Joe, c'est différent. Elle a dû se prendre d'affection pour lui parce qu'il a pu apporter quelques modifications chez elle afin qu'elle puisse plus facilement se déplacer.

Neve commençait à s'y perdre. Maisie l'avait énormément aidée à s'installer et à être acceptée par les gens du coin, mais elle déversait toujours un tel flot d'informations...

— Donc, le garçon avec le 4x4 s'appelle Joe ?

— Oui. Joe Lamont. Il voulait te rendre visite ce soir, juste pour prendre contact, mais il a dû te rater si tu viens de rentrer. Il n'a pas laissé de message ?

— Non, je n'ai rien eu.

— Dans ce cas, je vais lui téléphoner pour lui dire que tu es joignable.

— Ne te dérange pas, je vais l'appeler tout de suite…

Neve trouva un stylo et nota sur le dos de sa main le numéro que récitait Maisie.

— Ça va aller chez toi, j'espère ? poursuivit celle-ci. Tu sais que tu peux toujours venir chez nous.

— Ça ira très bien. Merci. J'ai tout ce qu'il me faut.

Elle avait de la nourriture, de la chaleur, et une bonne quantité de bougies. La cuisine de la ferme, qui occupait toute la largeur de l'arrière de la maison, permettait de loger sans difficulté une table et des chaises près de la cuisinière, plus un canapé-lit à l'autre bout de la pièce, à côté de la vieille cheminée en pierre. En cet instant précis, justement, elle rêvait de s'allonger.

— O.K. Je t'appellerai demain matin. Reste bien au chaud ! ajouta Maisie avant de raccrocher.

Une tasse de thé, pensa Neve, ensuite, un coup de fil à cet homme et, enfin, elle pourrait se coucher.

Elle remplit la bouilloire, et elle venait de la poser sur le poêle quand il y eut un bruit à la porte d'entrée, comme si quelque chose de lourd l'avait heurtée. Neve envisagea d'aller voir ce que c'était, puis y renonça. Si la toiture du porche s'était effondrée sous le poids de la neige, elle le verrait demain matin, cela pouvait bien attendre.

Mais deux nouveaux coups résonnèrent, puis l'écho indistinct d'une voix. Il y avait quelqu'un. Prenant une bougie, Neve s'aventura dans l'entrée.

Un mouvement et une lumière devant elle la firent sursauter. Quelle idiote ! C'était juste son reflet dans la glace de l'entrée ! Avec la flamme tremblotante de la bougie, elle avait l'air sortie d'un film d'horreur : son visage était blanc de craie avec des cernes noirs sous les yeux. Agacée, elle s'adressa une grimace et passa sa main libre dans ses boucles blondes en désordre dans un effort pour se rendre vaguement présentable.

— Qui est là ?

— Joe Lamont. Je cherche le Dr Harrison.

Quand Neve ouvrit la porte, une bouffée d'air glacial éteignit la flamme de la bougie, et elle ne vit devant elle qu'une grande silhouette sombre.

— Entrez. J'allais justement vous appeler.

— Merci...

La silhouette tapa ses grosses bottes contre le seuil, puis entra, et referma la porte derrière elle.

— Votre sonnette ne marche pas.

— Panne d'électricité, expliqua Neve. Attendez ici une minute. Je vais ouvrir la porte de la cuisine. Ça nous donnera un peu de lumière...

Soudain, le faisceau d'une lampe torche faillit l'aveugler, et une main gantée saisit la sienne.

— Tenez. Prenez ça.

Tout ce que Neve put enregistrer, ce fut un parfum agréable, le genre de parfum produit par la peau et le savon, et non par un liquide sorti d'un flacon.

Le visiteur lui plaça sa lampe torche dans la main et se recula aussitôt, comme pour lui laisser de l'espace.

— Merci, dit-elle.

Intriguée, elle eut envie de diriger la lumière en direction de Joe, mais elle y résista et, se détournant, se dirigea vers la cuisine.

— Venez par ici.

Elle referma derrière eux la porte de la cuisine puis regarda Joe ôter ses gants et baisser la fermeture Eclair de son épaisse veste. Il était grand, avec ce qui lui sembla des épaules larges, mais peut-être était-ce seulement dû à l'épaisseur de ses vêtements.

— Vous vous débrouillez, ici, toute seule ? demanda-t-il.

Il possédait une voix grave, avec une trace d'accent canadien. C'était le genre de voix qui devait rassurer si on avait des problèmes, et Neve commençait presque à regretter de ne pas en avoir...

— Bien. J'ai du chauffage et de la lumière.

Elle éteignit la lampe torche et, dans la lumière de la bougie, les traits du visage de Joe parurent plus doux.

— Et pour les provisions ?

— Il m'en reste quelques-unes. Je vais faire du thé. Est-ce que vous en voulez ?

Joe parcourut rapidement la pièce du regard, l'air un peu sceptique, puis il hocha la tête.

— Oui, merci. Ce serait bien.

— Asseyez-vous. Si vous enleviez votre manteau ? Vous allez avoir trop chaud ici.

Il jeta le vêtement sur le dossier d'une chaise puis s'assit, passant distraitement la main sur le chêne abîmé de la table.

— Vous faites chauffer de l'eau sur le poêle ?

— Oui. Il y a des coupures de courant de temps en temps, alors j'ai fait installer un poêle à mazout.

Apparemment, l'interrogatoire n'était pas terminé, mais cela ne dérangeait pas Neve : elle avait toutes les réponses.

Un sourire malicieux releva les commissures des lèvres de Joe.

— Je vous agace peut-être avec ma sollicitude de voisin ?

— J'apprécie, mais, effectivement, elle n'est pas nécessaire.

Dissimulant son amusement derrière la porte du garde-manger, Neve prit la boîte à biscuits et la posa sur la table à côté de la théière.

— Servez-vous.

Joe la remercia d'un hochement de tête, et saisit le mug de thé qu'elle faisait glisser dans sa direction. Il avait l'air... tendu ? Non, ce n'était pas le mot. Attentif à tout ce qui se trouvait autour de lui, plutôt. Et Neve regretta de ne pas avoir eu le temps de replier le canapé-lit, ce matin... Mais avec un peu de chance, un éventuel sous-vêtement oublié dessus passerait inaperçu dans la faible lumière de la bougie.

— Vous n'êtes pas d'ici ?

Joe regardait Neve avec attention, et, par réflexe, elle remit rapidement de l'ordre dans ses cheveux.

— Du Sud ? reprit-il.

— Londres.

Il parut satisfait.

— Je fais des progrès. Quand je suis arrivé dans ce pays, je trouvais que tout le monde avait le même accent.

— Et vous, vous venez du Canada ?

Le sourire qu'il afficha rehaussa encore son physique superbe.

— Cela s'entend !

— En fait, Maisie me l'a dit... Vous devez avoir bien plus d'expérience que moi en matière de conduite sur neige, alors.

Il valait mieux revenir au travail. Ce sourire, et cette attitude à la fois détendue et attentive, c'était si troublant...

— Un peu. Là-bas, c'est quand même différent.

— La neige, c'est toujours de la neige, non ?

— Ma grand-mère inupiak ne serait pas d'accord avec vous sur ce point. Elle vivait dans le Grand Nord quand elle était enfant, et elle pourrait écrire un livre sur les différents types de glace.

Cela expliquait son physique, pensa Neve — des cheveux noirs qui effleuraient le bord du col de son épais chandail, des yeux noirs, et des pommettes bien dessinées.

— Mais comment avez-vous atterri ici ?

— Mon autre grand-mère était originaire de cette région. Sa famille a émigré au Canada quand elle était petite, mais elle me racontait souvent des histoires sur l'Angleterre, alors j'ai décidé de venir voir le pays et, finalement, j'y suis resté... Et puis, c'est une bonne base pour voyager en Europe.

— Vous voyagez beaucoup ?

— Un peu. J'ai vu une bonne partie de l'Europe. De l'Afrique et de l'Asie aussi, répondit-il, évasif, comme si tout cela n'était presque rien. Depuis combien de temps vivez-vous ici ? reprit-il.

— Huit mois.

— Le coup de foudre ?

— Pardon ?

Soudain, elle eut l'impression qu'elle tombait dans les profondeurs de ce regard sombre. Cet homme-là avait vraiment quelque chose...

— Je veux dire : vous êtes tombée amoureuse de cet endroit. Comme moi.

Ce n'était pas tout à fait le cas, pensa Neve. Le Yorkshire avait seulement représenté pour elle une sorte de refuge, loin de Londres.

— J'apprécie de plus en plus. Maisie a été très gentille avec moi.

— C'est un personnage, n'est-ce pas ? Quand elle m'a appelé pour me demander de l'aide, il n'était pas question de refuser...

— Mais je croyais que vous étiez volontaire ?

— Maintenant, oui.

Neve ressentit un pincement au cœur.

— Donc, Maisie vous a convaincu d'assurer cette mission. Ecoutez, si vous ne voulez pas...

— Tout va bien. Je tournais en rond chez moi, à ne rien faire, et je cherchais un moyen de me rendre utile. Maisie m'a juste rendu service. Sur mon SUV, j'ai des pneus hiver qui permettent d'affronter n'importe quel temps, et des chaînes, en cas de problèmes. Vous serez en sécurité.

— Je n'en doute pas.

Joe n'avait pas besoin de la rassurer puisque Maisie l'avait recommandé, mais, de toute façon, il avait quelque chose de spécial. Par ailleurs, leur brève conversation incitait Neve à lui faire confiance.

— Maisie m'a dit qu'on vous a attribué la partie nord du secteur du cabinet médical...

Il sortit une carte de la poche de sa veste, et l'étala sur la table.

— Cette zone..., ajouta-t-il, décrivant une boucle avec le bout du doigt.

— C'est exact. Nous avons partagé la clientèle en trois, et chacun de nous couvre un secteur. Nous organisons aussi temporairement des consultations dans des salles paroissiales pour les gens qui ont du mal à venir au cabinet médical. Cela réduit nos déplacements.

Joe regardait pensivement la carte.

— J'imagine que vous êtes quand même très occupée. Vous n'avez pas eu de chance en tirant à la courte paille certains des coins les plus difficiles. N'auriez-vous pas pu échanger avec un médecin possédant plus d'expérience de la région ?

Neve se raidit. Elle n'aimait pas qu'on lui dise ce qu'elle pouvait ou ne pouvait pas faire : c'était une des raisons pour lesquelles elle était venue là.

— Chacun a pris le secteur le plus proche de son lieu de résidence. Je suis capable de faire face.

Il lui adressa un sourire désarmant.

— Mais je n'en doute pas le moins du monde ! A quelle heure voulez-vous que je vienne, demain ?

« A 6 heures, avec une tasse de café et un croissant chaud... », répondit mentalement Neve.

Elle chassa ce fantasme, le trouvant tout à fait déplacé.

— Si rien d'urgent ne se présente, je commencerai à Leminster à 9 heures demain. Je peux conduire jusque là-bas pour vous rejoindre...

Il replia la carte et se leva.

— Non. Je passe vous prendre ici à 8 h 30. Maintenant, il faut que je me sauve. Je vais en ville, au supermarché.

— A cette heure-ci ?

— J'ai promis à une personne de faire des courses pour elle. Avez-vous besoin de quelque chose ?

De la main, il désignait le bocal largement entamé qui trônait sur le comptoir de la cuisine.

— Du beurre de cacahuètes, par exemple ?

Un peu insistant, pensa Neve. Mais, effectivement, elle allait se trouver à court de certaines denrées...

— Eh bien... peut-être une chose ou deux — si ça ne vous dérange pas.

— Pas du tout. Donnez-moi une liste.

2

Un bol de porridge bien chaud, une banane qui avait connu des jours meilleurs, du café, du pain grillé et le beurre de cacahuètes qui restait… Voilà qui devrait suffire pour tenir toute la matinée. Vers 8 h 20, Neve avait replié le canapé-lit, et elle se demandait s'il était sage de ranger sa couette dans la chambre glaciale de l'étage quand elle entendit le bruit d'une voiture dans l'allée. Abandonnant la couette, elle s'aventura dans l'entrée et jeta un coup d'œil en direction du jardin.

Les arbres étaient couverts de neige fraîche tombée pendant la nuit. Le ciel était bleu clair, et les champs, d'un blanc étincelant. Le paysage possédait une beauté rude.

Et à propos de beauté rude…

Joe venait de descendre de son SUV blanc. Le haut châssis et les grandes roues semblaient tout à fait aptes à affronter le terrain difficile de ce jour-là, tout comme Joe. Après avoir observé pendant quelques instants le ciel et la route au loin, il jeta sur son épaule un grand sac en toile avant de se diriger vers la maison. Le portail, gainé de neige et de glace, refusa de s'ouvrir, alors il sauta sans effort par-dessus le muret.

Elle ouvrit la porte sans attendre qu'il ait frappé, consciente de trahir ainsi une légère impatience.

— Bonjour ! Vous avez réussi à passer...

Il eut un haussement d'épaules, comme si cela n'avait aucune importance. Ensuite, il ôta ses bottes et entra d'un pas décidé dans la cuisine, où il posa le sac aux pieds de Neve.

— J'espère que c'est bien ce que vous vouliez...

Neve se pencha pour vérifier rapidement. Il y avait tout ce qui était indiqué sur sa liste, et même davantage. Des bananes, des pommes et un petit panier de fraises.

— J'ai vu que votre coupe à fruits était presque vide, dit Joe, désignant l'unique pomme ridée que contenait le saladier.

L'idée qu'il avait tout observé était un peu embarrassante.

— C'est vraiment très gentil de votre part. Merci.

— De rien.

Il plongea la main dans sa poche et en ressortit une note et de la monnaie qu'il posa sur la table.

— Vous avez dû dépenser davantage ! dit Neve.

— J'ai fait plusieurs magasins, et les fraises, quelqu'un me les a données hier.

Qui ? Neve décida de ne pas poser de question. Elle se hâta de ranger les denrées non périssables dans la cuisine puis elle ouvrit la porte du cellier où elle prit une caisse en plastique qu'elle alla poser sur la table.

Joe suivait tous ses gestes du regard, et Neve sentit l'anxiété la gagner. Ce vieux sentiment d'avoir quelque chose à prouver, elle pensait l'avoir laissé derrière elle, quand elle avait emprunté l'autoroute à la sortie de Londres, et mis le cap au nord.

Comme elle s'escrimait en vain sur les attaches de la caisse, Joe intervint.

— Laissez-moi faire.

Sans lui laisser le temps de protester, il tapa sur le couvercle pour en détacher un morceau de glace puis le souleva.

A l'intérieur de la caisse, il y avait un quart de litre de lait et une brique de jus de fruits, tous les deux gelés. Comme Joe ouvrait des yeux étonnés, Neve se sentit agacée par sa question muette.

— Qu'y a-t-il ? demanda-t-elle.

Ayant rangé le reste des courses, elle remit le couvercle en place.

— Rien... Si j'avais su que vous manquiez à ce point de provisions, j'aurais apporté plus de choses.

— Tout va bien — je vous l'ai dit hier soir.

Neve s'entendit parler sèchement, et se rappela que Joe faisait cela par pure gentillesse. Elle devait faire un effort pour se montrer plus agréable.

— Est-ce que nous y allons ?

— Dès que vous m'indiquerez la destination, répondit Joe.

Neve s'assit à la table de la cuisine. Elle réagissait peut-être d'une manière excessive. Ce n'était pas la faute de Joe si la curieuse sensation qui naissait au creux de son estomac chaque fois qu'elle le voyait lui rappelait la promesse qu'elle s'était faite : ne plus jamais se laisser dominer par un homme !

Elle poussa en direction de Joe une feuille de papier posée sur la table.

— Voici ma liste. Nous devons aller d'abord à Leminster, et pour les autres visites, nous pourrons adopter l'ordre le plus facile en termes d'itinéraire.

— Bien.

Joe sortit une carte de sa poche, l'étala sur la table, et désigna du doigt les autres destinations de la liste.

— Donc, si en partant de Leminster, nous roulons vers le nord...

Dessinant un cercle approximatif, il traça quarante-cinq kilomètres de conduite à travers des routes verglacées.

— Ce serait très bien, commenta Neve. Mais est-ce que c'est faisable ?

— Ça, c'est mon problème.

— Dans ce cas, allons-y.

Joe récupéra ses gants sur la table de la cuisine puis replia la carte, semblant soudain pressé de partir. Une lueur pugnace dans ses yeux semblait adresser un avertissement au monde entier : les obstacles n'étaient pas un problème.

Elle saurait bien assez tôt si Joe était à la hauteur. Elle prit un de ses sacs de matériel médical qui attendait, tout prêt, à côté de la porte, et Joe saisit le second.

Pendant qu'il roulait sur le chemin sinueux et dangereux qui menait au village de Leminster, Neve demeura silencieuse. Peut-être se méfiait-elle de lui ?

Joe chassa cette pensée. C'était le genre de femme qui n'avait peur de rien, c'était évident ! Quand il avait vu la lueur résolue de ses yeux bleus, il avait senti tous ses sens se ranimer, lui rappelant qu'il avait longtemps vécu pour le genre de défi qu'elle affrontait maintenant. Son parfum et sa manière de bouger ajoutaient à la tentation… Ces pensées-là, il les chassa aussi.

Joe s'était mis à l'épreuve. Quand il était arrivé dans le village, il avait délibérément évité tout ce qui pouvait avoir un rapport même lointain avec sa vie d'avant, mais, maintenant, l'occasion lui était offerte de combler un besoin. S'il pouvait aider, sans s'impliquer dans l'aspect médical des choses, il franchirait une étape décisive, et rejetterait vraiment son ancienne vie dans le passé.

A Leminster, il s'arrêta devant la salle paroissiale où un dispensaire avait été aménagé pour ceux qui pouvaient se déplacer. A l'extérieur, la neige fraîche était déjà piétinée par le passage des patients. A l'intérieur, le rassemblement s'était transformé en un café du matin improvisé.

A voir le sourire détendu sur le visage de Neve quand

elle entra, on n'aurait jamais deviné qu'elle comptait probablement les têtes, se demandant combien de temps elle devrait rester là. D'un pas vif, elle fendit la petite foule bruyante, et tapa dans ses mains.

Aussitôt, le silence se fit. C'était en soi un petit exploit, et Joe se surprit à sourire.

— Qui est venu pour moi ? demanda-t-elle.

A l'entendre, on aurait cru qu'il s'agissait d'une fête, et qu'elle était ravie de voir que tant de gens étaient présents.

Six mains se levèrent. En réponse, elle afficha un sourire lumineux.

Elle possédait des manières agréables. D'expérience, Joe savait que si on voulait connaître un médecin, il fallait d'abord regarder ses patients. Et à en juger par les expressions des gens présents, Neve était un excellent médecin — doté d'un style incontestablement différent du sien ! Avec les patients, elle se comportait d'une manière plus familière et moins cavalière que lui, mais ce n'était pas une mauvaise chose...

Joe se rappela mentalement à l'ordre. Il était là pour lui servir de chauffeur. Point.

— Qui est le premier ?

— Fred Hawkins ! répondit une voix.

Le patient en question, assis dans un coin de la pièce, prit sa canne pour se lever.

— Finissez tranquillement votre thé, Fred, il me faut deux minutes pour m'installer.

Neve adressa un sourire à Joe puis se dirigea vers l'intendant qui la guida jusqu'à une des petites pièces au fond de la salle.

En organisant une consultation dans cet endroit, Neve n'avait pas l'intention de mener une enquête sur Joe Lamont, mais beaucoup d'informations surgirent. Pendant qu'elle auscultait la poitrine de Fred Hawkins, celui-ci lui confia que Joe était un « assez bon charpentier ». Lisa Graham parla sans cesse de lui pendant que Neve examinait une grosseur sur la jambe de son fils, et Ann Hawkins, directrice de l'école primaire et épouse d'un cousin de Fred, raconta que Joe avait construit un terrain de jeux pour l'école, quelques mois auparavant.

— Pendant quelque temps, on a beaucoup parlé de lui...

Ann s'interrompit avec une moue de douleur quand Neve ôta le pansement de son doigt enflé, révélant une coupure.

— Est-ce que vous sentez quand je touche ici ? Et là ? demanda-t-elle en palpant doucement la main.

— Oui... C'est un vrai plus pour nous, ce terrain de jeux. Les enfants en sont fous.

— Bien. Je vais poser des points, et je vous prescrirai des antibiotiques par sécurité.

— Merci. Il n'a pas l'air d'avoir quelqu'un. Pourtant, plusieurs jeunes femmes ont tenté leur chance. J'ai dû remettre les pendules à l'heure avec nos aides-enseignantes qui le regardaient par la fenêtre, toutes béates d'admiration au lieu de faire leur travail.

Neve réprima une envie de sourire. Apparemment, le charme de Joe ne se limitait pas aux aides-enseignantes. La directrice de l'école elle aussi avait été atteinte par l'épidémie Joe Lamont, comme, semblait-il, la moitié du village.

— Mais qu'est-ce qu'il fait exactement comme métier ? demanda-t-elle, cédant à la curiosité.

— J'ai entendu dire qu'il avait été militaire, mais je me demande si c'est vrai. Il n'a pas l'air de travailler maintenant — en dehors, bien sûr, de ce qu'il fait tous les soirs sur internet.

Sur internet... Joueur professionnel ? Joe aurait le parfait visage du joueur de poker s'il le voulait. Ecrivain ? Cyber-entrepreneur ? Une combinaison des trois, peut-être ?

— Quelques rumeurs ont circulé, mais ce n'étaient que des bavardages, poursuivit Ann. Quand même, les gens se posent des questions.

C'était assez vrai. Le secret, pour garder un secret, c'était de ne jamais laisser personne soupçonner qu'on en avait un ! Neve n'avait jamais parlé à quiconque de son mariage, et donc, personne n'avait eu l'idée de demander pourquoi l'union avait tourné à la catastrophe...

— Attention, ça va piquer un peu.

Ann esquissa une grimace quand Neve nettoya puis désinfecta la plaie.

— Quand il est arrivé, il n'allait pas bien, c'était évident. Vous savez que sa grand-mère est née à Leminster ? Fred se souvient d'elle. Il l'a connue quand il était petit. C'était une jolie femme, paraît-il.

Peut-être était-ce pour cette raison que le village avait pris Joe en affection : le fils prodigue était revenu. Mais Neve savait d'expérience que le respect qu'on obtenait dans ces villages se gagnait en général, et ne s'obtenait pas par rapport à la personnalité d'une grand-mère.

Elle remit à Ann l'ordonnance qu'elle venait de rédiger.

— Bien ! Voilà pour vous. Pouvez-vous aller à la pharmacie aujourd'hui ?

Ann se leva.

— Oui, pas de problème. Vous allez reprendre la route maintenant, je suppose. Vous devez avoir beaucoup de travail.

— Oui, mais avec Joe qui conduit, c'est beaucoup plus facile.

— Mmm... Avec ce temps, vous avez bien besoin de quelqu'un pour vous aider, n'est-ce pas ?

Quand Neve termina sa consultation, on avait persuadé Joe de monter sur une échelle pour fixer des décorations de Noël aux poutres du haut plafond. Auparavant, il avait aidé à déplacer le piano pour faire de la place pour l'arbre de Noël. Aussi, ce fut avec soulagement qu'il remit sa veste avant de regagner la voiture avec Neve.

Celle-ci remarqua qu'il portait une petite boîte en plastique.

— Qu'est-ce que c'est ? demanda-t-elle.

— Du gâteau au chocolat. J'ai dit que c'était un peu tôt pour moi, alors on m'a donné deux grosses parts pour plus tard dans la journée. Il y en a une pour vous.

Neve allait peut-être accueillir cette proposition d'une manière un peu distante…

— Ah, c'est bien… J'aime le gâteau au chocolat.

Décidément, on ne savait jamais à quoi s'attendre avec elle ! pensa Joe, amusé.

Le premier véritable problème de la journée se présenta un kilomètre plus loin, sous la forme d'un minibus blanc. Presque invisible dans ce paysage enneigé — seul le logo de couleur vive sur le côté se distinguait nettement —, il bloquait la chaussée devant eux.

Joe ralentit et s'arrêta.

— Une équipe de télévision…

— Comment le savez-vous ?

— J'ai entendu dire qu'elle avait tourné dans le secteur de Leminster — sur les villages en crise, ce genre de chose.

— Apparemment, le village gère mieux la crise qu'eux ! commenta Neve.

— Oui. Ils pourraient peut-être se filmer eux-mêmes !

Dans un bruit de moteur vrombissant, les roues du minibus patinaient.

Joe sortit de la voiture pour se diriger vers le véhicule et interpeller le chauffeur.

— Hé ! Attendez. Ça ne sert à rien, ce que vous faites...

Le moteur s'arrêta brusquement, la portière s'ouvrit, et une femme descendit.

Joe n'eut guère de mal à la convaincre d'accepter son aide. Il revint au SUV, signalant à Neve son exaspération par une moue éloquente, et ouvrit le hayon.

— Qu'est-ce que nous allons faire ? demanda-t-elle en le rejoignant.

Dérapant sur le verglas, elle s'accrocha à Joe pour ne pas tomber.

— Vous devriez peut-être rester dans la voiture, suggéra-t-il.

— Et puis quoi encore ? Me recoiffer ? Retoucher mon maquillage ? répliqua-t-elle.

Son ironie agaça Joe. Comme elle était susceptible... Pourtant, il ne put s'empêcher de sourire — peut-être à cause de la vulnérabilité qu'on sentait sous une dureté apparente, ou peut-être à cause du courage de cette femme que rien ne semblait intimider.

— Si vous utilisez le rétroviseur, n'oubliez pas de le remettre ensuite dans la position où vous l'avez trouvé.

Après un instant d'indignation muette, elle se détendit.

— Excusez-moi. Vous comprenez, cela fait un certain temps maintenant que je me débrouille toute seule...

— Je sais.

Elle s'appuya contre la voiture.

— Qu'est-ce que vous comptez faire ?

— Les tirer de là avec un câble de remorquage. Mais avant, je vais devoir poser des chaînes sur mes pneus.

— Et ça, à quoi est-ce que ça va servir ?

Neve pointait l'index en direction d'un grand sac de litière pour chats qu'il avait posé à côté d'eux dans la neige.

— C'est pour absorber l'eau autour des pneus et améliorer l'adhérence.

Joe saisit la pelle rangée dans son coffre et la déplia rapidement.

— Vous avez un chat ? demanda Neve.

Le plus infime détail l'intéressait ! pensa Joe, amusé.

— Pourquoi est-ce que j'achèterais de la litière si je n'avais pas de chat ?

Il prit le sac et, foulant la neige épaisse, il se dirigea de nouveau vers le minibus immobilisé.

— Si vous avez besoin d'aide, dites-le-moi ! lança Neve.

— Bien sûr. Et si vous ne retrouvez plus votre peigne, dites-le-moi.

Neve s'appuya contre la portière arrière du SUV. Deux hommes étaient sortis du minibus, et Joe avait mis l'un d'eux au travail avec la pelle, pendant que lui-même répandait la litière pour chats autour des roues. Les laissant à leur besogne, la conductrice du minibus s'avança vers Neve.

— Je suis contente que vous soyez arrivés, dit-elle, affichant un large sourire. Votre ami sait s'y prendre, apparemment. Qu'est-ce que vous faites sur la route aujourd'hui ?

— Je suis médecin. J'ai des visites à domicile à effectuer.

— Ah, très bien ! Et lui ? Il est médecin aussi ?

— Non. Bénévole. Il fait office de chauffeur.

— C'est gentil. Pendant que nous sommes bloqués, vous pourriez peut-être m'accorder une interview.

Sans attendre la réponse de Neve, la femme fit signe au deuxième homme qui, debout près du minibus, regardait Joe travailler.

— Je ne crois pas que nous ayons le temps, répondit Neve. Il faut que nous reprenions la route…

— Ça ne prendra qu'une minute. Nous ne vous retarderons pas.

Neve faillit rétorquer qu'ils les retardaient déjà, avec leur minibus en travers de la route.

— J'ai des patients à voir...

— Je vous promets que ça ne prendra que quelques instants. Ou, si vous préférez, vous pouvez les rejoindre et faire semblant de donner un coup de main.

Elle n'allait quand même pas faire semblant d'aider Joe pour la caméra ! D'un pas décidé, elle se dirigea vers le minibus, où Joe, à présent, extrayait de la glace et de la neige de dessous le châssis.

— Nous partons bientôt, je pense ?

Quand il se redressa, Joe aperçut le trépied et la caméra déjà en place.

— Elle vous a demandé une interview, c'est ça ?

— Oui. Mais j'ai répondu que nous n'avions pas le temps, répondit Neve. Il faut que nous reprenions la route...

Joe sourit, sans doute amusé de la voir dans l'embarras — ce qui agaça Neve.

— J'ai peur que ce ne soit pas pour tout de suite. En plus, je travaille mal quand on me regarde, alors ce serait bien que vous détourniez leur attention pendant quelques minutes.

— Merci beaucoup.

— Je croyais que vous vouliez aider.

Ce n'était pas vraiment ce genre d'aide qu'elle avait envisagé ! Tournant les talons, elle retourna vers la caméra.

— Prête ? demanda la femme en souriant. Vous voulez bien enlever votre bonnet de façon qu'on voie votre visage ?

Résignée, Neve se plaça à l'endroit qu'on lui indiquait, ôta son bonnet, et fit un effort pour sourire.

La caméra balaya les collines enneigées puis s'arrêta sur elle.

— Comment faites-vous face à ces conditions difficiles ?

demanda la journaliste. Est-ce que vos patients se passent des soins médicaux dont ils ont besoin ?

— Non, nous voyons tout le monde. Nous nous en sortons très bien.

— Mais vos ressources doivent être drastiquement réduites, et proches du point de rupture. Combien de temps pourrez-vous tenir ainsi ?

— Aussi longtemps que nécessaire. Nous nous attendons à avoir de la neige ici pendant l'hiver, alors tout est prévu. Le travail se déroule comme d'habitude.

Neve avait essayé de mettre dans ses propos tout le sérieux de sa profession, ce qui était difficile car une bouffée de vent glacé venait de la gifler, lui coupant le souffle, et lui faisant couler le nez.

Elle se sentit sauvée en entendant les hoquets du moteur qui redémarrait. Assis au volant, Joe faisait lentement avancer le minibus et le sortait du bourbier de neige fondue qu'avaient produit les roues en patinant.

— Excusez-moi, il faut que j'aille aider.

Elle se hâta d'aller chercher le sac de litière vide et la pelle pliable qu'elle rapporta dans la voiture de Joe où elle s'installa. L'équipe de reportage tourna quelques dernières images de Joe regagnant le SUV puis remballa la caméra, non sans quelques difficultés, et repartit.

Joe suivit le minibus qui se frayait un chemin sur la route étroite et enneigée. Comme la chaussée s'élargissait, il actionna ses feux de route, et d'un bref coup d'avertisseur il demanda au chauffeur du minibus de le laisser passer.

Il le dépassa puis accéléra, les roues projetant une gerbe de neige.

— Frimeur ! lança Neve.

Il se mit à rire.

— Vous avez semblé un peu déconcertée par certaines questions de la journaliste.

Il avait remarqué. Pas étonnant : il remarquait tout.

— Enfin, à quoi est-ce qu'ils s'attendaient ? A ce que je dise à la télé que mes patients auraient de la chance si je leur rendais visite la semaine prochaine ?

— C'est probablement ce qu'ils espéraient entendre.

— Eh bien, tant pis pour eux. Nous arriverons à effectuer toutes les visites.

Joe lui adressa un sourire qui la fit fondre.

— Bien sûr !

Onze heures plus tard, dont la moitié passée sur le siège passager, et l'autre moitié à voir ses malades, Neve, resplendissante, ne semblait pas du tout épuisée. D'expérience, Joe savait que cela demandait des efforts.

Quand ils s'arrêtèrent devant la ferme, ce soir-là, elle émit un profond soupir de soulagement.

— Regardez…

Une lumière accueillante brillait sous le porche.

— Le courant est rétabli ?

— Oui. Venez donc boire un thé !

La chaleur d'une cuisine de ferme pleine de coins et de recoins, et la chaleur du sourire de Neve… Dans une vie passée, qui lui paraissait si lointaine, à présent, au point que tout semblait être arrivé à quelqu'un d'autre, Joe aurait accepté sans hésiter.

— Non, merci, il faut que je rentre, répondit-il. A demain, même heure ?

— Demain, c'est samedi. Vous ne prenez pas votre week-end ?

— Et vous ?

Elle eut un haussement d'épaules.

— Pas celui-ci. Je serai en congé le week-end prochain.

Le sourire de Neve fit oublier à Joe les fatigues de la journée.

— A demain matin, alors. 8 h 30.

— Disons 9 heures, si ça vous va. Je crois que nous méritons bien une grasse matinée.

— 9 heures, c'est d'accord.

— Merci pour tout ce que vous avez fait aujourd'hui, Joe. J'apprécie vraiment.

Il l'avait fait avec un grand plaisir. Savoir qu'elle comptait sur lui, et l'avoir ramenée saine et sauve chez elle, avait donné à Joe le sentiment qu'il avait recouvré sa force — peut-être…

Il remonta l'allée avec les sacs de Neve, les posa devant la porte d'entrée, et fit demi-tour aussitôt, avant que la tentation d'un thé devienne trop forte. Réinstallé dans son SUV, il attendit que Neve soit rentrée avant de mettre le moteur en marche et de s'en aller.

3

— Où allons-nous ? Que dit la liste ?

Depuis trois jours, la « liste » indiquant le nombre de personnes inscrites et leurs adresses constituait le principal objectif de leurs vies. C'était un défi, et une bonne raison pour Neve de passer ses journées avec Joe — qui commençait à adorer la « liste ».

Neve le laissait gérer sa partie : choisir l'itinéraire, conduire et, à l'occasion, déblayer la neige. Mais la liste, c'était sa responsabilité personnelle.

— Plus que quatre patients, dit-elle. Pas mal. Il faut aller à Holcombe Crag, et ensuite, il y aura trois autres visites entre ce village et Leminster.

— Par où commençons-nous ?

Joe laissait toujours Neve fixer les priorités en fonction de l'urgence.

— Ce serait peut-être mieux d'aller à Holcombe Crag tant qu'il fait jour. Qu'en pensez-vous ?

Saisissant le sachet de caramels sur le tableau de bord, elle lui en proposa un, et quand il secoua la tête, elle en prit un pour elle-même qu'elle sortit de son emballage.

— Probablement, mais ne vous inquiétez pas pour ça. Si d'autres patients ont besoin d'être vus en premier…

— Non, ce ne sont que des visites de routine. Ces patients

pourraient attendre demain si nous n'avions pas le temps aujourd'hui. Mais Nancy Olsen a un petit bébé, alors j'aimerais la voir cet après-midi.

Approuvant de la tête, Joe mit le moteur en marche.

— Holcombe Crag. C'est parti.

Neve observa les nuages qui envahissaient le ciel.

— Est-ce que nous allons y arriver ? Apparemment, le temps se couvre.

— Nous avons largement le temps d'aller là-bas et de revenir avant la nuit... C'est votre téléphone ou le mien qui sonne ?

— Le mien, je pense.

Neve ouvrit sa veste pour prendre son téléphone dans la poche intérieure, et scruta le petit écran.

— C'est un texto de Maisie.

— Une autre visite à domicile ?

— Non... Elle dit : « Nouvelle de la radio locale. Voiture transportant père et jeune fils trouvée abandonnée dans votre secteur ce matin. Recherches en cours. Ouvrez l'œil. »

Neve envoya un bref accusé de réception à Maisie puis remit son téléphone dans sa poche.

— Avec ce temps, n'importe quelle personne à pied risque de mourir gelée !

— Oui. Espérons qu'ils auront pu trouver un abri, répondit Joe, l'air inquiet. C'est dommage qu'ils ne soient pas restés dans leur voiture.

— J'espère qu'on va bientôt les retrouver.

— En arrivant là-bas, j'inspecterai les alentours. Qui sait ? Avec un peu de chance...

Joe bifurqua pour emprunter la piste qui grimpait en direction de Holcombe Crag. La pente de la colline était raide et, à présent, le verglas et la neige apparaissaient comme des obstacles infranchissables. Mais Joe prenait les choses avec calme et détermination, confiant dans les possibilités de sa voiture sans toutefois lui demander l'impossible.

Quelques minutes plus tard, il s'arrêtait devant une maison de pierre à étage qui se dressait sur la pente, aux trois quarts de la colline.

— Si je monte jusqu'au sommet, j'aurai une bien meilleure vue.

Joe sortit des jumelles du coffre de la voiture — que Neve considérait de plus en plus comme une caverne d'Ali Baba remplie d'objets utiles.

— Pour combien de temps en aurez-vous ?

Elle consulta sa montre.

— Disons ici dans une demi-heure, si ça vous convient ?

Il acquiesça de la tête et lui confia son trousseau de clés. D'ordinaire, il portait toujours ses trousses médicales jusqu'à la maison du patient, et Neve se sentit perturbée par ce soudain manquement à ce qui était devenu entre eux un petit rituel confortable. Il devait être inquiet...

Elle le regarda s'éloigner rapidement. Fort et résolu. Elle essayait de ne pas dépendre de lui car il ne fallait pas qu'un homme influence sa vie, mais Joe devenait pour elle un soutien indispensable dans ce paysage hostile.

Ecartant cette pensée, elle se dirigea vers la maison.

Quand Nancy ouvrit la porte et l'invita à entrer, Neve fut accueillie par une appétissante odeur de pain tout chaud.

— Merci d'être venue, docteur. Je suis vraiment confuse de vous avoir fait faire toute cette route, mais je m'inquiète pour Daniel...

Neve posa une main sur le bras de la jeune mère.

— Vous avez bien fait d'appeler. Allons voir ce bébé.

Neve prenait son temps avec chaque patient car étant donné les conditions du moment, elle ne pouvait guère demander aux gens de revenir la voir plus tard au cabinet médical si leur état s'aggravait. Après un examen complet, elle conclut que Daniel ne souffrait que d'un petit rhume. Après avoir rassuré Nancy, elle se laissa tenter par du pain frais et de la confiture de fraises.

— Vous voulez bien le tenir pendant que je branche la bouilloire ? proposa la jeune mère. Je vais faire du thé.

Elle sourit à son fils qui lui rendit son sourire.

Le lien entre eux était tellement précieux, tellement beau, que Neve ne put réprimer un pincement d'envie.

Daniel émit un gloussement de joie quand Nancy déposa un baiser sur son front avant de l'installer dans les bras de Neve.

— Sois sage, mon trésor...

Les tout petits doigts de l'enfant saisirent l'index de Neve quand elle lui chatouilla la paume, et il la regarda d'un air sérieux.

A présent, elle n'avait plus besoin de se raidir quand elle se trouvait en présence d'un bébé. Le chagrin avait peu à peu cédé la place au regret de ce qui aurait pu être, et quand elle sourit à Daniel, elle se sentit soudain en accord avec le monde entier.

— Est-ce que vous apercevez Joe ? demanda-t-elle.

Pour mieux voir par la fenêtre, Nancy se pencha au-dessus de l'évier.

— Non. Il était en haut de la colline il y a quelques minutes de cela, mais il doit être en train de redescendre vers nous, maintenant. Je n'arrête pas de penser à ces gens dehors. J'espère que quelqu'un va bientôt les retrouver.

— Est-ce que vous avez entendu des hélicoptères de recherche ?

— Oui, j'en ai entendu passer un, une demi-heure avant

votre arrivée. Quand j'ai entendu l'appel à la radio, j'ai appelé Daryl et je lui ai dit d'ouvrir l'œil.

On se passait le mot de femme à mari, d'ami à ami... Tout le monde dans la région devait être en alerte.

— On va les trouver, dit Neve.

— Je l'espère. Il recommence à neiger, et il va bientôt faire nuit.

Comme son téléphone sonnait, Neve le sortit de sa poche.

— Oui, Joe ?

— Je les vois. L'homme marche. Je me dirige vers eux.

Joe respirait fort, comme s'il courait.

— Où êtes-vous ? Je vais vous rejoindre.

— Non... J'ai besoin que vous restiez là-bas.

— Je suis médecin ! Je peux aider ces gens...

— Raison pour laquelle il faut que vous organisiez les choses. Vous ne pourrez pas les rejoindre avant moi, et la priorité, c'est de les mettre au chaud. Je vous les amène...

Il avait raison. Neve n'aimait pas beaucoup les ordres, mais ce n'était pas le moment de se chamailler.

— O.K. Nous allons tout préparer pour les recevoir ici. Appelez quand vous les rejoindrez et dites-moi dans quel état ils sont.

Un acquiescement confus résonna au bout du fil, puis Joe raccrocha. Il devait consacrer toute son énergie à rejoindre l'homme et son fils.

Nancy prit le petit Daniel dans les bras de Neve pour le remettre dans son transat.

— Qu'est-ce que je peux faire ?

— Nous avons besoin d'un endroit chaud pour eux.

— O.K. Le mieux, ce sera le salon. Il y a du feu dans la cheminée.

— Parfait... Avez-vous des couvertures ou un duvet que nous pourrions utiliser ?

— Oui, bien sûr. Pourquoi pas un bain chaud ?

— Pas avant que nous ayons évalué leur état.

Si l'homme et son fils étaient restés dehors un certain temps, le garçon risquait d'être en hypothermie, son petit corps étant moins résistant que celui d'un adulte aux températures glaciales. En le réchauffant trop vite, on l'exposerait à un état de choc ou à des problèmes cardiaques.

Neve aida Nancy à préparer des couvertures et à remplir des bouillottes.

L'attente d'un nouvel appel devenait insupportable quand son téléphone sonna de nouveau.

— Joe ?

— Je suis avec eux. Le garçon a des frissons et il est somnolent, mais conscient. Son père est capable de marcher.

C'était laconique, mais Neve n'avait pas besoin d'en savoir davantage. Si le garçon avait des frissons, cela signifiait que son corps luttait encore pour maintenir sa température.

— C'est bien. Est-ce que vous pouvez revenir ici avec eux ?

— C'est ce que je compte faire.

— Parfait. Il faut que vous portiez le garçon, mais avec précaution pour lui éviter tout choc. C'est important.

Avec un peu de chance, le froid n'avait pas provoqué de lésions internes, mais sans avoir examiné l'enfant, Neve ne pouvait être sûre de rien.

— Bien reçu… Je veux que vous fassiez quelque chose pour moi.

— Oui ?

— Nous sommes à environ un kilomètre et demi de vous, à l'ouest par rapport à vous. Il faudrait que vous tourniez ma voiture dans cette direction et que vous allumiez les phares. Ne raccrochez pas, je vous entends dans mon oreillette. Allez-y maintenant.

— O.K. Tout de suite.

Pourquoi cette décision ? Peu importait. Enfilant en hâte

sa veste, elle prit les clés de la voiture, et précisa à Nancy qu'elle revenait dans cinq minutes.

Elle laissa échapper un soupir de soulagement quand la voiture démarra au premier essai. Prudemment, elle manœuvra pour la placer perpendiculairement à la maison, espérant que c'était à peu près la bonne direction.

— Joe… Joe ?

— Je vous vois. Déplacez-vous de dix degrés environ vers votre droite…

Elle fit avancer puis reculer la voiture de nouveau. A présent, elle voyait la raison de cette demande. La tempête qui menaçait était sur eux et il neigeait à gros flocons. Comme Joe ne devait pas voir la maison, les feux de croisement lui servaient de repère.

— Qu'en dites-vous ?

— C'est bon ! répondit Joe.

A en juger par sa respiration, il s'était déjà mis en marche. Chaque pas le rapprochait.

— Une chose encore…

— Oui, Joe ? Je vous entends.

— Si nous ne réussissons pas à rentrer, je veux que vous restiez où vous êtes. Vous ne pourriez pas nous retrouver avec ce temps, et vous vous perdriez aussi. Vous avez appelé les secours ?

— Oui, j'ai joint Maisie. Elle est en liaison avec eux.

— Bien. Restez là et attendez-les… Nous sommes en route, à un kilomètre et demi de la voiture, dans la trajectoire des phares. Est-ce que vous avez tout compris ?

Neve ne put répondre. Comment lui promettre qu'elle le laisserait là où il était s'il ne revenait pas ?

— Est-ce que vous avez compris ? insista-t-il.

— Compris, Joe.

Cela n'arriverait pas. Un kilomètre et demi — il parviendrait à marcher sur cette distance, et malgré ces conditions difficiles.

— Bien.

Il y eut une autre pause : Joe reprenait son souffle.

— A bientôt, conclut-il.

— Oui... A très vite.

L'émotion faillit submerger Neve, mais la détermination reprit le dessus.

— Ne coupez pas, Joe. Je vais continuer de vous parler.

— Oui... Bonne petite...

— Bonne petite ?

Malgré son angoisse, elle sourit.

— Je vous ferai regretter ça, Joe Lamont. Revenez tout de suite, et je vous montrerai...

Elle lui montrerait à quel point elle était femme.

— Oui, madame.

— Taisez-vous et marchez.

Nancy était allée chercher Daryl, son mari, dans l'atelier qui se trouvait à une dizaine de mètres derrière la maison, mais il ne pouvait rien faire d'autre qu'attendre. Neve l'envoya à l'intérieur avec Nancy, avec la consigne de rester à côté du téléphone pour tenir Maisie au courant. Elle resta dans la voiture, parlant à Joe tout en guettant un signe de lui dans la nuit qui s'épaississait.

Il commençait à faiblir. Elle l'entendait dans les quelques mots qu'il parvenait à articuler, d'une voix tremblante à cause du froid et de l'effort. Neve consulta sa montre. Il devait approcher. Peut-être, si elle se plaçait en lisière du faisceau lumineux, parviendrait-elle à l'apercevoir.

Joe lui avait dit — lui avait ordonné — de rester là, et elle lui avait obéi ! Quand les choses avaient-elles basculé ?

Mais qu'importaient les conséquences inévitables de cette pente dangereuse ? Retenant sa respiration, elle scruta la neige qui tourbillonnait et, lentement, les silhouettes de deux hommes se dessinèrent. La veste de Joe enveloppait la forme qu'il portait et qui devait être l'enfant. Accroché à son épaule, un homme l'accompagnait, la démarche trébuchante.

— Je vous vois, Joe !

Sans répondre, il continua d'avancer. Neve se hâta d'ouvrir la portière et se dirigea vers lui. Daryl, qui était sorti de la maison, courait aussi vers le petit groupe et ils l'atteignirent en même temps. Daryl se chargea de l'inconnu dont il plaça le bras sur ses propres épaules pour le soutenir et Neve vit que Joe semblait se redresser, soulagé de son fardeau. Quelque chose l'empêcha de lui prendre l'enfant. Il l'avait porté sur plus d'un long et pénible kilomètre, et il méritait d'être celui qui l'emmènerait à l'abri.

Quand Nancy les fit entrer dans le vestibule, il déposa son précieux chargement dans les bras de Neve.

— Charlie... Quatre ans. Son p-père... Michael.

Neve évalua de son mieux la situation. Le chandail de Joe était trempé et il tremblait de froid et d'épuisement. Michael, lui, portait une grosse veste qui l'avait protégé, mais il semblait sur le point de s'écrouler. Quant à Charlie, il frissonnait contre elle.

— Daryl, emmenez Michael dans le salon. Nancy, vous voulez bien aider Joe, s'il vous plaît ? Il doit ôter ces vêtements mouillés.

Neve suivit Daryl et, ensemble, ils allongèrent Charlie sur les couvertures étalées devant la cheminée.

Avec précaution, elle débarrassa l'enfant de son manteau et de ses bottes en caoutchouc. Par miracle, Charlie était sec. Mais ce miracle avait des noms : son père qui devait l'avoir porté sur des kilomètres, et Joe qui l'avait enveloppé dans sa veste pour le protéger de la tempête de neige.

Daryl aida Michael à ôter sa veste et l'installa dans un fauteuil devant le feu.

— Daryl, vous voulez bien vérifier que les vêtements de Michael ne sont pas humides ? Je viendrai le voir dans une minute, dit Neve.

— Non... Occupez-vous de Charlie. S'il vous plaît, demanda Michael d'une voix étranglée.

— C'est ce que je fais. Restez où vous êtes et reposez-vous.

Neve avait déjà sorti de son sac le matériel médical dont elle avait besoin, et l'avait disposé sur la table. Elle contrôla rapidement le pouls et les réactions de Charlie. Les résultats n'étaient pas si mauvais. Le thermomètre indiquait trente-deux degrés, et c'était beaucoup mieux qu'elle ne l'aurait espéré.

Par prudence, elle suivit la procédure des cas graves. Elle enveloppa les bouillottes préparées par Nancy qu'elle plaça sous les aisselles et au niveau de l'aine de l'enfant. Ensuite, elle enveloppa Charlie dans le duvet, ne laissant libres que ses bras et ses jambes.

Comme une larme s'échappait sous les paupières closes du garçon, Neve se pencha sur lui pour le calmer et le réconforter.

— Tout va bien. Reste tranquille, mon cœur.

4

Neve avait effectué sur l'enfant un examen complet. Il n'y avait aucun signe de gelures, et la température interne commençait à remonter un peu. Michael la laissa contrôler rapidement son pouls et ses réactions, avant de la renvoyer auprès du petit Charlie.

Nancy apparut, seule, sur le seuil du salon.

— Est-ce que Joe va bien ? demanda Neve.

Elle avait réprimé son envie de le voir car Charlie et Michael représentaient ses priorités.

— Oui. Je lui ai prêté un des pulls de Daryl et il m'a expulsée de la chambre. Il est timide, sûrement, répondit Nancy, malicieuse.

Neve retint un sourire, s'efforçant de ne pas penser au corps dénudé de Joe.

— Allez frapper à la porte, s'il vous plaît. Demandez-lui s'il va bien, et dites-lui de venir ici, près du feu.

— Entendu. Daryl, peux-tu aller jeter un coup d'œil à la soupe sur le poêle ?

Nancy disparut, et Daryl se leva de son siège improvisé sur l'accoudoir du canapé, laissant Neve seule avec Michael et Charlie.

— Michael, je vais vous enlever vos chaussures pour jeter un coup d'œil à vos orteils.

Elle se pencha, mais Michael retira ses pieds.

— S'il vous plaît... Allez plutôt voir Charlie.

— Il est là, Michael, et je l'ai déjà examiné de près.

— Non. Je ne veux pas. Allez le voir.

Au plan légal, elle ne pouvait pas faire grand-chose. Michael était peut-être stressé, mais il était en état de prendre ses décisions.

— Je vous assure que j'ai fait tout mon possible pour lui.

— Je connais la loi. Vous posez un seul doigt sur moi, et je porte plainte pour agression.

Les yeux de Michael lançaient des éclairs, et Neve savait que toute la science médicale ne pourrait rien pour lui s'il ne l'autorisait pas à le toucher.

Joe se sécha avec une serviette-éponge et enfila le T-shirt et le chandail que Nancy avait posés sur le lit. Les frissons avaient pratiquement cessé, mais la sensation de froid qui le gelait douloureusement jusqu'aux os mettrait du temps à disparaître.

Il s'assit sur le lit, résistant à la tentation de s'enrouler dans les couvertures, et de dormir. Peut-être y avait-il quelque chose à faire pour aider Neve.

Quand il était dans la neige, luttant pour voir les feux de la voiture, elle ne lui avait laissé aucun répit. Elle ne lui avait pas murmuré de doux mots d'encouragement ! Au contraire, elle l'avait poussé à continuer, d'une voix plus forte et plus irrésistible que la tempête. Avait-elle vraiment envisagé de mettre à exécution les menaces qu'elle lui avait adressées ? Cette idée le faisait sourire quand on frappa à la porte.

— Neve veut savoir si vous allez bien, dit Nancy. Je prépare une boisson chaude !

Neve pensait à lui ! Cette idée le fit instantanément se lever.

— Merci, Nancy. J'arrive tout de suite.

Il approchait du salon quand il entendit la voix forte et paniquée de Michael, et celle, plus calme, de Neve.

— Je connais la loi. Vous posez un seul doigt sur moi, et je porte plainte pour agression.

Michael pointait l'index en direction de Charlie, insistant pour que Neve retourne s'occuper de lui. Le respect de Joe pour cet homme s'en trouva renforcé.

— Neve, si vous alliez voir Charlie ? dit-il, entrant dans la pièce. J'aiderai Michael à ôter ses chaussures.

En l'entendant, Neve se retourna, et le scruta, visiblement sceptique quant à ses capacités.

Elle lui fit signe de s'approcher.

— Il faudra faire très attention. S'il a des gelures, vous risquez de lui abîmer les orteils. Ne lui frottez pas les pieds pour les réchauffer.

— Je sais comment il faut se comporter avec des lésions dues au froid. J'ai déjà vu des gelures.

— O.K. Mais tenez-moi au courant. Décrivez-moi ce que vous voyez, et laissez-moi prendre les décisions sur le traitement.

— Compris. C'est vous la patronne.

Affichant un sourire décontracté, Joe se dirigea vers Michael.

— Pas de chance, Michael : c'est moi qui vais vous aider.

— Excusez-moi...

— Vous n'avez pas d'excuses à me faire.

Joe enviait presque Michael. Le genre d'amour qui avait soutenu ce dernier sur des kilomètres de terrain gelé, et qui l'avait ensuite poussé à refuser les soins de Neve pour qu'elle s'occupe de Charlie, cet amour-là était très spécial.

Ce genre de sentiment, Joe en avait rêvé, mais il y avait renoncé.

— Neve... Je regrette, je n'aurais pas dû m'en prendre à vous.

— Ce n'est pas grave, Michael. Charlie a de la chance d'avoir un papa aussi aimant, répondit-elle, son regard exprimant une tendresse qui impressionna Joe.

— Nous avons tous les deux de la chance que vous ayez été là, vous et Joe, reprit Michael.

— Si nous enlevions ces chaussures, maintenant ? proposa Joe.

Comme Michael ne protestait pas, Joe défit les lacets et desserra les chaussures au maximum avant de les ôter. Il fit de même pour les chaussettes. Ensuite, il demanda à Neve d'examiner les orteils puis il les enveloppa dans une couverture avant de reporter son attention sur les doigts de Michael.

— Les deux derniers doigts de la main gauche sont gonflés et rouges, froids et durs au toucher. Pas d'ampoules.

Il savait qu'il s'agissait de gelures, mais il garda pour lui son avis, se contentant de rendre compte de ce qu'il voyait, sans poser de diagnostic.

— O.K., dit-elle, sortant son téléphone de sa poche. Je ne veux pas essayer de les réchauffer sans avoir la certitude que nous pouvons le faire. Je vais appeler Maisie, pour savoir où en sont les secours.

— J'aurais dû rester à ma voiture, dit Michael, le regard fixé sur Charlie.

— Rétrospectivement, c'est toujours facile de savoir ce qu'il aurait fallu faire, répondit Joe pour ne pas culpabiliser Michael davantage.

— Tout ça est ma faute...

— Arrêtez. Vous avez porté votre fils sur des kilomètres, alors ne sous-estimez pas l'importance de ce que vous avez fait.

— Je n'aurais pas dû m'engager sur la route.

Neve venait de raccrocher, et elle posa son téléphone sur le parquet, à côté du lit improvisé de Charlie.

— J'ai entendu dire que votre voiture avait quitté la chaussée.

— Oui, nous avons dérapé sur une plaque de verglas, et atterri dans le fossé. Comme nous n'avons plus d'électricité à la maison, mon portable était déchargé... Nous sommes restés un moment dans la voiture, mais personne ne passait, j'ai cru que je pourrais marcher jusqu'au prochain village, et je me suis perdu. C'est tellement bête...

— L'accident a dû vous secouer, sûrement ?

Neve avait posé la question d'un ton dégagé, mais Joe comprit où elle voulait en venir.

— Oui. Je n'avais plus les idées claires... mais ce n'est pas une excuse !

— Vous étiez probablement en léger état de choc. C'est fréquent après un accident de voiture, dit Joe, intervenant pour appuyer le point de vue de Neve. Vous avez agi par instinct, et cet instinct visait à mettre Charlie en sûreté.

Michael se tut. Même s'il n'était pas d'accord avec cette vision des faits, au moins, il y réfléchissait. Joe croisa le regard de Neve qui lui sourit.

— Qu'a dit Maisie ? demanda-t-il.

— Les secours arrivent — deux voitures, dont une ambulance qui pourra emmener Michael et Charlie à l'hôpital. Apparemment, l'hélicoptère ne peut pas venir.

— Oui. Trop peu de visibilité pour se poser.

Joe s'aperçut que Neve posait sur lui un regard intrigué. Il avait encore laissé tomber une partie du masque, involontairement cette fois.

— C'est bon à savoir, dit-elle. Donc, nous allons commencer à réchauffer les doigts de Michael. Il nous faut un bol d'eau chaude.

— Entre trente-sept et trente-neuf degrés centigrades. Pendant trente minutes.

Cette fois, Joe la taquinait en étalant délibérément ses connaissances. Ou bien peut-être essayait-il juste de lui montrer qu'il était compétent, et qu'elle avait eu raison de lui faire confiance.

— De l'aspirine ? reprit-il.

— Oui. Il y en a dans mon sac. Inutile de vous rappeler la liste des contre-indications ? dit-elle, mi-amusée, mi-agacée.

Quand les secours arrivèrent, Charlie était éveillé et vif, apparemment peu affecté par sa mésaventure. Michael semblait avoir repris des forces dès qu'il avait vu que son fils se remettait, et sous l'œil vigilant de Neve, ils avaient réussi tous les deux à avaler un peu de soupe.

— Ils s'en sortiront ?

Avec émotion, Nancy déposa un baiser sur le front de Charlie avant que le petit garçon, sous des couvertures, parte pour l'hôpital.

— J'appellerai demain matin pour m'en assurer. Ils sont sauvés maintenant, répondit Neve, lui tapotant la main.

Joe reprit sa veste.

— Je pense que nous devrions nous mettre en route, nous aussi… Nous ne vous remercierons jamais assez, Nancy.

Elle eut un haussement d'épaules.

— C'était un privilège.

Neve partageait ce point de vue. Maintenant que c'était fini, elle éprouvait l'envie de se réfugier dans un coin — ou, encore mieux, contre l'épaule de Joe — pour pleurer en pensant à tout ce dévouement qui avait abouti au miracle du jour.

Elle donna une rapide accolade à Nancy, et s'écarta avant que l'émotion la submerge.

— Merci pour tout. Je vous appellerai dans la matinée.

Soudain, la porte s'ouvrit, et Daryl entra en trombe, apportant une bouffée d'air froid.

— Je crois que vous n'irez nulle part ce soir, dit-il, laissant tomber dans la paume de Joe les clés du SUV. J'ai déneigé la voiture, puis j'ai voulu mettre le moteur en marche pour actionner les essuie-glaces. La batterie est à plat !

Neve porta la main à ses lèvres. C'était sa faute. Soulagée de voir Joe et Michael émerger de la tempête et pressée de les mettre à l'abri, elle avait oublié d'éteindre les phares.

— Joe... Je suis vraiment désolée...

Il allait être fâché. Qui à sa place ne le serait pas ?

Mais il réagit par un haussement d'épaules.

— Ce n'est pas grave. J'ai un jeu de câbles de démarrage. Daryl, si vous pouvez m'aider à démarrer, j'irai faire rouler la voiture pour recharger la batterie, et ensuite, je reviendrai chercher Neve.

— Sûrement pas ! protesta Nancy. Je vais préparer un dîner et vous restez tous les deux ici ce soir. Daryl peut mettre la batterie à recharger dans le garage.

— C'est trop de dérangement...

Neve se sentait mortellement embarrassée : elle ne voulait pas que Joe sorte seul par ce temps, mais, d'un autre côté, Nancy et Daryl avaient déjà tellement aidé !

— Pas du tout, répondit Daryl en souriant. Si vous dites à Nancy que vous voulez partir, vous allez avoir des problèmes !

— Pendant que je prépare le dîner, vous pouvez aller à l'atelier de Daryl, reprit Nancy. Il brûle d'envie de montrer ses derniers dessins...

Daryl était depuis un moment dans son atelier avec Joe, et quand Neve, à la demande de Nancy, était allée les chercher pour dîner, ils étaient en pleine conversation devant les meubles que fabriquait Daryl avec un succès croissant.

Après le dîner, Nancy montra la chambre d'amis à Neve, et un lit fut préparé pour Joe dans le salon. Nancy et Daryl leur souhaitèrent une bonne nuit, et les laissèrent assis devant le feu.

— Je pense que je devrais aussi aller me coucher, dit Neve.

Pourtant, elle n'était pas fatiguée, et les événements de la journée se bousculaient encore dans sa tête. Mais maintenant qu'elle était seule avec Joe, elle ne savait pas comment poser les questions qui l'avaient intriguée tout l'après-midi.

— Ah bon ? En ce qui me concerne, je vais veiller encore un peu.

Joe était enfoncé dans un fauteuil, les jambes allongées devant lui.

— Est-ce que vous souffrez ?

— Pourquoi est-ce que je me sentirais mal ?

— J'ai remarqué que vous... boitiez légèrement.

— Quand avez-vous remarqué ça ?

Joe avait posé la question doucement, mais avec une pointe de contrariété.

— Quand je marchais derrière vous, en quittant l'atelier de Daryl. Vous vous appuyiez davantage sur votre jambe droite. Je suis médecin, alors je remarque ce genre de chose.

— C'est une vieille blessure qui me fait encore boiter un peu quand je suis fatigué. Rien de grave.

— Vous en êtes sûr ? Je peux jeter un coup d'œil...

Là, devant le feu, « un coup d'œil » risquait de ne pas rester strictement professionnel, pensa Neve. Ce n'était peut-être pas une bonne idée. Mais en fait, les vraies raisons de la proposition n'étaient pas strictement professionnelles, elles non plus.

— Je vais bien. Très bien.

Le silence de la pièce les enveloppa, doux et chaud, comme s'ils étaient blottis ensemble sous une épaisse couverture.

Joe eut un sourire paresseux.

— Mes jambes vous intriguent. Vous n'arrêtez pas de les regarder. Fracture comminutive du fémur gauche.

Elle regardait ses jambes ? Neve sentit qu'elle rougissait.

— On m'a mis un clou intramédullaire en titane, ajouta-t-il. Ça remonte à dix-huit mois. J'ai bien récupéré.

— Vous... avez dû beaucoup souffrir.

— Oui. Mais on m'a bien réparé.

Il y avait des ondes étranges qui flottaient dans l'air entre eux, et que Neve n'arrivait pas bien à définir. Peut-être était-ce un effet de la fatigue, rien de plus.

Elle se leva et chancela légèrement.

— Je devrais aller dormir. A demain matin.

— Oui. Moi, je vais rester là un moment.

Etait-ce une invitation, ou juste un fait ? Il était difficile de savoir ce que pensait Joe.

— Bonne nuit, alors.

— Neve...

— Oui ?

— Merci pour...

Il s'interrompit, fixant sur le feu un regard pensif.

— Merci pour les mots que vous m'avez dits, au téléphone. *Tous* les mots.

Neve sentit ses joues s'empourprer davantage.

— Je... regrette, je...

— Ne vous excusez pas. A un moment, je portais pratiquement Michael et Charlie, et je pensais que je n'irais pas loin comme ça. Ensuite, vous m'avez dit de me bouger les...

— J'ai dit ça ?

— Oui. Et je pense même que vos mots exacts, c'était...

Elle attendit, au supplice.

— J'ai oublié vos mots exacts, ajouta-t-il.

Il était vraiment temps de s'esquiver ! pensa Neve.

— Dormez bien, Joe.

Il lui adressa un large sourire.

— Bonne nuit.

Joe entra dans la cuisine et remplit un verre d'eau qu'il but à grandes gorgées. Cela faisait peut-être trop longtemps qu'il menait une vie tranquille. Cette journée lui avait ramené le goût de son ancienne vie — les défis, et l'exaltation de les relever. Seulement, il y avait une différence. Avant, il se battait pour un principe, pour l'idée abstraite de sauver le monde. Aujourd'hui, c'était vers Neve qu'il était revenu, c'était son visage qu'il avait imaginé devant lui dans la neige.

Regagnant le salon, il prit le couvre-lit et l'étendit sur le parquet devant la cheminée. Ensuite, il ôta son jean et son chandail avant de s'asseoir. Depuis un an, il faisait cela presque chaque soir pour être plus calme et s'endormir plus facilement.

Fermant les yeux, il massa doucement les muscles noués de sa jambe. Puis il étira ses bras et ses épaules, laissant son esprit et son corps se détendre en une routine bien éprouvée. Et il parvint... presque à chasser de ses pensées le visage de Neve.

5

Assise sur le lit de la chambre d'amis sur lequel Nancy avait déposé une chemise de nuit, Neve entendit Joe se déplacer tranquillement dans la cuisine, puis le silence régna.

Allant à la porte, elle regarda le couloir, incapable de réprimer le sentiment qu'il se passait quelque chose entre elle et Joe. La porte du salon, entrouverte, laissait passer un rai de lumière qui l'attira instinctivement.

Au lieu de frapper à la porte, comme elle en avait l'intention, elle s'arrêta net. Joe était assis, les jambes croisées, devant le feu, seulement vêtu d'un boxer et d'un T-shirt. Sous la fine étoffe, elle pouvait voir rouler les muscles de son dos et de ses épaules au rythme des mouvements lents qu'il s'imposait.

Malgré sa stature imposante, il était souple, et Neve se demanda si sa propre colonne vertébrale pourrait supporter un tel degré de rotation. Elle avala sa salive avec difficulté, essayant de ne pas penser à la force et à la grâce de ce corps.

Ce fut alors qu'elle vit les cicatrices. Sur la jambe, comme elle s'y attendait — une longue cicatrice chirurgicale, avec une estafilade déchiquetée à l'endroit où la fracture avait dû se produire. Mais le bras gauche, lui, offrait une vision frappante. Une large marque sombre montait au-dessus du coude et disparaissait sous la manche du T-shirt. Une autre, plus mince celle-là, et portant des traces de suture, marquait l'avant-bras.

Retenant sa respiration, Neve se mordit la main pour réprimer un sanglot.

Elle ferait mieux de partir, d'aller pleurer ailleurs pour lui...

— Pourquoi n'entrez-vous pas ? demanda-t-il sans la regarder.

— Excusez-moi, murmura-t-elle. Je ne voulais pas... vous interrompre.

Il tourna les épaules et la tête dans sa direction.

— Vous ne m'avez pas du tout dérangé. Je faisais quelques étirements, mais j'ai terminé.

Elle ne pouvait plus partir. Entrant dans la pièce, elle referma la porte derrière elle.

Au lieu de s'asseoir sur le canapé, où elle aurait regardé Joe de haut, elle s'assit en face de lui, sur la vaste courtepointe.

— Cela vous fait du bien ? Votre jambe...

— Oui.

— C'est... une mauvaise blessure. Une fois qu'on sort de l'hôpital, les soins postopératoires sont...

Elle s'arrêta, cherchant désespérément que dire.

Joe passa les doigts le long de son bras en appuyant fort, comme pour ôter les cicatrices.

— Vous pouvez me poser des questions. Ou peut-être savez-vous déjà...

Neve faillit protester qu'elle ne savait rien, qu'elle n'avait pas réfléchi à la question et tiré de conclusion, mais Joe n'était pas stupide.

— Vous êtes médecin, n'est-ce pas ? Vous étiez dans l'armée et... vous avez été blessé.

Joe eut une moue d'approbation.

— Médecin militaire dans l'armée canadienne. Comment avez-vous trouvé ça ?

— J'ai entendu quelqu'un dire que vous étiez dans l'armée, avant.

— Potins de village ?

— Oui. Et vous avez des connaissances médicales, et... je ne peux pas l'expliquer, mais j'ai compris en voyant comment vous vous y preniez avec Michael et Charlie.

Joe secoua la tête comme s'il avait redouté d'entendre ces mots.

— On ne peut pas se défaire de ces choses-là, apparemment.

— Pourquoi vous en déferiez-vous ?

Neve ne pouvait pas imaginer de se défaire d'un passé de médecin. C'était pour son métier qu'elle se levait le matin. C'était la seule partie de son identité que son ex-mari n'avait pas réussi à lui arracher.

— Je n'exerce plus.

— Pourquoi ? demanda Neve.

Joe parut exaspéré. Allait-il lui dire de s'en aller et de s'occuper de ses affaires ?

Son regard se radoucit.

— Mon contrat avec l'armée a expiré deux semaines après ma blessure, et je n'ai pas rempilé. Il m'a fallu du temps pour me remettre, et entre-temps, j'ai réfléchi.

Cela ne répondait en aucune manière à sa question, pensa Neve. Elle en posa une autre.

— Comment avez-vous été blessé ?

— Une embuscade. Je ne me rappelle pas tous les détails.

— Vous avez eu d'autres blessures ?

— Eclatement de la rate, lésions à un rein. Eraflures, lacérations... Trois doigts fracturés.

Joe énonçait la liste d'un ton dégagé que Neve connaissait. Ce détachement était censé mettre la souffrance à distance.

Quand il leva la main droite et plia les doigts, Neve remarqua que l'un d'eux était incliné suivant un angle légèrement différent des autres. Curieusement, ce doigt tordu rendit presque palpable l'horreur des autres blessures, et Neve ressentit une légère nausée.

Elle lutta pour refouler ses larmes.

— C'est courant, je pense, de ne pas arriver à se rappeler ce genre de chose, dit-elle.

Avant qu'elle ait pu réagir, il essuya du bout des doigts une larme qui coulait le long de sa joue.

— Ne pleurez pas, voyons, ou d'une minute à l'autre je vais m'apitoyer sur mon sort.

— Et vous ne voulez pas ?

— Non. C'est incroyable, ce que peut faire la médecine moderne. Ce n'est pas très esthétique, mais tout fonctionne.

Neve ne sut que répondre. Elle avait parlé des centaines de fois de cicatrices à des patients. Mais là, c'était différent, elle n'était pas au travail.

— Les cicatrices ne sont pas ce que je vois en premier chez vous.

Joe eut un sourire incrédule.

— Merci...

Si seulement elle pouvait lui dire ce qu'elle voyait en lui. Une tête au port altier, un corps qui avait survécu à tant d'épreuves et qui était pourtant resté harmonieux et fort. N'importe quelle femme le désirerait...

Elle chassa cette pensée.

— Vous avez vraiment été très bien avec Michael aujourd'hui.

— Oh ! j'ai juste donné un coup de main ! C'est vous qui avez géré la situation.

— Et je vous ai dit ce qu'il fallait faire ! Je me sens un peu bête maintenant.

— Il ne faut pas. Michael et Charlie étaient vos patients, alors c'était normal. De plus, comme je l'ai dit, je n'exerce plus.

Il n'y avait aucune raison physique à cela. Peut-être une raison émotionnelle ? Syndrome dépressif post-traumatique ? Neve n'arrivait pas à croire que Joe ne veuille plus être médecin : durant l'après-midi, il avait semblé renaître.

— C'est ma décision, Neve, reprit-il.

— Je la respecte.

— J'apprécierais que vous n'en parliez à personne.

— Bien sûr. Ce n'est pas à moi de le faire... Je devrais aller me coucher, et vous laisser dormir un peu. Je suis contente que vous alliez bien. Je m'inquiétais pour votre jambe.

Elle mourait d'envie de le toucher, mais Joe était trop fier — et trop fragile en cet instant — pour accepter un geste qui pouvait ressembler à de la pitié.

— Attendez.

Ce fut lui qui lui tendit la main.

Il n'avait pas l'intention de lui faire comprendre ses décisions. Tout ce qu'il savait, c'était qu'elle était une femme, et qu'il était un homme. Qu'elle était belle dans la lueur des flammes et qu'il la désirait. Ce n'était pas plus compliqué que cela.

Elle eut l'air surpris, mais quand il posa un baiser sur ses doigts fins, elle ne résista pas. C'était la vision qu'il avait gardée en tête, celle qui l'avait aidé à avancer en portant le poids de Charlie.

— Il faut vraiment que je m'en aille, dit-elle — sans bouger d'un pas.

— Oui, vous devriez.

Joe l'emprisonna entre ses bras. Comme elle sentait bon... Ses cheveux soyeux frôlaient sa joue mal rasée.

Elle leva le visage vers lui, et attendit. N'y tenant plus, il l'embrassa.

Son corps contre le sien, sa douceur, tout semblait

parfait pour lui. Et ses lèvres aussi. Après leur baiser, elle sourit, et ses beaux yeux bleus pétillèrent. Elle le taquina quelques instants encore puis lui donna ce qu'il voulait : un autre baiser.

— Ce n'est pas l'endroit…, murmura-t-elle, lui caressant doucement la joue.

— Non, en effet, répondit Joe avant un nouveau baiser.

— Ni le moment…

Elle l'embrassa encore.

— C'est vrai.

— Et il existe une centaine de raisons pour lesquelles je devrais regagner ma chambre.

Le petit soupir de regret dont Neve ponctua sa phrase fit vibrer les sens déjà enflammés de Joe.

— Bonne nuit, dit-il.

Un désir presque douloureux le taraudait. Neve était le genre de femme qui pourrait faire réagir une pierre, et il la laissait s'en aller !

Un dernier regard ému de ses beaux yeux, et la porte se referma doucement sur elle. Joe bascula sur le dos devant le feu, les mains sur le visage. Qu'allait-il faire maintenant ?

Neve entendit les voix à l'extérieur et se retourna dans le lit, couvrant sa tête avec l'épais et chaud duvet. Juste quelques instants encore. Deux minutes pour se convaincre qu'elle pourrait encore sentir le goût des baisers de Joe sur ses lèvres.

Entre ses moments d'insomnie, elle avait rêvé de lui la tenant contre lui, l'embrassant. Puis ces rêves avaient tourné au cauchemar — des images de Joe avec des fractures et des plaies sanguinolentes. Aussi, quand elle se glissa hors du lit pour regarder par la fenêtre, ce fut presque une surprise pour elle de le voir en pleine forme, et occupé à ôter la neige de sa voiture avec la force et la grâce qui caractérisaient tous ses gestes.

Quand elle arriva dans la cuisine, elle apprit que la batterie avait été remise en place sous le capot, et que la voiture démarrait. Le petit déjeuner était prêt, et Neve nota avec satisfaction que la toux du petit Daniel se calmait. Ils remercièrent Daryl et Nancy puis prirent congé.

Dans la voiture, tout se passa comme si rien n'avait changé. Joe était le genre de gentleman à l'ancienne qui ouvrait les portes et portait les sacs. Et il ne dit pas un mot de leurs baisers de la veille !

— Si nous passons chez vous maintenant, je pourrai ensuite vous emmener à Leminster pour votre consultation. Je rentrerai chez moi, et vous pourrez me rejoindre quand vous aurez terminé.

— Oui, merci. Je changerais volontiers de vêtements avant de commencer ma matinée. Et je prendrais bien un autre café.

— Je vais en faire.

Joe referma la porte d'entrée de son cottage et ôta sa veste qu'il jeta sur le canapé. Il n'avait pas beaucoup dormi la nuit précédente, et au petit matin, les faibles rayons du soleil avaient mis en lumière une situation qu'il entrevoyait déjà.

Il avait cru qu'il pourrait rester détaché de la médecine. Mais Neve, belle et dévouée, lui rappelait toutes les raisons pour lesquelles il était devenu médecin. A présent, il voulait revenir dans ce monde-là. Et il voulait Neve.

Si une jambe cassée et quelques cicatrices avaient représenté le seul obstacle, cela aurait été assez facile. Il aurait pu surmonter le traumatisme émotionnel et physique. Mais la terrible culpabilité après qu'une femme était morte sur sa table d'opération, c'était une autre affaire. Après ce genre d'erreur, on ne méritait plus le titre de médecin.

Gravissant les marches deux à deux, il gagna sa chambre.

— Tu sais que tu n'as pas le droit d'entrer ici.

Il adressa un regard sévère à la petite chatte noire blottie sur le lit, mais Amande n'en tint aucun compte.

Comme il lui caressait le cou, elle roula sur l'autre flanc.

— Tu veux ton petit déjeuner, je suppose.

Dans la cuisine, Joe lava les bols d'Amande, les remplit de nouveau d'eau et de pâtée, et les posa sur le parquet avant de regagner l'étage.

Dans la salle de bains, il ôta ses vêtements et braqua un œil désapprobateur sur son reflet dans le miroir.

— Imbécile...

Derrière lui, un miaulement lui répondit. Le petit animal avait l'habitude de le suivre partout où il allait.

— Pas toi, Amande... L'idiot, c'est moi.

Un idiot qui avait la migraine à force de penser à toutes les choses qu'il ne pourrait pas avoir...

Comme il faisait couler le robinet de la douche, Amande battit en retraite derrière un drap de bain suspendu au porte-serviettes.

Comment avait-il pu penser que Neve voudrait de lui ? Quand il se tournait, son miroir lui montrait la sombre cicatrice qui lui zébrait l'épaule et le dos, et les balafres sur son côté et son bras. Et aussi la courte entaille irrégulière de sa tempe, habituellement cachée sous ses cheveux. Et la liste n'était pas close. Il était une marchandise abîmée.

La douche pouvait attendre. Neve n'arriverait pas avant deux heures, ce qui lui laissait du temps pour évacuer ces idées stupides. Ce qu'il lui fallait, c'était de l'exercice physique bien épuisant. Et il fallait aussi qu'il arrête de penser au sourire irrésistible de Neve.

6

Le cottage de Joe se trouvait au bout de la rue principale.

Quand la porte d'entrée s'ouvrit, un petit chat noir sortit, posa une patte hésitante sur le verglas, puis battit en retraite contre la jambe de Joe. Celui-ci se pencha pour saisir l'animal qui enfonça ses griffes dans son sweat-shirt sombre à capuche et se mit à ronronner.

Les joues de Joe étaient rasées de près, ses cheveux coiffés en arrière, et encore un peu humides. Le petit chat blotti contre lui accentuait la largeur de ses épaules.

— Entrez.

La porte d'entrée s'ouvrait directement sur un salon petit et confortable où, d'un geste, Joe invita Neve à entrer.

C'était une jolie pièce. Au plafond, de vieilles poutres contrastaient avec le ton pâle de la peinture. Il y avait une petite cheminée en brique, une télévision placée dans l'angle et cernée de piles de livres, un fauteuil de couleur vive, et un vieux canapé en cuir.

— Comment s'appelle-t-il ? demanda Neve.

Au lieu de toucher Joe, comme elle en mourait d'envie, Neve replia l'index et le tendit au chat qui le renifla avant de se laisser caresser le cou.

— *Elle* s'appelle Amande.

Joe sourit. Sa manière de bouger, ses cheveux humides

et une légère odeur de savon prouvaient qu'il avait fait de l'exercice avant de prendre une douche. Neve imagina des muscles tendus, une peau luisante de sueur...

— Avons-nous le temps de déjeuner ? Je meurs de faim, dit-il, dissipant la vision.

— Oui. J'ai appelé Maisie et il n'y a pas de visites à faire cet après-midi. Apparemment, le club de tout-terrain local s'implique dans la conduite, donc, les autres médecins pourront facilement couvrir le reste de la journée : nous avons notre après-midi.

Joe hocha la tête. Il n'était visiblement pas pressé de la ramener chez elle.

— Nous pouvons déjeuner, alors.

Il avait conduit Neve dans la cuisine, située dans une extension à l'arrière de la maison, et il inspectait l'intérieur du réfrigérateur quand le téléphone sonna. Braquant sur l'appareil un regard contrarié, il décrocha et prononça sèchement son nom, ce qui était clairement une invitation à être bref.

— Edie ? Que se passe-t-il ? Du sirop pour la toux ? Oui, bien sûr, j'irai en acheter, mais vous ne croyez pas que vous feriez mieux de voir le médecin ?

Il se raidit et éloigna le téléphone de son oreille, pendant qu'un flot de paroles incompréhensibles s'échappait de l'appareil.

— On verra bien, Edie. J'amène le médecin pour qu'il vous examine... Non, vous n'avez pas le choix. Positivez, et supportez le mieux possible.

Visiblement amusé, il raccrocha.

— Qui était-ce ? demanda Neve. J'ai bien entendu le mot « médecin », je crois ?

— Oui. Ça m'ennuie vraiment, mais c'est Edie Wilcox. Elle dit qu'elle tousse beaucoup, et elle n'a pas l'air bien, mais elle ne veut pas voir le médecin.

— Donc nous allons là-bas.

Joe afficha un large sourire.

— Oui. Merci.

Il prit deux barres énergétiques dans le réfrigérateur, en donna une à Neve, et mordit dans l'autre en enfilant sa veste. Ensuite, il saisit le sac à main de Neve et tint la porte ouverte pour elle.

— Après vous, docteur Harrison.

Neve devait hâter le pas pour ne pas se faire distancer par Joe.

— J'ai entendu dire que vous faisiez des travaux pour Edie.

— Oui. Elle peut être terrible. L'astuce, c'est de ne pas montrer sa peur.

Ils atteignirent le porche, bordée d'une solide rampe de sécurité.

Edie mit du temps à répondre au coup de sonnette, et quand elle ouvrit, chaussée de pantoufles, elle portait un épais manteau sur une chemise de nuit. C'était une petite femme au physique d'oiseau, avec des yeux vifs et enfoncés, et des joues rouges.

— Je... n'ai pas besoin..., protesta-t-elle quand Joe s'avança.

— Je sais.

Il passa un bras protecteur derrière le dos d'Edie, sans la toucher, pour parer une éventuelle défaillance. Avec Neve, ils entrèrent dans le petit séjour impeccable, et la vieille dame se laissa tomber dans un fauteuil.

— J'ai juste besoin de sirop pour la toux. Et d'un peu de cognac, ajouta-t-elle d'un air de défi.

Mais Neve nota que ses yeux racontaient une autre histoire. Fixés sur Joe, ils le suppliaient presque de rester.

— Bien sûr. Mais faites-moi plaisir et laissez le médecin vous examiner d'abord, vous voulez bien ?

— Tu te tracasses trop.
— Vous connaissez le Dr Harrison, Edie ?
— Non.
Neve affronta un regard hostile, et se souvint des mots de Joe. Ne pas se montrer intimidée.
Elle s'avança et tendit la main.
— Bonjour, madame Wilcox. Je m'appelle Neve.
— Enchantée, docteur Harrison.
Se redressant de toute sa taille, Neve posa sur la vieille dame un regard assuré.
— J'aimerais examiner votre poitrine, si cela ne vous dérange pas.
Edie croisa les bras, refermant son manteau.
— Si vous le dites, docteur.
— Je vais faire du thé, intervint Joe.
— Ne mets pas de désordre dans ma cuisine !
Edie avait parlé d'une manière autoritaire, mais son visage s'était adouci.
— Je rangerai chaque chose à sa place ! répliqua Joe depuis le couloir.
Neve ferma la porte derrière lui.
— C'est vous, ce docteur que Joe conduit partout, dit Edie.
— Oui. Je ne m'en serais pas sortie sans son aide, ces derniers jours.
— Avant-hier, il m'a apporté mes courses à 20 h 30 !
Neve réprima un sourire.
— Nous n'avons terminé qu'à 19 heures, ce soir-là.
Edie eut un petit hochement de tête.
— C'est un homme bien.
Elle desserra suffisamment son manteau pour que Neve puisse l'examiner, mais elle regarda le stéthoscope comme s'il s'agissait d'un instrument de torture.
— J'espère que vous allez réchauffer ça. Le Dr Johnstone ne le fait jamais !

Neve savait que son gentil collègue médecin senior du cabinet médical réchauffait toujours le diaphragme de son stéthoscope avant de le poser sur la peau d'un patient. Mais peu désireuse de contrarier la vieille dame, elle lui tendit l'instrument.

— Tenez. Réchauffez-le dans votre main pendant que je vérifie votre température.

Joe prit tout son temps pour préparer le thé. L'obstination d'Edie pouvait parfois être sans limites, mais Neve possédait un sourire irrésistible, alors il ne donnait pas cher des chances d'Edie...

Ni des siennes, d'ailleurs. Il avait envisagé de trouver une excuse pour ne plus accompagner Neve, mettant ainsi un point final à leur relation, mais il avait fait une promesse et il ne reviendrait pas dessus. De toute façon, l'idée qu'un autre volontaire le remplace lui était insupportable.

Que cela lui plaise ou non, il assumerait donc cette mission jusqu'au bout !

Il plaça des tasses et des soucoupes sur un plateau, mais ne versa pas l'eau bouillante dans la théière afin que le thé n'infuse pas trop longtemps. Ensuite, il trouva des biscuits dans l'office, et tenta de se distraire en les disposant joliment sur une assiette.

Neve entra, affichant un large sourire.

— Edie veut savoir ce que vous faites. Elle dit que votre grand-mère serait horrifiée par votre manière de préparer le thé.

— J'en conclus qu'elle est en pleine forme. Sa poitrine ?

— Elle a pris froid, mais, dans quelques jours, tout ira bien. Il vaudrait quand même mieux surveiller ça.

— Elle a une fille au village. Je l'appellerai.

Neve reporta son attention sur le thé.

— Edie m'a dit de vous rappeler de chauffer la théière. Je vous laisse faire. Moi, je vais me laver les mains.

De toute évidence, Neve avait eu tort de laisser traîner son stéthoscope dans le salon, car quand Joe y revint, Edie, les embouts dans les oreilles, auscultait la poitrine de son vieux chat. De toute évidence, elle se sentait mieux, et son intérêt pour la vie refaisait surface.

Joe posa le plateau et tapota l'épaule de la vieille dame.

— Si vous posez l'embout à cet endroit, tout ce que vous allez entendre, c'est Errol en train de digérer son petit déjeuner. Que pense le médecin de votre cœur ?

Edie lui décocha un regard noir. Les gens disaient que certains de ses regards pouvaient les figer sur place, mais Joe y semblait insensible, peut-être parce qu'il possédait le même sens de l'humour que son amie.

Celle-ci reposa le stéthoscope.

— Le docteur dit que tu te tracasses pour rien. Assieds-toi, tu fais désordre, là, debout.

Joe s'assit. Edie ne demandait aucune pitié, et n'en accordait aucune. Elle n'avait jamais fait la moindre allusion aux blessures de Joe, mais elle possédait un cœur d'or.

— Gentille jeune femme. Gentille, et jolie… As-tu chauffé la théière ?

— Oui.

— Alors, le thé sera peut-être buvable, commenta Edie, un éclair malicieux dans ses yeux bleu pâle. Mais je ne prendrai pas de biscuits afin de ne pas gâcher cette jolie assiette avant que le docteur l'ait vue.

En sortant de chez Edie, Joe avait proposé à Neve d'aller déjeuner avec lui au pub, et elle avait accepté aussitôt.

Pendant le repas, et plus tard, quand Joe la raccompagna chez elle, ils n'abordèrent que des sujets anodins. Joe préférait sûrement qu'entre eux cela se passe ainsi, pensa Neve. Ils se trouvaient dans un *no man's land* entre amitié et amour, sans vouloir retourner en arrière, et sans oser avancer.

— A demain, alors, dit-elle quand la voiture s'arrêta devant chez elle.

— Oui. 8 heures ?

— Ce serait super, merci.

Un instant, Neve se dit qu'il allait peut-être lui tendre la main. Elle rêvait en permanence qu'il la prenne dans ses bras, qu'il brise sa porte d'entrée, et l'emmène à l'étage pour faire d'elle tout ce qu'il voudrait...

— Bien.

Il descendit de la voiture et sortit du coffre les sacs qu'il porta jusqu'au porche. Neve suivit, indécise, attendant qu'il fasse le premier geste, et se demandant si elle ne devrait pas le faire elle-même...

Mais il déposa les sacs sur le seuil et, pivotant sur ses talons, regagna sa voiture d'un pas décidé.

7

La sonnerie de la porte d'entrée retentit en même temps que les bips de 8 heures à la radio. Joe avait-il attendu dehors pour arriver exactement à l'heure ? Neve décida de ne pas le lui demander : il n'aimait pas les questions.

Ce matin-là, visiblement plus détendu et moins inquiet, il lui adressa un bonjour chaleureux. Ensuite, ils prirent la route sinueuse de Cryersbridge, traversèrent le village, et se dirigèrent vers la maison de retraite. Là, ils s'arrêtèrent dans la large allée enneigée.

Joe resta assis au volant.

— Vous devriez entrer, dit Neve. J'en aurai pour un moment car j'ai plusieurs personnes à voir, et j'ai promis d'effectuer certains soins à la place de l'infirmière du secteur. Si vous restez là, vous allez geler sur place !

Acquiesçant de la tête, il sortit de la voiture.

La directrice de la maison de retraite vint leur ouvrir.

— Docteur Harrison… Merci d'être venue. On m'a prévenue de votre visite, mais je ne vous attendais pas si tôt.

— J'ai eu de l'aide. Voici Joe Lamont, qui est mon chauffeur depuis une semaine. Joe, je vous présente Jane Matthews.

Le sourire de Joe rendit instantanément la directrice plus chaleureuse.

— On sert encore le petit déjeuner dans la salle à manger.

Allez prendre un thé et installez-vous dans le salon si vous voulez, monsieur Lamont.

L'invitation n'était pas seulement un geste d'hospitalité. Neve supposa que les résidents n'avaient pas reçu beaucoup de visites les jours précédents : un nouveau visage serait apprécié.

— Oui, merci, répondit Joe, visiblement heureux de cette proposition.

— Est-ce que nous avons terminé ? demanda Neve.

Elle avait vu six résidents. Elle avait refait le pansement d'un ulcère à la jambe, et s'était assurée qu'un œil qui pleurait et divers hématomes et problèmes respiratoires ne présentaient aucun caractère de gravité, et pouvaient être soignés sur place.

— Il reste Stuart, répondit Jane. D'habitude, c'est le Dr Johnstone qui s'occupe de lui...

— Bien. Je lis sur sa fiche : « résident depuis peu, très déprimé quand il est arrivé ». Le Dr Johnstone l'a mis sous antidépresseur. Comment va-t-il ?

— Beaucoup mieux, répondit Jane. Maintenant, il prend part à certaines activités. Il est encore renfermé, mais c'est peut-être par choix. Il a de bons et de mauvais jours, mais au final, les bons deviennent plus fréquents.

— O.K. Je vais trouver un coin tranquille pour avoir une petite conversation avec lui.

— C'est bien. Merci.

Jane ramena Neve dans le salon principal, et depuis le seuil, elle parcourut du regard les visages présents.

— Hallie, est-ce que tu as vu Stuart, ma chérie ?

La fille adolescente de Jane avait apparemment été priée de participer au service car la maison manquait de personnel, et elle distribuait le thé et les biscuits qui attendaient sur une table roulante.

— Dans le petit salon, je pense. Avec le nouveau. Qui est-ce ?

En voyant le large sourire de Hallie, Neve comprit aussitôt qu'elle parlait de Joe.

— M. Lamont. Il s'en va bientôt. Il a juste amené le Dr Harrison.

L'adolescente esquissa une moue, et dirigea vers Neve un regard d'envie.

Il faisait bon dans le petit salon baigné de lumière où de hautes fenêtres captaient le soleil du matin qui faisait briller la neige. Joe était assis dans un fauteuil, à côté d'un homme âgé à la tenue soignée. Celui-ci était maigre, et son visage buriné attestait d'une vie passée à l'extérieur.

— Et alors, qu'est-ce que vous avez fait ? demanda Joe avec un intérêt évident.

Neve s'arrêta sur le seuil pour étudier la réaction de Stuart.

— Je l'ai sortie de là avec un tracteur. Mais cette route est toujours comme ça, en hiver. Sûrement à cause du vent. La neige arrive par là et s'accumule.

Le vieil homme se pencha en avant et passa le doigt sur la carte posée devant eux.

Joe indiqua un autre point, environ un kilomètre et demi plus au sud.

— Et si je passais par ici ?

— Ça dépend, répondit Stuart.

Sa voix exprimait la colère et l'incertitude. Son dossier signalait qu'il souffrait d'une légère démence sénile, d'où sa réaction typique : il se montrait agressif pour ne pas admettre que sa mémoire était défaillante.

Joe n'insista pas — comme tout médecin soucieux de ménager son patient, pensa Neve.

— Oui. Il vaut probablement mieux ne prendre aucun

risque. Je pense que le mieux, c'est de passer par là. C'est plus long, mais moins exposé.

Stuart examinait la carte avec attention. On ne pouvait pas dire s'il suivait vraiment l'idée de Joe, mais peu importait. Joe avait esquivé le problème de mémoire du vieil homme qui, ainsi, ne se sentait pas diminué.

— Oui. Par là, c'est moins exposé. C'est mieux par là.

— Bien. Merci, Stuart. C'est bon à savoir.

— Soixante-dix ans sur le terrain, par tous les temps, ça vous en apprend. Je vous conduirais bien moi-même, mais…

— Vous avez fait votre part, j'imagine ? dit Joe.

— Ça, c'est sûr. Ce truc, là-bas, il est tordu.

Stuart changeait brusquement de sujet, comme si dans sa tête, différentes pensées luttaient pour émerger.

Joe suivit son regard, dirigé vers le sapin de Noël placé dans un coin de la pièce.

— L'arbre ?

— Non, l'étoile en haut. Elle est trop haute pour les filles…

Joe comprit le sous-entendu, et alla redresser l'étoile.

— C'est mieux ?

— Ça ira.

— Qui est-ce ?

Joe se retourna et aperçut Neve.

— Le médecin. Apparemment, il faut que je m'en aille.

Il prit sa carte sur la table basse et échangea une poignée de main avec Stuart.

— Merci pour tous vos conseils.

— Pas de problème. Je suis toujours ici maintenant, alors si vous avez besoin d'un autre renseignement…

— Merci. Je saurai où vous trouver.

Joe avait fait ce pour quoi Neve était venue : amener Stuart à parler, sans montrer que c'était pour évaluer son humeur et sa mémoire.

Elle s'assit à côté du vieil homme.

— Je suis venue pour bavarder un peu. Si vous restiez un moment, Joe ?

Elle avait accompagné sa proposition d'un regard appuyé. Si Joe pouvait parler encore un peu avec Stuart, elle écouterait, et en tirerait toutes les informations sur l'état du patient. Mais de toute évidence, Joe voyait les choses autrement car il secoua la tête.

— Il faut que j'aille déneiger la voiture… et que je donne quelques coups de pied dans les pneus, n'est-ce pas, Stuart ?

— Mmm… Qu'est-ce que vous avez comme pneus ?

— Des pneus neige à haute teneur en silice. Au Canada, presque tout le monde roule avec ça.

Stuart gloussa.

— C'est un tracteur qu'il vous faut, mon garçon ! Ça passe partout.

— Sûrement. Mais c'est un peu frisquet pour les passagers, quand même.

Joe lui adressa un dernier sourire avant de sortir.

Neve était fâchée, cela se voyait. Elle avait eu du mal à avancer dans soixante centimètres de neige, mais avec ses joues rosies par l'effort et ses lèvres pincées, elle était superbe. Essayant de penser à autre chose, Joe tourna la clé de contact. Le moteur hoqueta puis se tut.

— Merci bien, marmonna-t-il.

Il exprimait par ces mots son amertume envers la traîtrise du destin. Une nouvelle tentative noierait le moteur, et il fallait donc attendre un peu. Les prochaines minutes s'annonçaient interminables.

Il sortit de la voiture et ouvrit le hayon de façon que Neve puisse ranger son sac à l'intérieur.

— La voiture ne veut pas démarrer ?

Elle leva vers lui ses jolis yeux bleus, et leur éclat donna à Joe une brusque envie de l'embrasser.

— Laissez-lui une minute, et elle va se décider.

— O.K.

Ouvrant la portière du passager, elle monta dans la voiture. Joe donna un coup de pied dans un pneu afin de gagner du temps puis, sans se hâter, il alla reprendre sa place au volant.

Les poings fermés sur les genoux, Neve regardait fixement devant elle, et Joe envisagea de ressortir pour aller nettoyer une fois de plus le pare-brise.

— Vous auriez pu rester avec Stuart et moi, marmonna-t-elle.

Oui, il aurait pu. Mais il ne faisait plus ce genre de chose.

— Il fallait que je sorte pour faire démarrer la voiture.

Il fut bouleversé par le regard brillant de colère qu'elle tourna vers lui.

— Bon. Démarrez, alors.

— Pas tout de suite. Je ne veux pas noyer le moteur... Ecoutez, c'est vous, le médecin de Stuart. Il aurait été mal venu que je reste.

— C'était à moi d'en juger, vous ne croyez pas ? Je ne vous demandais pas d'effectuer une évaluation complète, mais seulement de le faire parler encore un peu.

— Vous n'êtes pas capable de parler avec lui ?

— Si, bien sûr que je pouvais lui poser des questions.

Les questions habituelles, destinées à évaluer les patients atteints de démence sénile. Stuart avait déjà dû subir cet interrogatoire-là, et il s'en souvenait peut-être. S'il ne parvenait pas à répondre cette fois, il pouvait ressentir un sentiment d'échec et d'humiliation.

— Et vous ne l'avez pas fait, c'est ça ? Vous savez, je ne crois pas savoir moi-même quel est le nom du Premier ministre ici, en Angleterre...

Dans l'habitacle, la tension monta d'un cran.

— Arrêtez de faire l'idiot. Evidemment que je n'ai posé aucune question. Mais la carte, et les routes de la région, c'était un excellent moyen d'évaluer sa mémoire.

Joe n'avait jamais eu cette intention — il s'était juste mis à bavarder avec Stuart. Il avait agi en être humain, et non en médecin. Mais Neve avait raison, et cela le remplissait de remords.

— Ecoutez, nous avons tous les deux une mission à remplir, répliqua-t-il. Nous ne sommes pas obligés d'en être enchantés, mais nous avons besoin l'un de l'autre. Alors continuons, vous voulez bien ?

Neve s'empourpra.

— Ah bon ! Alors comme ça, j'ai besoin de vous. Et vous avez besoin de moi ? Je ne vois pas très bien comment...

Joe ne le savait pas davantage, mis à part le fait que l'air semblait rare et presque irrespirable quand elle n'était pas là.

Soudain, on frappa avec insistance à la vitre embuée.

Joe la descendit, dévoilant Hallie qui frissonnait dans sa veste et son chemisier.

— Stuart dit de pomper avec l'accélérateur, et de démarrer en seconde.

Sans attendre de réponse, l'adolescente tourna les talons, et regagna en courant la chaleur de la maison.

Joe savait comment démarrer, mais il ne voulut pas priver Stuart de son moment de gloire. Saluant de la main la silhouette debout derrière la fenêtre, il tourna la clé de contact, et quand le moteur démarra, il leva les pouces à l'intention du vieil homme.

— Prochaine destination ? demanda Joe alors que la voiture quittait le parking.

— Traversez le village et prenez la deuxième à gauche. Il y a une maison environ deux cents mètres plus loin.

8

Le silence avait cédé la place à une froideur polie. Quand ils s'arrêtèrent devant chez elle, Neve se sentait épuisée.

Elle se dit qu'elle ne pouvait pas laisser Joe s'en aller sans dénouer la situation.

— J'ai réfléchi...

— Mmm ?

Laconique, pensa-t-elle.

Il se carra dans son siège, allongeant ses jambes autant que le lui permettait l'espace restreint.

— J'étais en colère.

— Je crois que je m'en étais aperçu, dit Joe, amusé.

— Excusez-moi.

— Inutile : vous aviez raison. Je n'exerce pas, mais rester pour discuter un peu avec Stuart, n'importe qui l'aurait fait.

De toute évidence, il avait réfléchi, lui aussi, conclut Neve. Et il s'était rapproché de la façon dont elle-même voyait les choses. Voilà qui était nouveau.

— Venez prendre un thé.

— Vous êtes fatiguée, objecta Joe.

Son regard prouvait qu'il se posait la même question qu'elle : le thé n'était-il pas un simple prétexte ?

— J'aimerais bien un peu de compagnie, ajouta-t-elle.

Il lui prit la main, et quand il lui ôta son gant, elle eut

l'impression qu'il la déshabillait. Alors que leurs doigts s'entremêlaient doucement, Neve se pencha, et ses lèvres effleurèrent celles de Joe.

Il se débarrassa très vite de la ceinture de sécurité pour approfondir son baiser.

— Entrez. Ce sera plus facile, murmura Neve.

Dès qu'ils eurent refermé la porte d'entrée derrière eux, Neve passa les bras autour du cou de Joe, et l'attira à elle pour un nouveau baiser. Aussitôt, il la prit par les hanches pour la soulever et la plaquer contre lui. Ce qui balayait tous les doutes et annonçait clairement ce qui allait se passer ensuite.

A travers les couches de duvet grand froid et de textile imperméable, Neve ne sentait pas vraiment le corps de Joe, mis elle percevait sa force. Il la soulevait et la serrait contre lui à lui couper le souffle.

Elle interrompit brièvement leur baiser.

— Ma chambre... à l'étage, murmura-t-elle.

— Je veux te déshabiller, vêtement par vêtement.

— Et ensuite ?

— Et ensuite, je veux te caresser, chuchota-t-il, son souffle taquinant l'oreille de Neve.

C'était trop. S'il n'arrêtait pas ce petit jeu, elle allait s'évanouir...

Se dégageant, elle le prit par la main pour l'entraîner dans sa chambre où régnait un froid glacial. Elle allait allumer la lampe quand Joe lui saisit le poignet et lui déposa un baiser sur les doigts. Dans l'obscurité, elle sentit qu'il lui ôtait son manteau et son gilet matelassé puis il l'obligea à reculer jusqu'à ce qu'elle tombe sur le lit. Se penchant, il lui retira ses chaussures puis ses épaisses chaussettes de laine, et l'air froid la fit frissonner.

Dans la lumière du couloir qui filtrait par la porte entrouverte, elle put voir que Joe retirait son blouson et ses bottes puis son chandail. Revenu près d'elle, il déboutonna l'épais cardigan qu'il fit glisser sur ses épaules juste avant de la débarrasser du sweater qu'elle portait dessous.

— Joe…

Elle tira sur la chemise qu'il fit passer par-dessus sa tête. Les doigts de Neve défaisaient déjà le bouton de son jean qu'il enleva lestement.

— Des préservatifs. Dans le tiroir…, murmura-t-elle.

— Plus tard. Je veux prendre mon temps pour toi, ma chérie.

Elle sentit qu'il déposait des baisers sur ses cuisses à mesure qu'il lui retirait doucement son pantalon.

— Et toi…

Il la réduisit au silence en posant une main sur son sein, en caressant la pointe, et elle eut l'impression que du feu liquide se mettait à couler dans ses veines.

— Toi d'abord.

D'une main, il dégrafa le soutien-gorge avec une rare dextérité puis elle sentit le coton doux du T-shirt de Joe lui frôler le ventre.

— Attends, Joe.

Elle dut faire appel à toute sa volonté pour le repousser, et il s'écarta immédiatement.

— Qu'y a-t-il, chérie ?

— Pas comme ça.

Ce fut un choc pour Joe. Il n'avait même pas pensé à ce rejet instinctif parce qu'il avait un corps brisé et abîmé.

Le laissant étendu sur le lit, Neve roula sur elle-même pour se lever et gagner la fenêtre d'un pas décidé pour tirer les rideaux. Ensuite, elle prit les allumettes posées sur la cheminée à côté de quatre bougies devant un grand miroir encadré. Quand elle les alluma, la lumière glissa sur les contours de son corps et en caressa les courbes. Elle était époustouflante. Des membres fins, des seins magnifiques… De quoi mettre un homme à genoux.

— C'est mieux comme ça, non ?

— Comme tu es belle, répondit-il, soulagé d'avoir fait fausse route.

Cette voix enrouée par l'émotion ne lui ressemblait pas du tout.

— Et toi…

D'un pas léger, elle revint vers le lit.

— Tu ne vas pas t'en tirer comme ça, ajouta-t-elle.

L'obligeant à rouler sur le dos, elle s'assit à califourchon sur lui, le remplissant d'un délicieux sentiment d'anticipation. Elle se pencha sur lui et, du bout de la langue, elle lui caressa le bord de l'oreille, puis elle tira sur son T-shirt.

— Qu'est-ce que tu croyais ? Que je ne voulais pas te voir ? Ou est-ce que tu pensais me faire crier de plaisir en premier, avant d'enlever ça pour que je ne voie pas trop ?

Il la serra contre lui. Elle avait tout deviné !

— Pas mal pensé. J'aime particulièrement le passage où tu cries…

Elle pouffa. De toute évidence, elle aimait cette idée, elle aussi.

— De toute façon, je ne crie pas dans le noir. C'est triste, l'obscurité.

Soudain, Joe eut envie qu'elle le voie, tout entier, comme il était. Et, peut-être, qu'elle l'accepte un peu…

— Nous avons de la lumière. Que faisons-nous maintenant ?

Elle aurait peut-être le courage qu'il n'avait pas…

Neve ouvrit d'une main le tiroir de la table de nuit et en sortit des ciseaux dont les lames brillèrent dans la lumière.

— Enlève-le, Joe.

— Et si je ne le fais pas ? demanda-t-il, glissant les mains sous sa nuque.

— J'espère que ce n'est pas ton plus beau T-shirt.

Elle tira sur le bas du vêtement, et donna un premier coup de ciseaux. Avec ce bruit, Joe eut l'impression que toutes ses inhibitions s'envolaient. Ensuite, il y eut la première longue entaille, et il sentit l'acier froid sur son ventre.

— Doucement...

Il savait qu'elle ferait attention, mais, de toute façon, cela lui était égal. Seul comptait l'espoir né en lui. D'un regard, elle pouvait le détruire.

— Tu me fais confiance ?

Elle glissa la main sous le T-shirt avec un sourire qu'il trouva incroyable.

— Oui. Entièrement confiance, chérie.

Lentement, Neve découpa le T-shirt puis marqua une pause pour déposer des baisers sur le torse dénudé. Elle aimait ce qu'elle voyait, et voulait que Joe le sache. De toute façon, son propre corps ne pouvait pas mentir : ce qu'elle voyait l'excitait. Joe la caressa, et elle frissonna, lâchant les ciseaux qui tombèrent avec fracas sur le carrelage.

Elle tira sur le boxer de Joe qui souleva les hanches pour qu'elle puisse l'ôter.

— Très prometteur, murmura-t-elle, l'embrassant sur les lèvres.

Il referma les mains sur sa taille fine.

— C'est à cause de toi, répondit-il.

— Regarde...

Elle l'obligea d'une pression à tourner la tête, et il s'aperçut qu'il y avait un autre miroir dans la chambre, sur la coiffeuse. En allant allumer les bougies, elle devait l'avoir orienté en direction du lit.

— Qu'est-ce que tu vois, Joe ?

— Toi et moi...

Elle lui sourit dans le miroir.

— Seulement ?

— Seulement...

Rien d'autre que deux corps, à la fois tendus et tremblants, prêts l'un pour l'autre. Les cicatrices étaient toujours là, mais, en cet instant, elles n'avaient aucune importance.

Joe l'attira à lui pour embrasser ses seins. Il l'entendit soupirer, alors il continua...

Bientôt, le désir devint insoutenable.

— Maintenant, Joe, s'il te plaît... tout de suite, murmura Neve.

— Je me demande où j'ai la tête, lui chuchota-t-il à l'oreille. J'adore tellement sentir ta peau contre la mienne...

Sans effort, il la fit basculer sur le dos. Il lui enleva sa petite culotte, et le bruit excitant du tissu qui se déchirait prouva leur hâte.

Quand Neve sentit les doigts de Joe descendre le long de son ventre, elle faillit s'évanouir de désir, et son corps réagit immédiatement à sa caresse légère et habile.

Proche de l'orgasme, elle chercha en vain les préservatifs dans le tiroir. Ce fut Joe qui les trouva. Il vida la boîte sur la table de chevet, et saisit un des petits paquets.

Quand il enfila le préservatif, Neve ne le remarqua même pas parce qu'il lui murmurait à l'oreille ce qu'il s'apprêtait à faire. Puis, lentement, il vint en elle. Comme elle ondulait doucement, il l'immobilisa sous lui.

— Pas si vite, chérie. Je ne tiendrai pas longtemps si tu continues comme ça.

Elle se délecta en regardant sa peau mate, les muscles de ses épaules et de ses bras. Il marquait une pause avant chaque caresse, la lui laissant anticiper avant de la recevoir.

Puis, d'une pression, il lui souleva un peu plus les jambes et les plaça autour de sa taille.

— Neve, murmura-t-il d'une voix étranglée.

Quand il s'enfonça plus profondément en elle, Neve laissa échapper un cri de plaisir. Jamais elle n'aurait imaginé éprouver des sensations aussi incroyables.

En la voyant s'abandonner à la jouissance dans un long frissonnement, Joe eut l'impression qu'un picotement électrique descendait le long de son dos, comme si, par une sorte d'osmose, leurs âmes fusionnaient, et qu'il pouvait comprendre ce qu'elle ressentait. Ensuite, tout se brouilla dans un délicieux vertige.

Encore submergé par l'émotion, il dut faire un effort pour ne pas s'allonger sur elle. Lentement, il bascula sur le côté, l'entraînant avec lui, et la couvrit de la couette.

Il émit un soupir de pure satisfaction en la sentant se blottir contre lui. La plus belle femme du monde le trouvait attirant ! Cela pourrait peut-être marcher. Peut-être pourrait-il tenter de s'installer et d'assembler le puzzle de sa vie. Jusque-là, il avait pour seul projet de ne faire aucun projet… Et si tout changeait ?

9

Neve dormit un moment, la tête contre son épaule marquée de cicatrices qu'elle ne sembla même pas remarquer à son réveil.

Il se leva, non sans avoir déposé un baiser sur une douce épaule arrondie, et descendit au rez-de-chaussée, où il trouva dans le réfrigérateur de quoi confectionner des sandwichs au bacon.

Revenu dans la chambre, il passa l'assiette devant le nez de Neve qui ouvrit les yeux.

— Tu es un ange, Joe...

Ils mangèrent et parlèrent. Burent du café et parlèrent encore, enlacés dans la tiédeur du lit de Neve.

Comme il lui avait demandé d'où provenait ce lit aux montants en laiton, elle lui expliqua qu'elle avait meublé sa maison avec des meubles d'occasion restaurés et cirés qui se mariaient bien avec le style de la vieille ferme.

— Mais alors, tu as jeté tout ton mobilier d'avant ?

Elle, qui ne parlait jamais de son passé, raconta Londres, sa famille, son enfance, et ses études de médecine, mais s'en tint là.

— J'ai habité six mois chez mes parents avant de m'installer ici, conclut-elle, tirant la couette sur elle comme si, soudain, elle avait froid.

— Et avant de retourner chez eux ?

Neve avait un problème avec ce qui s'était passé juste après ses études, c'était évident : on aurait dit un animal pris au piège. Mais c'était trop tard, pensa Joe. Il avait posé la question, et le malaise ne s'effacerait pas s'il changeait de sujet. Mieux valait l'aider à répondre.

— Je suppose que tu as vécu avec quelqu'un ?

Elle acquiesça de la tête sans le quitter des yeux.

— J'étais mariée... Et pendant deux ans, il n'y a eu que lui.

— Un homme jaloux, c'est ça ? J'ai un aveu à te faire : moi aussi, dit-il, d'un ton volontairement trop solennel.

— Oui ?

— Toi non plus, tu n'es pas ma première.

Comme il l'avait espéré, elle se mit à rire, libérée. Son passé, c'était de l'histoire ancienne, et ce soir, c'était lui, Joe, qui la tenait dans ses bras.

— Tu veux dire que tu ne t'es pas gardé pour moi ? Je suis déçue ! répliqua-t-elle, malicieuse.

— Non. J'ai eu une amie avant... Deux, peut-être.

— Des centaines, je suppose.

Elle lui caressait le torse en un geste possessif, et il s'aperçut qu'il adorait cela.

Il feignit de compter sur ses doigts.

— Des centaines ? Pas tout à fait autant.

— Et jamais... marié ? demanda Neve, s'efforçant d'adopter un ton dégagé.

— Non. J'ai beaucoup bougé.

Joe n'avait jamais manqué de compagnie féminine, mais il avait toujours fait passer sa carrière avant. Et quand tout s'était effondré, il avait tout perdu.

De nouveau, il attira Neve contre lui, trouvant quelque chose de rassurant dans le contact de sa peau.

Elle lui saisit le poignet pour consulter sa montre.

— Tu as faim, chérie ?

— Un peu.

— Je vais te préparer quelque chose si tu veux.

— Tu fais la cuisine ?

— Bien sûr : je mange ! Tu peux me croire : une fois que tu auras goûté ma crème brûlée, je ferai ce que je veux de toi.

— A ta place, je ne m'avancerais pas autant.

— Tu n'aimes pas la crème brûlée ?

— Si, mais personne ne fait ce qu'il veut de moi.

Apparemment, elle avait pris sa boutade au sérieux. Joe lui prit la main et déposa un baiser dans le creux de sa paume.

— Je m'en souviendrai. Mais je ne suis pas sûr que toi, tu ne feras jamais ce que tu veux de moi.

— A propos de règles de base...

— C'est ce que nous sommes en train d'établir ?

Elle se redressa et s'enveloppa dans un angle de la couette.

— Je ne suis pas du genre collant. J'aime beaucoup être avec toi, mais je ne te demanderai pas de passer tout ton temps avec moi. Tu n'es pas obligé de te sentir responsable de moi.

Joe se sentit déçu. N'était-ce pas ce qu'il voulait ? De toute façon, comment pourrait-il faire la moindre promesse ? Il ignorait où il serait et ce qu'il ferait dans six mois ! En même temps, cela l'attristait. Il aimait beaucoup Neve, et souhaitait prendre soin d'elle, bien au-delà de deux nuits divines par semaine passées à faire l'amour.

— Cela implique que je ne peux pas faire la cuisine pour toi ?

— Non, évidemment. Je ne veux pas que tu me croies dépendante de toi... Enfin, tu comprends ce que je veux dire.

Non, il ne comprenait pas vraiment. Jamais il n'aurait imaginé une telle chose. Neve était d'une indépendance farouche, une qualité évidente chez elle et qu'il respectait.

— Tu t'inquiètes pour rien, chérie. Est-ce que les choses ne sont pas très bien comme elles sont ?

Elle se pencha pour l'embrasser, et la conversation qu'ils venaient d'avoir perdit soudain tout intérêt.

— Nous allons manger ?

— O.K.

Maintenant, il fallait qu'elle aille travailler — mais la ruée vers la douche et le petit déjeuner avalé à toute vitesse, c'était quand même bien plus amusant quand Joe était là ! Et quand Maisie appela pour lui donner la liste des visites de la journée, Neve ne se préoccupa nullement de la longueur du trajet car cela signifiait que Joe allait rester avec elle.

Très différent de son ex-mari, Joe n'était pas jaloux, ne contrôlait pas ses faits et gestes, et n'éprouvait pas le besoin de régler le moindre détail de sa vie... Mais, en fait, Matthew n'était pas ainsi quand elle l'avait rencontré, et elle s'était souvent demandé quel rôle elle avait joué dans ce changement catastrophique qui les avait menés au divorce.

Cette fois, en tout cas, il fallait qu'elle fasse mieux. Elle poserait dès le début des règles de base, et s'y tiendrait, pour ne pas donner à Joe de raisons de changer.

Pour l'instant, en tout cas, rien ne pourrait ternir son bonheur présent, ni ce sentiment de se réveiller après un demi-sommeil qui avait duré trop longtemps. Les questions délicates attendraient.

— Donc, nous avons terminé ? Veux-tu aller manger quelque chose ? proposa Joe alors qu'ils rentraient au cabinet médical.

— Je viens de recevoir un message de Maisie. Nous avons une visite supplémentaire.

Il acquiesça en silence, gardant pour lui la déception qu'il devait éprouver à l'idée du dîner encore une fois reporté. C'était une autre différence avec Matthew. Celui-ci aurait téléphoné en avance pour réserver une table dans un restaurant, et si quelqu'un avait contrarié ses projets, il aurait été furieux.

Neve suivit Joe jusqu'à la voiture et consulta son téléphone pour lire les détails concernant son prochain patient.

— Tatouage infecté.

— Où ?

— Je ne sais pas, Maisie ne me l'a pas dit. Mais, apparemment, c'est très enflé et la plaie commence à suppurer.

Joe leva les yeux au ciel.

— Je veux dire : où est la maison, pas le tatouage ! Moi, je conduis, je te le rappelle.

Neve lui sourit. La séparation des rôles était devenue entre eux un sujet de plaisanterie.

— A trois kilomètres d'ici seulement. Voici l'adresse.

Neve et Joe attendirent longtemps sous le grand porche avant que la porte s'ouvre sur un jeune homme vêtu d'un pantalon de pyjama. Apparemment, il venait de se réveiller, et semblait surpris de trouver quelqu'un sur le seuil.

Neve lui sourit.

— Dr Neve Harrison. Je viens voir Andrew Martin.

— Ouais. C'est moi.

— Est-ce que nous pouvons entrer ? demanda Joe.

Acquiesçant d'un haussement d'épaules, Andrew se détourna pour les précéder, et Neve ouvrit de grands yeux. Sur l'omoplate du patient, le tatouage, enflé, était à présent brouillé par des croûtes suintantes. Elle adressa un rapide coup d'œil à Joe qui soutint le patient jusque dans le salon, où il l'installa sur un canapé en cuir. Andrew s'affaissa sur lui-même, la tête sur les genoux, pendant que Neve enfilait des gants chirurgicaux. Elle en tendit une autre paire à Joe qui les prit sans les mettre.

— Qu'en penses-tu ? demanda Joe, restant en retrait, comme d'habitude.

— Il se pourrait que ce soit une réaction à l'encre. On distingue du rouge et du bleu, les couleurs les plus susceptibles de provoquer une réaction allergique. Ou bien, plus vraisemblablement, il y a infection.

Neve tapota doucement la joue du jeune homme.

— Andrew… Andrew.

— Ouais…

— Quand avez-vous fait faire ce tatouage ?

— La semaine dernière. Moi et mes copains, on est allés en ville, et on s'est tous fait tatouer.

— Y a-t-il quelqu'un d'autre ici, Andrew ?

— Non. Mes parents sont partis en vacances, répondit-il.

Son haleine sentait l'alcool… Par signes, Neve demanda à Joe d'aller inspecter la cuisine.

Andrew se crispa quand elle palpa doucement la grosseur.

— Aïe !

— Ça a l'air très douloureux.

— Plutôt, ouais, répondit-il avec une ironie nonchalante.

— O.K. Qui a appelé le cabinet médical ?

— Ma copine. Elle travaille dans un bar. Il a fallu qu'elle aille au boulot.

Neve rejoignit Joe qui était apparu sur le seuil de la pièce.

— La cuisine est pleine de bouteilles de bière, de boîtes de pizzas, et de cendriers. Et ça sent la marijuana.

— Ou bien il a trop fumé, ou il a trop bu, ou il fait une infection. Les trois, probablement.

— Il faut l'hospitaliser ?

— Oui, nous ne pouvons pas le laisser ici, répondit Neve en sortant son téléphone.

— Nous allons l'emmener.

— Ça ne te dérange pas ? Ce sera probablement plus rapide. Les services d'urgences sont encore débordés.

— Oui… S'il vomit sur ma banquette arrière, j'enverrai la note à ses parents !

Joe se dirigea vers Andrew.

— Venez, mon vieux, réveillez-vous. Nous allons faire un tour.

Neve appela Maisie et envoya Joe chercher des vêtements pour Andrew. Le garçon protesta quand elle voulut poser un pansement temporaire sur la grosseur, et Joe réapparut pour l'immobiliser avec douceur. Ensuite, il lui fit enfiler ses vêtements et, avec l'aide de Neve, il le soutint jusqu'à la voiture. Là, Neve l'installa aussi confortablement que possible sur la banquette arrière pendant que Joe le sanglait dans sa ceinture de sécurité.

— Prêt ?

— Oui. En route.

A l'hôpital, on examina le jeune homme dès que Neve eut mis au courant l'infirmière chargée du tri des patients.

Ensuite, elle rejoignit Joe dans la salle d'attente des urgences, où il lisait une revue sur les machines agricoles.

— Où en est-on ? demanda-t-il.

— Ils le gardent ce soir, vu son état psychologique troublé. Et il y a un début de septicémie.

— Bon. Des nouvelles de Maisie ?

— Oui, elle a réussi à joindre la mère d'Andrew sur le numéro de mobile d'un dossier médical de la famille. Ses parents rentreront de Londres demain matin.

Il posa la revue sur la chaise voisine et étira ses bras.

— Donc, nous avons terminé ?

— Oui, mais si ça ne te dérange pas, est-ce que nous

pourrions faire un saut au bureau ? J'aimerais bien regarnir ma trousse médicale, et comme nous sommes tout près...

— Aucun problème. Je pourrai prendre une tasse de thé avec Maisie. Je veux la remercier de m'avoir nommé chauffeur du plus beau médecin de la ville.

— Tu ne feras pas une chose pareille !

— Tu as honte de moi ? demanda Joe avec un sourire un peu triste.

Neve s'avança entre ses jambes allongées pour lui déposer un baiser sur la joue, sous les regards indifférents des patients présents.

— Non. Je veux seulement que tu restes mon petit secret pendant quelque temps, murmura Neve.

— Un *petit* secret ?

Elle sentit les mains de Joe sur sa taille.

— Un grand et beau secret.

— Oui. C'est mieux.

Il lui déposa un chaste baiser sur la joue, et se leva.

— Comme nous sommes en ville, nous pourrions acheter quelques provisions et faire d'autres achats si tu veux. Les magasins restent ouverts tard cette semaine.

— Le shopping de Noël ! Il ne reste qu'une semaine, c'est vrai.

— La plupart de mes cadeaux sont déjà en route vers le Canada, mais il me manque encore un parfum pour Edie. Sa fille m'a écrit un nom sur un bout de papier, très gênée parce qu'il s'agit d'un parfum luxueux, mais j'ai insisté : Edie a été très gentille avec moi, et avec sa petite retraite, elle ne peut jamais s'offrir ce genre de chose. Et toi ? As-tu des achats à faire ?

— Oui. Une perceuse pour mon père.

— Super... Je serai ravi de visiter un magasin de bricolage. Surtout avec toi.

10

Le dégel avait commencé. Quand Neve se réveilla, le lendemain matin, elle vit, par la fenêtre de Joe, que la neige avait presque disparu dans la rue principale de Leminster. Ensuite, dans la campagne, ils trouvèrent des chaussées dégagées.

Le soir, ils terminèrent vers 17 heures. Le lendemain serait un samedi. Neve dit à Joe qu'elle avait besoin de sommeil et il ne fit aucun commentaire, esquissant simplement une moue de déception.

— Le cinéma demain après-midi, alors, peut-être ? Est-ce qu'il y a un film qui te tente ?

— Oui, deux films, même. Si tu venais déjeuner avant ?

Pour Neve, il y eut ensuite le rituel de descendre de la voiture et de laisser Joe porter ses sacs jusqu'à la porte, puis un baiser sur les lèvres, léger, comme pour éviter une trop grande tentation.

— Bonne nuit, chérie.

Cela faisait plus de soixante heures d'affilée qu'ils étaient ensemble et, pour le quitter, Neve eut plus de mal qu'elle l'aurait cru.

— Bonne nuit, Joe.

La maison était propre, il y avait un bouquet de fleurs posé sur la table de la cuisine, et les pommes de terre attendaient dans une casserole, sur le poêle.

A midi pile, on sonna à la porte d'entrée. Neve abandonna le couteau qu'elle venait d'utiliser pour éplucher deux oignons et courut ouvrir.

— Bonjour ! dit Joe, lui adressant un large sourire.

Ce sourire lui avait manqué, comme ce corps chaud couché près d'elle dans le lit. Le canapé-lit de la cuisine, qui avant lui semblait si confortable, ne lui convenait plus du tout maintenant.

— Bonjour.

Il se pencha pour ramasser le courrier sur le paillasson et le lui tendit puis il entra dans la cuisine. Sans un baiser.

Mais dès qu'elle eut déposé les lettres sur la table, il la prit dans ses bras et la serra contre lui.

— Tu m'as manqué hier soir, dit-il.

— Ah bon ? Je croyais que tu dormirais comme un bébé...

— Non. Je pensais à toi.

— Et plus précisément ?

En réponse, il l'embrassa. Elle aussi, elle y avait pensé.

— Je me demandais ce que tu allais me préparer pour le déjeuner d'aujourd'hui.

Elle se dégagea doucement, se dirigea vers la cuisinière, et saisit la poêle à frire.

— Saucisses-purée.

— Tu es vraiment mon genre de femme, répondit Joe, hilare. Une sauce à l'oignon pour accompagner ?

— Je pensais que tu t'en chargerais.

Neve se dirigea vers la table et regarda son courrier : deux factures, qu'elle mit de côté, et plusieurs enveloppes colorées.

— Pourquoi ne les ouvres-tu pas ? demanda Joe, désignant

de la tête le manteau de la cheminée déjà encombré de cartes de vœux.

Elle sourit et entreprit de décacheter les enveloppes.

— Ah... C'est bien. Ma tante Maureen.

Joe prit la carte qui représentait une scène de Noël.

— Est-ce que tu as un sapin ? demanda-t-il.

— Pas encore. Je n'ai pas eu le temps.

— Veux-tu que je t'en procure un ? Je pourrais y aller lundi, si tu n'as pas besoin de moi pour tes visites.

— Tu n'auras pas à m'emmener. Nous pensons reprendre la rotation normale lundi prochain, alors je serai au cabinet médical. Et je ne ferai peut-être pas d'arbre cette année étant donné que je rentre à Londres pour Noël.

— Pour trois jours, mais Noël dure plus longtemps que ça !

— D'accord, alors, si ça ne te dérange pas... Merci.

Neve déchira la dernière enveloppe. Elle contenait une carte épaisse, lourde, et à la fois sobre et artistique, comme une carte envoyée par une entreprise.

Quand elle l'ouvrit, son sourire disparut instantanément.

« Joyeux Noël

Je t'ai vue à la télé l'autre jour, et j'ai compris que je t'aime plus que jamais.

Je voudrais te revoir.

Matthew »

Neve referma la carte puis, d'un geste aussi désinvolte que possible, elle la déchira en deux avant de s'en débarrasser dans la poubelle de la cuisine. Ensuite, pour faire bonne mesure, elle jeta par-dessus les pelures d'oignons restées sur la planche à découper.

— Je ferais mieux de préparer tout de suite le déjeuner si nous voulons arriver à l'heure au cinéma.

Le regard perplexe, Joe ne répondit pas, et Neve se concentra sur les oignons qu'elle coupa en deux.

Elle n'entendit pas Joe traverser la cuisine, et sursauta quand il passa les bras autour de sa taille et déposa un baiser sur sa nuque.

— Il y a quelque chose dont tu veux parler ?

— Pas vraiment.

Il lui ôta le couteau de la main et le posa sur la table puis il obligea Neve à se retourner, et d'un doigt, lui essuya la joue.

— Et ça, c'est à cause des oignons, je suppose ?

— Exactement.

La carte de Matthew l'avait surprise et troublée. Rien de plus. Pour lui, il ne lui restait ni larmes ni amour, et s'il tentait de nouveau de la joindre, elle le lui dirait.

— Alors tu ne veux pas me dire qui t'a envoyé cette carte.

— Mon ex-mari, répondit Neve, se décidant. Je ne savais même pas qu'il avait mon adresse.

— Tu ne lui as pas dit où tu habitais ?

— Quand j'ai quitté Londres, j'ai voulu tourner la page, mais Matthew m'a sûrement vue à la télé dans cette stupide interview, et il n'a pas dû avoir trop de mal à me trouver.

— Il t'a fait tant de mal que ça ?

— C'est de l'histoire ancienne.

— Oui, mais parfois, le passé laisse des traces...

— Je n'aurais pas dû te parler de ça.

— Tu n'as rien à te reprocher. C'est arrivé, c'est tout. Parfois, je me réveille en pleine nuit et je me crois là-bas.

— Mais... tu m'as dit que tu ne te souvenais pas...

— Quand on est blessé, dans son corps ou dans ses sentiments, le choc reste en soi. On se croit guéri, on a l'air guéri, mais il faut du temps avant que les émotions suivent...

— Il est peut-être temps que j'en parle.

— Si je préparais une tasse de thé ?

En s'activant, Joe laissa à Neve du temps pour réfléchir, et dès qu'il s'assit, les mots jaillirent.

— Quand j'ai épousé Matthew, j'avais vingt-trois ans, et je n'avais pas encore terminé mes études. Il était intelligent et charmant. Il avait gagné beaucoup d'argent quand il était très jeune, et il voulait tout me donner.

— C'était un bon début.

Joe prit la théière et remplit deux tasses.

— Oui, je le croyais, moi aussi. Ensuite, Matt a commencé à avoir des sautes d'humeur que j'attribuais au stress parce qu'il travaillait très dur. Assez vite, il s'est mis à décider de tout : où nous vivions, qui nous voyions, quel genre de vêtements et quel parfum je devais porter...

— Et tu l'as quitté.

— Non. J'aurais dû le faire, je sais, mais je voulais que notre mariage marche. Je pensais que tout était ma faute.

Une larme coula sur la joue de Neve, et un soupçon s'incrusta dans la tête de Joe, lui donnant la nausée.

— Est-ce qu'il t'a fait du mal ?

Voyant Neve hésiter, Joe lui prit les mains par-dessus la table.

— Nous pouvons gérer ça ensemble.

Leurs regards se mêlèrent, et Neve inspira profondément.

— J'étais enceinte. Ce n'était pas prévu, mais j'étais folle de joie. Je pensais que Matt serait aussi content que moi, mais il a déclaré que ce n'était pas le moment. Il valait mieux que j'attende quelques années, que je sois mieux installée dans ma carrière et, ensuite, *il* y penserait. J'ai compris depuis qu'il mourait de peur que l'enfant prenne sa place et devienne ma priorité... Dans mon cœur, je savais que notre foyer n'était pas l'endroit idéal pour élever un enfant, mais j'ai tenté de convaincre Matt. Les discussions ont duré des semaines mais, pour une fois, je n'ai pas cédé.

Et puis un soir, je lui ai dit que je le quittais. Il m'a frappée en plein visage.

Un accès de rage secoua Joe. Il fallait qu'il trouve ce type ignoble… Mais exploser de colère parce qu'il ne pouvait pas corriger la brute qui avait fait du mal à Neve était la dernière chose dont elle avait besoin.

Lentement, il lui caressa la joue.

— Que s'est-il passé ensuite ?

— Je me suis enfuie, mais il m'a rattrapée. J'ai pourtant réussi à me dégager, et je me suis sauvée en voiture. Je n'aurais pas dû conduire, mon œil commençait à enfler, mais…

— Tu protégeais ton enfant.

— En tout cas, je le croyais. Je tournais dans la rue de mes parents quand un adolescent à moto a surgi de nulle part. En faisant un écart pour l'éviter, j'ai heurté une voiture venant en face.

— Tu as été blessée ?

— Je ne roulais pas très vite et l'airbag m'a sauvée. Mais comme je saignais du visage, quelqu'un a appelé une ambulance qui m'a emmenée à l'hôpital. Ma mère leur ayant expliqué que j'étais enceinte, on m'a examinée et on m'a dit que tout allait bien… Mais deux jours plus tard, j'ai perdu mon bébé.

— C'est affreux, murmura Joe.

Neve lui adressa un sourire tremblant qui le bouleversa.

— Quand Matthew est venu me voir et qu'il a dit que c'était mieux comme ça, que nous pouvions oublier et prendre un nouveau départ, je l'ai jeté dehors. Ensuite, mon père ne l'a plus laissé entrer dans la maison.

— C'est bien que tes parents aient été là pour te soutenir.

— Mais je dois assumer aussi ma part de responsabilité.

— Tu sais bien que l'accident de voiture n'est sûrement pas la cause de ta fausse couche. Au cours du premier trimestre, le bébé n'est pas très bien accroché…

— La question n'est pas là. Si j'étais partie tout de suite, dès que j'ai su que j'étais enceinte…

S'interrompant, Neve secoua tristement la tête.

— Tu peux tourner éternellement en rond avec tes questions.

Joe se surprit à utiliser la formation psychologique qu'il avait reçue. Voilà qu'il se raccrochait à cette profession qu'il avait promis de ne plus jamais exercer…

— Je ne vais pas te laisser croire que c'était ta faute ! Je sais que tu tenais à ton enfant et que tu as fait de ton mieux.

— Mais je ne peux quand même pas oublier…

— Tu ne dois pas oublier… Jamais. Mais le deuil est un processus qui permet de faire la paix avec le passé de façon à aller de l'avant.

— Oui, mais tu connais les deux rêves que j'ai toujours eus : être médecin, et être mère.

— Et pas « être femme » ?

— Oui, une femme aussi, mais je n'ai pas voulu mentionner ça de peur de t'effrayer.

Elle émit un petit rire et, soudain, la tension qui régnait se dissipa.

— Tu ne me fais pas peur ! Et je pense que tu seras une mère formidable. Je sais déjà quel excellent médecin tu es.

En parlant, Joe eut un pincement au cœur. Si Neve avait compris qu'elle devait tourner la page pour trouver l'homme qui serait un bon père pour ses enfants, lui, il savait qu'il n'était pas cet homme-là. Son passé lui avait prouvé qu'on ne pouvait pas lui confier d'autres personnes.

Mais l'espoir sur le visage de Neve était si précieux… Il devrait se concentrer sur lui, et non sur ses propres doutes.

— Merci pour tout ce que tu m'as dit.

— Je t'ai seulement dit ce que je vois.

Elle quitta sa chaise pour venir s'asseoir sur ses genoux,

et, heureux, Joe la berça contre son épaule, oubliant tout le reste.

— Puisque je ne te fais pas peur, tu veux bien prendre le risque de déjeuner avec moi ? demanda-t-elle en souriant.

— Mmm... Vivons dangereusement.

11

Pour Joe, les heures, délicieuses, avaient passé très vite. Il y avait eu le déjeuner, puis ils s'étaient rendus en ville pour aller au cinéma.

Dans la salle obscure, il ne put tenir plus longtemps ses pensées à distance. Quand les lumières revinrent, il avait perdu le fil de l'histoire, mais le scénario qui avait germé dans sa tête était très clair pour lui.

De retour chez Neve, celle-ci lui donna un petit coup de coude dans les côtes alors qu'ils se dirigeaient vers la porte d'entrée.

— Tu es bien silencieux. Tu n'as pas aimé le film ?

— Si, il était bien..., répondit-il sans conviction.

— Moi, j'ai trouvé un peu exagéré le moment où le héros attendait de recevoir les informations sur son ordinateur portable. S'il avait glissé l'ordinateur sous son bras et s'il s'était enfui avec, il aurait été loin quand les soldats sont arrivés.

Joe ne put s'empêcher de sourire. De toute évidence, Neve n'avait pas plus apprécié le film que les autres spectateurs dont il avait entendu les commentaires à la sortie. Mais elle ne laissait jamais les petites choses de la vie l'abattre, elle se contentait d'en sourire... Il ressentit comme un devoir de ne pas étouffer cet irrépressible optimisme.

— Je suppose que le réalisateur devait absolument caser la séquence de poursuite sur les toits, dit-il.

C'était à peu près la seule partie du film dont il se souvenait.

— Tu as dormi, sûrement : ça, c'était après.

Neve sortit ses clés. Ils entrèrent tous les deux, et Joe pénétra derrière elle dans la cuisine.

— C'était quelque chose aussi, cette poursuite sur les toits, reprit-elle. Il aurait dû se briser une jambe en atterrissant sur le trottoir après une chute pareille. Au lieu de ça, il s'est relevé, et il est parti en courant...

Elle s'interrompit, et Joe sut qu'elle avait perçu son malaise.

— Tu n'enlèves pas ta veste, Joe ?

Il décida de se montrer prudent. Neve était vulnérable, et elle n'avait rien à voir dans cette affaire. C'était son problème à lui, et à lui seulement.

— Je... ne vais pas rester.

Une petite moue trahit la déception de Neve.

— Comme tu voudras. Mais tu peux quand même prendre une tasse de thé ?

— Non... Ecoute, je pense que nous devrions faire une pause.

Elle se mordilla la lèvre inférieure. Bon sang, c'était exactement ce qu'il ne voulait pas : qu'elle se fasse des reproches.

— Eh bien... d'accord. Comme tu voudras.

— Cette pause, ce n'est pas ce que je souhaite profondément. Mais je ne t'ai pas tout dit.

Neve se laissa tomber sur une chaise.

— Je peux tout entendre...

Il le savait. Mais c'était compliqué, et le moment n'était pas idéal pour l'accabler avec son problème.

— Je rentre au Canada. Dans deux semaines.

— Ce n'est pas possible !

— Je sais que j'aurais dû t'en parler... Ecoute, je...

— Enlève ta veste, dit Neve, les yeux brillants de larmes.

Il s'exécuta, la jetant sur le dossier d'une chaise, puis s'assit en face d'elle.

— J'ai pensé à certaines choses et... Quand tu m'as parlé de ton mariage, j'étais furieux contre le type qui t'a fait du mal. Ensuite, quand j'y ai pensé, je me suis aperçu que je ne valais pas mieux que lui. Je ne veux pas te voir souffrir de nouveau, tu ne mérites pas ça. Voilà pourquoi je m'en vais. Je ne peux pas te donner ce que tu veux, et ce serait malhonnête de ma part de te bercer de faux espoirs.

— C'est une manière de me dire que tu as changé d'avis ?

— Non ! C'est une manière de te dire que je ne peux pas te donner ce que tu veux. Il m'est arrivé beaucoup de choses quand j'étais dans l'armée, et je me débats avec ça. Je ne veux pas, ou plutôt, je ne peux plus, prendre la responsabilité d'autres vies.

— Mais tu n'as pas à te sentir responsable de moi !

Neve semblait se raidir, s'éloigner de lui. C'était le début de la fin et, à présent, Joe n'avait plus qu'une envie : en finir rapidement.

— Ecoute, je sais que c'est un projet d'avenir très lointain, mais si un jour ça marche entre nous, ce sera naturel de vouloir s'installer et avoir des enfants. Ça, je ne peux pas le faire, ni maintenant ni plus tard, je pense.

— Je ne t'ai jamais demandé ça, Joe. Nous nous connaissons depuis... quoi... deux semaines ? Peut-être moins, même...

— Je sais. Mais si, au lieu de deux semaines, c'était deux ans, ma réponse serait toujours la même. Sinon, ensuite, je resterais pour toi celui qui t'a donné de faux espoirs, qui ne t'a rien dit... Alors je veux tout te dire maintenant. Tu mérites quelqu'un qui veut la même chose que toi. C'est un homme comme ça qu'il te faut.

La colère fit briller les yeux de Neve. La colère — le dernier rempart contre le chagrin.

— Pour qui te prends-tu ? Qui es-tu pour me dire de quoi j'ai besoin ?

« L'homme qui t'aime, et qui va te quitter », répondit mentalement Joe en reprenant sa veste.

— Si tu pars maintenant, ne reviens jamais.

Joe se leva, et se dirigea rapidement vers la porte avant que son courage l'abandonne, mais il espérait un peu qu'elle le suivrait. Elle n'en fit rien. Alors il referma la porte derrière lui, monta dans sa voiture, et s'en alla.

A quoi bon ressasser tout cela ? Il était arrivé quelque chose à Joe, et Neve n'avait aucune idée de ce dont il pouvait s'agir. Le syndrome dépressif post-traumatique incluait un sentiment de culpabilité et une incapacité à s'engager, mais cela n'expliquait pas tout...

Il fallait remettre les choses en perspective. Cela ne faisait que deux semaines qu'elle le connaissait, et il ne voulait pas aller plus loin. Cela ne faisait pas de leur histoire la romance du siècle ! Trois jours chez elle avec sa famille pour les fêtes de Noël l'empêcheraient de penser à lui le jour, et de rêver de lui quand elle parviendrait à dormir.

La semaine passa avec un défilé de toux, de rhumes et d'entorses, et, enfin, arriva le vendredi matin, veille de Noël. Neve se leva tôt pour faire ses valises afin de prendre le train pour Londres à midi. Il faisait froid dans la chambre, et quand elle ouvrit les rideaux, elle comprit pourquoi : une épaisse couche de neige recouvrait la rue.

Prenant son ordinateur portable, elle se réinstalla sous les couvertures et se renseigna sur le trafic ferroviaire.

Les trains pour Londres rouleraient normalement et, malgré une météo pessimiste, aucun retard pour les trains intercités n'était mentionné. Elle devrait peut-être se rendre à la gare à pied, mais ce n'était pas un problème insurmontable.

Rassurée, elle referma son ordinateur.

Deux heures plus tard, et une heure et demie avant le départ du train, elle était prête à partir — et à mettre presque cinq cents kilomètres entre elle et Joe...

Son téléphone sonna. Etait-ce Joe qui l'appelait pour lui souhaiter un joyeux Noël ?

Ce n'était pas lui.

— Maisie... Bonjour. As-tu essayé ma recette de vin chaud ?

— Ecoute, je suis désolée de te faire ça...

La main de Neve se crispa sur le téléphone.

— Que se passe-t-il ?

— Emma a appelé. Elle se trouvait dans le train pour venir passer Noël ici, et celui-ci est tombé en panne dans le tunnel, juste avant d'arriver à Leminster. Apparemment, ils ont attendu une heure avant qu'une équipe de maintenance arrive. Le conducteur est descendu de sa machine pour aider les autres à déblayer la neige et, tout à coup, il s'est écroulé. On l'a ramené dans un wagon et Em fait tout son possible pour lui. Son téléphone ne fonctionne pas dans le tunnel, mais elle a fait passer des messages par un employé de la maintenance qui a parlé à Ted. Il dit que ça ressemble à une crise cardiaque.

— O.K. Je pars. Préviens Emma si tu peux. Est-ce que tu as contacté les secours ?

— Oui. Ted aussi est en route, mais il vient d'appeler pour dire qu'il y a beaucoup de neige et qu'il progresse très lentement.

— Il va falloir que j'y aille à pied, mais ce n'est pas loin. Je devrais arriver sur place plus vite que l'ambulance ou que Ted. Dis-lui de rentrer. Je vous tiendrai au courant.

— Merci. Ce serait peut-être bien que j'appelle Joe ?

Joe ? Surtout pas. Elle pouvait régler cela toute seule.

— Non, ça va aller. Il ne pourrait pas arriver là-bas avant moi.

— Entendu. Si tu as besoin de quelque chose, appelle-moi.

— O.K. Merci d'avoir appelé.

— Tu ne le penses pas.

— Oui et non. Si tu ne l'avais pas fait, je ne te l'aurais pas pardonné.

Neve raccrocha puis, résignée, elle parcourut du doigt sa liste de contacts.

Joe répondit à la deuxième sonnerie.

— Neve... Bonjour.

Il semblait détendu, et content qu'elle appelle. Avait-il déjà oublié qu'ils s'étaient brisé mutuellement le cœur ?

— Il y a un train en panne dans le tunnel juste à la sortie de Leminster, avec une urgence probable à bord...

— Tu as besoin que je t'emmène ?

— Non. A pied à travers champs, j'arriverai plus vite sur place. Mais il se peut que j'aie besoin d'une assistance médicale, et tu es le seul médecin à part moi dans les environs immédiats.

— Ecoute... je ne crois pas que ce soit très judicieux...

Elle avait mis sa fierté de côté pour l'appeler, et il la rejetait !

— Comme tu voudras.

Sans attendre de réponse, Neve raccrocha. Pourquoi perdre du temps à parler avec lui ? Chaque minute comptait.

En hâte, elle fourra du matériel médical dans un sac et

enfila sa veste et ses chaussures, puis elle mit de côté ses deux valises. Noël attendrait !

Dans des conditions normales, il fallait dix minutes pour arriver au tunnel par un sentier piétonnier qui contournait les champs avant de longer la voie ferrée. Mais avec un lourd sac médical à porter, et dans la neige épaisse, au mieux vingt minutes seraient nécessaires.

Concentrée, afin de marcher vite et sans glisser, Neve ne vit pas tout de suite la silhouette qui se dirigeait vers elle à travers les champs. Et quand elle leva la tête, l'homme n'était plus très loin.

Joe. Son capuchon cachait son visage, mais son imposante stature et son aisance dans la neige épaisse le rendaient reconnaissable sans risque d'erreur.

Neve ravala la joie qui l'avait envahie.

— Tu ne devais pas venir ! lança-t-elle, peu aimable.

— J'ai changé d'avis.

Il l'avait rejointe, et il se mit à marcher à côté d'elle.

— Laisse-moi prendre ton sac.

— Je peux me débrouiller.

— Donne-moi ce sac, insista-t-il.

Elle le lui tendit après avoir fait passer la bandoulière au-dessus de sa tête et il l'accrocha aussitôt à son épaule.

— Merci...

Ils iraient plus vite de cette façon, et c'était tout ce qui comptait.

— Qu'est-ce que tu fais là, Joe ?

— Tu m'as demandé de venir.

— Oui, mais ce n'était pas « judicieux » ! Tu as décidé de venir juste pour regarder ?

— Non, j'ai pensé que ce serait peu judicieux de ma part de ne pas proposer mon aide dans cette situation.

Il n’était pas venu pour elle, mais pour les gens de ce train. A cette idée, Neve ne put réprimer une légère déception.

— Quelle expérience as-tu ? demanda-t-elle sèchement.

— Chirurgien militaire — chirurgie générale. Et soins d’urgence en zone de combats.

12

A présent, il fallait qu'elle travaille avec lui, et non contre lui. Qu'elle lui apporte un peu de soutien, et qu'elle cesse de le traiter comme l'homme qui lui avait brisé le cœur six jours auparavant.

— Pour résumer la situation, dit Neve, il y a dans le train un homme qui a sans doute fait une petite crise cardiaque, plus, peut-être, d'autres problèmes médicaux, mais je n'en sais pas davantage.

— Nous allons bientôt être fixés : je crois que j'aperçois l'arrière du dernier wagon.

Loin devant eux, la voie, bordée de talus enneigés, disparaissait dans un tunnel. Il neigeait beaucoup, mais on distinguait à l'entrée du tunnel une tache de couleur vive — une silhouette qui portait une tenue haute visibilité et qui agitait les bras pour attirer leur attention.

Derrière Joe, Neve glissa prudemment sur la pente qui descendait vers les rails. Ensuite, il se fraya un chemin à travers les buissons qui formaient une haie dissuasive de part et d'autre de la voie ferrée, écartant les branches afin que Neve puisse passer.

L'homme en tenue haute visibilité les attendait de l'autre côté de la haie.

— Nous sommes les médecins, Neve Harrison et Joe Lamont.

C'était la première fois que Neve entendait Joe se présenter de cette façon, mais elle n'eut pas le temps de réfléchir à ce que cela impliquait.

L'homme coupa les fils de fer barbelés, et elle faillit perdre l'équilibre en suivant Joe sur la pente raide, mais il la retint.

— Tiens-toi à distance des rails et ne touche rien, dit-il.

Le conseil semblait des plus sensé, et Neve opina.

— Nous sommes presque en bas, ajouta-t-il. Laisse-toi glisser et je te rattraperai.

Neve fit de son mieux pour que Joe n'ait pas à la toucher, mais ce fut impossible : après avoir dérapé sur les derniers soixante centimètres de talus, elle se retrouva dans ses bras.

Leurs regards s'évitèrent soigneusement. Joe la lâcha, et se tourna vers l'entrée du tunnel.

— Il faut que vous voyiez Adam Grimshaw ; c'est mon patron, dit l'employé des chemins de fer.

— O.K., merci. Là-haut ?

Joe pointa l'index en direction d'une passerelle en pente raide, faite de planches assemblées permettant d'accéder à la dernière porte du wagon de queue.

— Oui. Vous voulez un coup de main ?

— Non, merci. Ça va aller.

Joe accéda à la porte ouverte et, après avoir déposé les sacs à l'intérieur, il aida Neve à monter en la prenant par le bras.

A l'intérieur du wagon, il faisait sombre. Ouvrant son sac, Joe en sortit deux lampes torches. Il en donna une à Neve, et alluma l'autre pour regarder ce qui les entourait.

Neve avisa un autre cheminot qui se hâtait de les rejoindre, une main en visière pour protéger ses yeux de la lumière de la lampe torche.

— Vous êtes médecin, madame ?

— Drs Harrison et Lamont, répondit Neve, s'avançant dans sa direction. On nous a dit de demander Adam Grimshaw.

— C'est moi. Je gère la situation ici à bord du train en attendant qu'on puisse faire descendre tout le monde. Merci d'être venus aussi vite. Le conducteur est malade, et on a une blessée.

Neve se tourna vers Joe.

— Je vais me charger de la crise cardiaque, tu t'occupes de l'autre personne.

— Comme tu voudras, répondit-il sèchement.

L'homme les emmena dans le wagon voisin où des groupes de passagers étaient assis dans l'obscurité. Tous les visages, blafards dans la lumière de la lampe, se tournèrent vers eux.

La voix d'Adam s'éleva au milieu des murmures interrogateurs.

— Tout va bien. Restez à vos places, s'il vous plaît. C'est le médecin qui arrive.

Dans le wagon suivant, bondé, il y eut les mêmes visages tout pâles, et les mêmes questions, mais cette fois, des pleurs d'un jeune enfant déchirèrent l'air. Dès qu'elle aurait vu les urgences, il faudrait qu'elle trouve la mère de cet enfant pour voir si tout allait bien, pensa Neve.

— Nous avons rassemblé tout le monde dans les voitures du milieu pour conserver la chaleur, expliqua Adam en empruntant rapidement devant eux l'allée du wagon. Le conducteur ne va pas bien du tout — votre jeune Emma est avec lui dans la voiture de tête. Il y a aussi une passagère qui a été blessée quand le train a stoppé brusquement. J'ai fait tout le train pour demander à tout le monde si ça allait. Il y a quelques blessés légers — des plaies et bosses —, mais je laisse ces personnes-là à leurs places. Parmi eux, il y a une petite fille. Sa mère la garde à l'écart des cas plus graves.

Calme et assurée, la voix de Joe résonna derrière Neve.

— C'est bien. Est-ce que vous pouvez faire encore le tour ?

Si quelqu'un a l'air très somnolent, ou désorienté, signalez-le-nous. Parfois, l'adrénaline peut masquer pendant un temps un choc ou d'autres blessures.

— Entendu.

Adam tenant ouvertes les portes de communication, ils entrèrent dans la voiture de tête.

Neve se dirigeait vers Emma qui se trouvait au bout de l'allée quand une main sortie de la pénombre lui agrippa le bras. C'était un homme.

— Vous êtes le docteur ? Ma femme est blessée...

Joe saisit le poignet du passager, et celui-ci lâcha Neve.

— Ça va aller, dit Joe. Je verrai votre femme...

Neve notifia son accord d'un bref hochement de tête et continua d'avancer. Cette fois, Joe n'avait pas le choix, il allait devoir se surpasser.

La jeune femme pleurait doucement. Une autre passagère, assise à côté d'elle, lui tenait le bras, tendu dans une position inconfortable : une tige de métal semblait avoir transpercé la manche et le membre.

Joe s'adressa au mari de la blessée.

— Comment s'appelle-t-elle ?

— Jan. Vous êtes médecin ?

— Oui. Dr Joe Lamont. Je vais m'approcher un peu...

Se penchant, Joe dirigea la lumière de sa lampe sur la tige métallique, une aiguille à tricoter.

— Jan, je m'appelle Joe Lamont. Je suis médecin.

La blessée était pâle, les joues striées de larmes, mais elle semblait en pleine possession de ses moyens, et Joe discerna une lueur de soulagement dans son regard.

— Je vais chercher du matériel, mais ça ne prendra que quelques instants. Ensuite, je vous examinerai. D'accord ?

— Oui. Merci.

A l'extrémité de la voiture, Neve était à genoux sur le plancher et, penchée, elle parlait doucement à un quinquagénaire allongé sur un lit fait de manteaux entassés.

Joe émit un soupir de soulagement. L'homme était conscient, et Neve semblait contrôler la situation. Très vite, il prit dans le sac ce dont il avait besoin, et quand il se retourna, il faillait heurter le mari de Jan qui l'avait rejoint dans l'obscurité.

— Est-ce que je peux faire quelque chose, docteur ?

— Oui. Je voudrais que vous vous asseyiez en face de votre femme. Quand je vais couper la manche de son vêtement, elle aura mal, et elle aura besoin de vous.

Ayant rejoint la blessée, Joe lui soutint avec précaution le bras pendant que s'écartait la passagère qui l'avait aidée. Ensuite, il s'assit à côté de Jan, et dirigea la lumière de sa lampe sur l'aiguille à tricoter tordue par l'impact qui devait l'avoir plantée dans le bras. Mieux valait la laisser en place.

— Jan, je vais essayer de vous rendre les choses un peu plus faciles avant l'arrivée de l'ambulance. Avant tout, je veux m'assurer que vous n'avez pas d'autre blessure. Pas de choc à la tête ?

— Non.

— Bon. Je vais ouvrir votre manteau et palper votre abdomen et vos jambes afin d'être bien sûr.

Il confia la lampe torche à la passagère et lui indiqua où diriger le faisceau. Ensuite, il enfila des gants et, ouvrant le manteau de Jan, il lui palpa doucement le ventre, le dos et les jambes pour détecter d'éventuels signes de douleur ou épanchements de sang.

— Est-ce que ça vous fait mal ?

— Non.

Il referma le manteau.

— Vous allez bien. Mais, malheureusement, je vais devoir couper votre manche pour voir la plaie.

— Pas de souci. Ce manteau ne m'a jamais beaucoup plu.

Jan semblait calme, mais la prudence s'imposait car, chez un patient, le choc de voir son propre corps transpercé pouvait être violent.

— Je ne vais pas toucher l'aiguille. Il vaut mieux laisser un chirurgien de l'hôpital vous l'enlever.

— Oui. Ça fait un drôle d'effet, quand même…

— Je sais. Je voudrais que vous preniez la main de votre mari et que vous le regardiez. Vous pouvez faire ça ?

Jan parvint à sourire.

— Oui, bien sûr. Un regard amoureux, c'est ça ?

Joe pouffa.

— Exactement. Droit dans les yeux.

Il entreprit de découper l'épais tissu de laine du manteau, de part et d'autre du pic de métal, puis l'autre étoffe au-dessous. Un peu de sang perlait autour de la plaie.

— Ça ne saigne pas trop, commenta Joe. Je vais placer des tampons d'ouate autour pour protéger un peu et immobiliser le tout.

Jan esquissa un sourire tremblant.

— Merci… Ça fait très mal.

— Je m'en doute. Nous allons nous en occuper. Tenez bon, je vais chercher quelque chose contre la douleur.

Joe quitta son siège et indiqua au mari de Jan comment soutenir le bras en attendant qu'il revienne.

— Joe ! Arrêt cardiaque.

La voix de Neve venait de s'élever parmi les voix tranquilles du wagon. Joe se figea. Il avait déjà connu ce genre de situation : un jour, il avait quitté un patient pour s'occuper d'un autre et, ce jour-là, il avait fait le mauvais choix.

Soudain, sa confiance en lui-même, qui s'était affermie pendant qu'il s'occupait de Jan, vola en éclats.

— Joe…

Neve, de nouveau… Il prit sa décision.

— Je reviens dès que je peux. Restez là, comme vous êtes.

Le mari de Jan enregistra la consigne d'un hochement de tête.

Neve était toujours à genoux sur le plancher à côté de son patient. Visiblement désemparée, une autre jeune femme, qui devait être Emma, s'était reculée, la main plaquée sur la bouche avec une expression d'horreur.

Joe se pencha sur le patient à côté de Neve.

Alors, soudain, tout se mit en place, comme deux pièces d'une machine qui s'emboitent et fonctionnent harmonieusement. Sans un mot, Joe souleva l'homme, et le tint ainsi pendant que Neve ôtait les coussins placés sous lui.

— Combien de temps ?

— Vingt secondes. Commence la réa.

— Dis-moi que tu as un défibrillateur dans ton sac !

— Oui. Emma, il nous faut de la lumière, s'il te plaît.

Neve n'eut pas le temps de remercier Joe d'être venu à sa rescousse. Quand elle était arrivée, Gerry était conscient et il parlait, quand, brusquement, son cœur, déjà affaibli par la crise cardiaque, avait cessé de battre : cet homme était en train de mourir sous ses yeux…

Elle ouvrit sa trousse médicale pour en sortir le défibrillateur, et dégagea les électrodes de leur étui protecteur.

Joe avait déjà ouvert les vêtements du malade afin de lui dénuder le torse.

— Tu as un rasoir ?

— Oui, répondit Neve.

Elle sortit le rasoir jetable de la petite poche extérieure du sac, et pendant que Joe poursuivait la réanimation, quelques rapides coups de rasoir dessinèrent dans l'épaisse toison thoracique deux carrés assez grands pour que les électrodes adhèrent correctement.

— Prêt pour défibrillation, dit-elle.
— O.K.
— Dégagez.
Joe se recula.
Neve pressa le bouton.
— Il ne réagit pas. Reprends la réa.
Joe posa de nouveau les mains sur la poitrine du patient, effectuant des pressions régulières pour remplacer le battement du cœur défaillant, une pratique qui maintiendrait une circulation sanguine dans le corps jusqu'à ce que le défibrillateur soit rechargé pour un autre choc.
— Prêt.
— O.K.
— Attention… Dégagez.
Ils suivirent la même procédure. Comme s'ils avaient tout prévu, et réglé chaque geste à l'avance, leurs expériences, acquises sur des continents différents, fusionnaient tout naturellement.
— J'ai un battement cardiaque normal ! dit Neve.
Un petit sanglot résonna derrière elle, et le faisceau de la torche vacilla. Emma… C'était un spectacle pénible pour une étudiante en droit de vingt ans dont la seule expérience médicale provenait de son père !
— Tout va bien, Emma, dit doucement Joe. Vous vous en êtes très bien sortie. Tenez encore quelques minutes, pour nous, et ensuite, je vous promets que vous pourrez pleurer autant que vous voudrez. Dites-moi : comment s'appelle ce monsieur ?
— Gerry.
La lumière s'immobilisa de nouveau : Emma avait inspiré profondément et ravalé ses larmes.
Joe la remercia puis il se pencha sur l'homme dont les paupières frémissaient.
— Gerry ! Est-ce que vous m'entendez ?

Le patient ne répondit pas, mais il ouvrit les yeux.

— Gerry, surtout, ne bougez pas.

A présent, le cœur battait avec régularité. Neve ne quitta pas du regard le petit moniteur du défibrillateur pendant que Joe plaçait un coussin sous la tête du patient, lui parlant sans cesse pour le rassurer.

— Donne-moi la torche, Em, dit-elle. Pourrais-tu aussi, s'il te plaît, poser mon sac près de moi ? Merci.

Elle trouva l'oxymètre de pouls, le fixa au doigt du patient pour évaluer le taux d'oxygène dans le sang, et nota avec satisfaction qu'il n'était pas alarmant.

— Son état est stable. Rassurée ? murmura discrètement Joe.

— La prudence s'impose quand même. Pourquoi ?

— J'ai une femme là-bas au bout du wagon qui a une aiguille à tricoter plantée dans le bras.

— Une quoi ?

— Une aiguille à tricoter. Je veux lui donner un antalgique.

— Regarde dans mon sac. J'ai du paracétamol, ou, si ça ne suffit pas, de la morphine.

— Du paracétamol devrait suffire pour l'instant. Je n'en ai pas pour longtemps.

— Bien. Est-ce que tu pourrais aussi te renseigner pour l'ambulance ?

Gerry avait repris conscience, mais il restait très faible. Ils disposaient d'un délai de quatre-vingt-dix minutes pour le transporter à l'hôpital avant que surviennent des complications irréversibles.

— J'y vais.

Dès que Joe s'éloigna, Neve ressentit une bouffée de tristesse qui remplaça la calme confiance qu'elle avait éprouvée en sa présence.

Elle inspira à fond et se concentra sur Gerry.

— Comment l'ambulance va-t-elle arriver jusqu'ici ?

Le visage d'Emma était pâle dans la lueur de la lampe torche. Joe était reparti depuis dix précieuses minutes.

— On trouvera un moyen, Em. En attendant, nous allons juste gérer la situation ici. D'accord ?

— Oui. Et si je tenais la main de Gerry ?

— Bonne idée. Il faut qu'il reste calme. Rassure-le.

Emma s'exécuta.

— Gerry, reposez-vous bien tranquillement. Le médecin est là. Vous allez vous en sortir.

Neve ignorait si elle pourrait tenir cette promesse-là, mais elle le souhaita ardemment en voyant le patient serrer la main d'Emma.

Joe, revenu, se plaça à genoux près d'elle.

— La première ambulance est à cinq minutes d'ici et il y en a une autre avec elle.

— Comment vont-elles parvenir jusqu'à nous ? On ne va pas transporter Gerry à travers champs !

— Elles arrivent par la route qui longe l'autre côté des voies.

— Ce n'est pas bloqué ?

— Si, mais un chasse-neige leur ouvre la route.

Neve sentit les doigts de Joe se poser doucement sur son dos. Ne savait-il pas qu'il avait perdu le droit de faire cela ? Tout de même, ce petit geste de réconfort lui fit du bien.

Moins de cinq minutes plus tard, du bruit à l'entrée du wagon annonçait la venue des ambulanciers. Neve se leva et informa rapidement le médecin blond qui les accompagnait.

Les ambulanciers installèrent avec précaution Gerry sur un brancard, l'enveloppèrent dans des couvertures, et lui mirent un masque à oxygène.

— Comment ferez-vous pour sortir d'ici ? demanda Neve au médecin.

— Les voitures sont tout près, et votre collègue aide les cheminots à tracer un sentier jusqu'en haut du talus.

Neve s'était demandé où Joe était passé. Elle avait supposé qu'il se tenait à l'écart maintenant que l'ambulance était là. Elle aurait dû se douter qu'elle se trompait.

— Prêt à partir, docteur ? demanda un des ambulanciers.

Le jeune médecin consulta les notes de Neve qui mentionnaient les médicaments administrés à Gerry et les données fournies par le défibrillateur portable.

— Oui. Nous sommes prêts.

— Bonne route, dit Neve.

— Merci. Tout ira bien. La route du retour sera dégagée comme à l'aller. Est-ce que vous venez avec nous ? Il y aura un siège libre à l'avant.

— Non, il faut que je reste ici avec les passagers. Est-ce que tu veux partir, Emma ?

— Je reste aussi.

Le jeune médecin adressa un sourire chaleureux à Emma qui lui sourit aussi, puis il se hâta de rattraper les ambulanciers et le brancard.

Neve ravala les larmes qui montaient inexplicablement et se dirigea vers la passagère dont Joe s'était occupé, au milieu de la voiture.

Elle n'avait pas terminé son travail.

13

Neve inspira profondément et s'avança vers la blessée.

— Bonjour. Je m'appelle Neve. Comment vous sentez-vous ?

— Pas trop mal. Comment va le monsieur ?

— Son état est stable. La bonne nouvelle, c'est qu'il est parti pour l'hôpital. Et l'autre bonne nouvelle, c'est qu'une ambulance devrait arriver très bientôt pour vous.

— Merci.

De toute évidence, la jeune femme souffrait, mais Joe avait réussi à l'installer confortablement, le bras soutenu par deux sacs, eux-mêmes posés sur le coussin improvisé d'une veste moelleuse. Elle était enveloppée d'une couverture de survie, et quand Neve toucha son autre main, elle était chaude.

— Pas de problème à part votre bras ?

La jeune femme eut un sourire.

— Non, rien. L'autre médecin m'a demandé ça lui aussi, et il m'a examinée en entier.

De toute évidence, elle avait apprécié l'attention de Joe.

— Comment vous êtes-vous fait ça ? demanda Neve, inspectant le pansement pour déceler une éventuelle trace d'hémorragie.

Ce fut l'homme assis à côté de la blessée qui répondit.

— Jan tenait son tricot en l'air pour compter les rangs quand le train a stoppé, et elle est tombée sur l'aiguille.

— Avec un choc pareil, j'ai eu de la chance que ce soit seulement mon bras, dit Jan.

— Est-ce que Joe vous a donné quelque chose pour la douleur ?

Avec un sourire, Jan passa la main sous la couverture de survie et en ressortit un morceau de carton épais, coupé en forme d'étiquette et fixé à son cou par des bandes de gaze et du sparadrap. Clairement inscrites sur le carton, il y avait l'heure, la date, et la dose de paracétamol administrée.

— Bien. Il ne nous reste qu'à attendre l'ambulance, alors.

La seconde équipe d'ambulanciers arriva dans le wagon quelques minutes plus tard. Ils aidèrent Jan à se lever et à s'installer sur un brancard. Avant de partir, son mari serra la main de Neve.

— Merci. Et remerciez le Dr Lamont de notre part, dit-il.

— Je n'y manquerai pas.

Elle n'en aurait sûrement pas l'occasion, pensa Neve. Joe était parti maintenant, et il ne reviendrait pas. Bientôt, il rentrerait au Canada. C'était peut-être mieux ainsi. Mais avec l'obligation de s'occuper des autres passagers du train, pas question de se blottir dans un coin pour pleurer ! Elle redressa les épaules et ouvrit la porte de la deuxième voiture, à la recherche d'Adam Grimshaw.

Des visages se tournèrent dans sa direction et des murmures s'élevèrent puis quelqu'un se mit à applaudir. Puis quelqu'un d'autre, et quand elle arriva au centre du wagon, tout le monde applaudissait.

Elle n'était pas aussi seule qu'elle le pensait, mais la seule personne qu'elle voulait n'était pas là...

— Merci. Merci, tout le monde. Les deux personnes blessées sont en route pour l'hôpital…

Il y eut un murmure d'approbation.

— Quand pourrons-nous sortir ? demanda une voix d'homme.

— Je n'en sais pas plus que vous. Je vais demander.

— On pourrait suivre les rails — passer par le même chemin que vous quand vous êtes arrivée, suggéra une autre voix.

— Non. Ce ne serait pas très sûr. Nous sommes bloqués à plusieurs kilomètres du premier village sans aucune possibilité de transport, et, dehors, il fait encore plus froid qu'ici.

— Il vaut mieux rester ici, conclut une autre voix, dominant le brouhaha.

Enfin un avis raisonnable ! pensa Neve. Quelques autres personnes s'y rallièrent, et l'opinion bascula : on attendrait là.

Voyant Adam entrer par la porte opposée, elle se hâta de le rejoindre.

— Est-ce que vous avez passé tous les wagons en revue, comme mon collègue l'a demandé ?

— Oui. Il y a deux autres blessures bénignes que vous devriez voir. Une femme avec une main enflée, et l'enfant de tout à l'heure. Voulez-vous qu'on vous les amène ?

— Oui, tant que la voiture est stable. Elle penche, on dirait.

— C'est exact. Les roues ont heurté un bloc de glace et ont quitté les rails, mais elles sont bloquées maintenant.

— Vous en êtes sûr ? Il n'y a pas de danger que cela bascule davantage ?

— Non. Je suis allé voir. Les roues de devant sont coincées. Nous allons évacuer tout le monde dans un train de secours.

— Certains passagers parlent de marcher le long des voies. Je leur ai dit que c'était une mauvaise idée et que nous devrions attendre.

— Oui. Très bien. Si quelqu'un d'autre pose des questions,

faites passer ce message-là. C'est beaucoup trop dangereux de faire marcher tous les passagers d'un train le long de voies électrifiées. Je vais faire circuler des pots de café, et avec un peu de chance, ça fera patienter tout le monde.

— Du café ? répéta Neve, alléchée.

Adam eut un sourire.

— Je vais vous en faire apporter. C'est la moindre des choses... Merci pour Gerry... Voyez-vous, je le connais depuis trente ans et c'est quelqu'un de bien.

Neve prit la main que lui tendait Adam et il la serra avec effusion.

— J'ai été contente de pouvoir aider.

— Je veux remercier aussi Emma. Il n'y avait personne du corps médical dans le train, et elle s'est proposée courageusement alors qu'elle tremblait comme une feuille.

— Je vais lui parler, répondit Neve, émue en imaginant Emma seule et effrayée. Elle est un peu choquée, et si vous avez une minute, je serais contente que vous lui disiez quelques mots.

— Je le ferai, dit Adam. Je vais chercher le café et je reviens.

Quand Neve regagna la voiture de tête, elle se hâta de rejoindre Emma assise seule à l'autre bout, serrant son manteau autour d'elle, les joues marbrées de larmes.

— Emma...

Elle s'assit à côté d'elle et lui prit la main.

— Où est Joe ? demanda Emma.

— Il est parti avec l'ambulance, répondit Neve d'une voix qui tremblait légèrement.

— Tu crois que Gerry va s'en sortir ?

— Il est en route pour l'hôpital.

— Je n'ai pas su quoi faire, Neve.

— Ne t'inquiète pas. Tu n'as pas perdu ton sang-froid, et tu as appelé à l'aide. Ensuite, tu as suivi les indications de ton père jusqu'à ce que j'arrive avec Joe. C'était déjà beaucoup !

— Mais si j'avais su reconnaître les signes, j'aurais peut-être pu agir plus tôt, et il n'aurait pas fait cet arrêt cardiaque.

— Son cœur était affaibli par la crise cardiaque, et c'est ce qui a favorisé l'arrêt. Tu n'aurais rien pu faire. C'est grâce à toi que Joe et moi avons pu agir à temps.

— Je vais apprendre à réanimer, déclara Emma.

— Très bonne idée. Tout le monde devrait savoir le faire.

Emma s'essuya les joues d'un revers de main.

— Peut-être que Joe voudra bien m'apprendre.

— Peut-être, répondit Neve.

Il y avait peu de chances qu'il puisse, sauf s'il pouvait trouver un peu de temps avant son départ pour le Canada...

— Qu'est-ce que je voudrai peut-être faire ? demanda derrière elles une voix grave.

Neve n'osa pas lever les yeux.

— Joe ! Vous êtes revenu ! murmura Emma.

— Bien sûr.

— Je te croyais parti avec l'ambulance, dit Neve.

Sa voix tremblait. Elle avait tellement rêvé qu'il revienne... Bonheur provisoire. Il allait bientôt partir pour de bon, et elle souffrirait terriblement.

— J'étais sur le talus. J'aidais les ambulanciers.

Il adressa un sourire à Emma.

— Comment ça va, Em ?

— Nous sommes contentes de vous voir.

Elle se leva vivement et gratifia Joe d'une accolade spontanée. Celui-ci la berça contre son épaule, dans le but évident de la rassurer.

Adam venait d'entrer, portant une Thermos de café et des tasses en polystyrène.

— Tu devrais aller chercher du café, Em, suggéra Neve. Je crois qu'Adam veut te parler.

— Du café !

Réconfortée par l'accolade et par la perspective d'une

boisson chaude, la jeune femme se dirigea vers l'autre extrémité de la voiture.

Neve pensait que Joe trouverait un prétexte pour s'esquiver, mais il s'assit en face d'elle.

— Où va-t-elle ? demanda-t-il, désignant de la tête Emma qui s'éloignait.

— Adam voulait la remercier personnellement d'avoir proposé son aide.

Joe esquissa une moue approbatrice.

— Elle a besoin de reconnaissance. Ça a dû être très dur pour elle.

— Oui. Et pour toi aussi. Merci d'être là.

Il se pencha en avant, les coudes sur les genoux, et derrière les hauts dossiers de leurs sièges, ils eurent l'impression d'être seuls au monde.

— Je ne mérite aucun remerciement, Neve.

— Ta présence a fait une énorme différence.

Durant un instant, des ondes précieuses vibrèrent de nouveau entre eux. Mais Joe secoua la tête.

— Tu sais bien que ce n'est pas vrai.

— Je sais surtout que je ne t'ai guère encouragé à venir !

— Tu m'as appelé !

— Et je t'ai raccroché au nez.

— Tu avais le droit d'être en colère. Quelqu'un qui pense que sauver une vie n'est pas « judicieux », cette personne-là ne vaut guère la peine.

— Une personne qui surmonte ses sentiments personnels et qui fait ce qu'il faut vaut vraiment la peine.

Joe lui avait fait beaucoup de mal, mais elle s'en était prise à lui par dépit, et cela n'aidait ni l'un ni l'autre. Il méritait mieux que cela — et elle aussi, peut-être, pensa Neve.

— Je m'en souviendrai la prochaine fois où je rencontrerai ce genre de situation…

— Ce qui se situe très loin dans l'avenir, j'imagine.

Joe émit un bref rire désabusé.

— Probablement, oui.

— En attendant, souviens-toi de ce nom : Gerry. C'est celui de l'homme que tu as aidé à sauver.

Comme s'il se sentait soudain fatigué, Joe passa une main sur ses yeux puis il scruta Neve, et un frisson brûlant la traversa.

— Tu es un médecin formidable et… la prochaine fois que quelqu'un te dira que tu dois changer, je te suggère de lui rire au nez, d'accord ?

— J'y songerai.

— O.K. C'est parfait.

Il n'y aurait pas de prochaine fois pour elle et lui, pensa-t-elle tristement. Et pas de miracle. Joe n'allait pas dire qu'il avait eu une révélation, qu'il avait retrouvé sa confiance en lui et qu'il revenait à la médecine… et qu'ils pourraient se donner une seconde chance. De toute façon, dans quelques jours, il prendrait l'avion pour retourner au Canada.

— Ah, Emma… Merci.

Joe se leva soudain et, se retournant, Neve vit Emma qui s'avançait dans leur direction, portant trois gobelets de café. Joe en prit un et le tendit à Neve.

— Génial… Ça va me faire du bien, dit-elle.

Le froid qui régnait dans le train recommençait à la glacer.

— Est-ce qu'on a amené nos autres patients ? reprit-elle.

— Ils arrivent. Le premier est déjà là, répondit Emma.

Se tournant vers l'autre extrémité de la voiture, Joe fit signe qu'il arrivait.

— Reste là et bois ton café, Neve, dit-il. Si j'ai besoin de toi, je t'appellerai.

Elle sirota son café, et sourit en écoutant Emma lui raconter fièrement ce qu'Adam lui avait dit. Mais elle ne put rester longtemps assise et se dirigea vers Joe, comme attirée par une force irrésistible.

Il était assis à l'autre bout du wagon, à côté d'une jeune femme, et il avait une fillette de trois ans environ assise sur les genoux. Il persuadait sa petite patiente de le laisser désinfecter la coupure qu'elle avait au bras.

— D'abord, je vais nettoyer ton bras avec ça, Daisy.

Il avait dans la main une lingette antiseptique qu'il avait prise dans le sac de Neve. S'en emparant, Daisy la frotta contre la manche du chandail de Joe.

— Non, ma chérie, sur la peau.

Tout en gardant l'enfant dans le cercle de ses bras, il lui remonta sa manche, et elle le regarda avec intérêt se frotter l'avant-bras sans ménagement.

Il esquissa une petite grimace de douleur feinte.

— Ouille… Ça pique un peu, mais c'est parce que ça marche bien.

Il tira du paquet une autre lingette et Daisy lui sourit.

— Fais le bruit avec ton gant, dit-elle.

— Bien sûr. J'ai oublié.

Il fit claquer sur son poignet le bord d'un des gants de chirurgien qu'il portait.

— Tu es prête, maintenant ?

Daisy acquiesça de la tête, et Joe entreprit de nettoyer doucement la plaie, tenant fermement la fillette contre lui quand elle geignait.

— C'est presque fini, ma chérie.

C'était insupportable pour Neve, cette douceur d'un enfant contrastant avec la rudesse d'un homme déchiré par la guerre. Le pire, c'était que Daisy ressemblait un peu à Joe, avec ses cheveux bruns et ses grands yeux. Il ferait un père formidable…

Mais elle n'avait pas le droit de penser à cela. Absolument aucun droit d'imaginer que Joe avait le même projet qu'elle. Il avait sa propre vie, et ses propres aspirations, qui n'avaient rien à voir avec les siennes.

— Tu es très courageuse, Daisy. Maintenant, je vais mettre un petit sparadrap sur ta blessure, et tu ne devras pas l'enlever… Mais avant, ceci. Ça s'appelle une suture, et ça ne fait pas mal du tout.

— Fais le bruit.

— Ah oui. Merci de me le rappeler.

Joe fit claquer ses gants, et Daisy leva vers lui un visage hilare devant une Neve au supplice.

Il décida de poser deux points, ce qui était l'option la plus sûre. Il le fit si rapidement, et d'une main si experte, que la fillette eut à peine le temps de s'en apercevoir.

— Maintenant, je vais coller un pansement dessus pour que tout tienne bien en place…

C'en était trop pour Neve. Comme Adam entrait dans le wagon avec une quinquagénaire dont il portait les sacs, elle se tourna vers eux et arbora un large sourire.

14

Maintenant, il ne restait plus qu'à attendre et les minutes s'étiraient interminablement. Daisy avait demandé à Joe de lui raconter une histoire, et il l'avait fait avant de la rendre à sa mère. Neve, elle, s'occupait d'une femme qui souffrait d'une entorse du poignet, et Emma était assise à l'autre bout du wagon.

Joe gagna la queue du train pour aller retrouver Adam, et voir aussi s'il pourrait obtenir une meilleure réception sur son téléphone. Mais les deux barres qu'il obtint ne lui servirent pas à grand-chose parce qu'il n'y avait personne qu'il souhaitait appeler. En fait, tout ce qu'il avait toujours souhaité se trouvait là, à portée de sa main, mais hors d'atteinte.

En proie à une profonde insatisfaction, il regagna la voiture de tête, et se laissa tomber sur une banquette en face d'Emma et Neve.

— Quelles sont les nouvelles ? demanda Emma.

— Ça va prendre du temps, répondit-il.

— On pourrait rentrer à pied, tous les trois, suggéra-t-elle avec un large sourire.

— Nous ne pouvons pas marcher le long des voies.

Emma étira ses bras avec impatience.

— Ça ne doit pas être bien dangereux puisque vous l'avez fait, avec Neve.

En entendant son nom, celle-ci sembla sortir de sa rêverie.

— Nous avons marché pour venir ici en urgence, mais nous nous trouvons à des kilomètres de la gare de départ, et pour arriver à Leminster, nous devrions longer tout le tunnel dans le noir.

— Très bien. Alors qu'est-ce qu'on peut faire ? demanda Emma, remuant sur son siège.

— On nous envoie un train de secours, répondit Joe. Il s'approchera aussi près que possible du wagon de tête pour qu'on puisse s'y réfugier. Ensuite, direction Leminster.

— Alors ça ne sera plus très long, maintenant ? demanda Neve, les yeux pleins de larmes.

— Non, plus très long.

Une heure plus tard, enfin, le train de secours arrivait en gare de Leminster. Tous les passagers gagnèrent en hâte la salle d'attente où beaucoup de gens les attendaient. A l'écart, Joe regarda Neve s'assurer que la femme avec l'entorse au poignet et la mère de Daisy avaient quelqu'un pour les ramener chez elles.

Emma aussi avait quelqu'un qui l'attendait. Un homme fendit la foule, et elle tomba dans ses bras en lui adressant un flot de paroles. L'homme l'écouta avec un regard empli de fierté et de soulagement, et Joe, se sentant indiscret, s'éloigna discrètement. C'était leur monde, pas le sien.

Neve, elle, était seule à la gare. Personne n'était venu la chercher. Il la vit glisser la bandoulière de son sac à son épaule et se diriger vers la sortie.

Neve en avait assez de se forcer à sourire. Tout le monde lui souhaitait un joyeux Noël alors qu'elle n'avait aucune hâte de voir le lendemain arriver. De toute façon, il fallait qu'elle s'en aille. Il faisait déjà sombre et elle avait un long chemin à parcourir à pied.

— Neve ! Attendez !

C'était la voix de Ted. Elle se retourna, et le vit qui se hâtait de la rejoindre avec Emma.

— Merci pour tout, Neve. Maisie aussi vous envoie ses amitiés.

Le regard de Ted exprimait une profonde reconnaissance pour être venue au secours de sa fille.

Neve lui sourit. Soudain, elle n'était plus le jeune médecin du cabinet médical qui avait besoin d'être soutenue et guidée. Elle était devenue l'égale des autres praticiens ; elle avait bien fait son travail et gagné le respect de Ted.

— Je vous raccompagne, dit-il.

— Merci, mais ça va aller. Je vous obligerais à faire un détour qui prendrait un temps fou. Ce sera sûrement plus rapide si je rentre à pied.

— De nuit, et avec ce gros sac ?

— Vous pourriez peut-être le mettre dans le coffre de votre voiture, et je passerais le prendre après Noël.

— Je te raccompagne.

La voix de Joe derrière elle la fit sursauter.

— Joe Lamont, je suppose ? dit Ted.

Les deux hommes échangèrent une poignée de main.

— Je suis Ted Johnstone, le père d'Emma. Heureux de faire votre connaissance. Ma femme ne tarit pas d'éloges sur vous.

— Ma voiture n'est qu'à cinq minutes d'ici, Neve. Et je me suis renseigné : les trains pour Londres roulent.

— Dans ce cas, la chose est réglée, commenta Ted. Soyez prudents sur la route.

— D'accord... A bientôt.

Neve s'apprêtait à dire qu'elle ne partirait pas avec Joe, mais elle savait que Ted insisterait alors pour la déposer. Mieux valait dissuader un seul bon Samaritain à la fois.

Tandis que Ted entraînait Emma vers sa voiture, Joe prit la trousse médicale et tourna les talons, mais il dut s'apercevoir que Neve ne le suivait pas car il se retourna.

— Qu'y a-t-il ?

— Je n'ai pas besoin qu'on me dépose.

— Nous allons juste passer chez toi pour prendre tes valises... Si tu as toujours l'intention de partir pour Londres ce soir.

— Non. Il est trop tard. Les services de trains locaux sont sûrement désorganisés, et ça va me prendre des siècles.

— Je t'emmène à Leeds, et là, tu pourras prendre l'intercités.

— Merci pour ta proposition, Joe. Mais je dois d'abord rentrer chez moi pour prendre mes affaires, et ensuite, Dieu seul sait combien de temps il faudra pour arriver à Leeds. C'est trop tard pour partir.

— Essayons. Il y a peut-être une chance...

— Il n'y en a aucune.

Même s'il y avait eu une chance, Neve ne serait pas partie avec lui. Il fallait que cesse cette perversité : souhaiter qu'il soit là quand il n'y était pas, et ensuite, quand il arrivait, souhaiter qu'il s'en aille. Elle devait lui dire au revoir.

Il demeura pensif pendant quelques instants.

— Entendu, alors. Je te ramène chez toi.

Neve allait protester, mais il leva la main pour l'en dissuader.

— Ted ne t'a pas raccompagnée parce qu'il pensait que je le ferais. Tu te considères toujours comme quelqu'un pouvant se débrouiller toute seule, et je pense que tu en es capable effectivement. Mais pour une fois, tu vas venir avec moi, même si je dois te jeter sur mon épaule pour te porter.

Il ne ferait pas une chose pareille ! pensa Neve — mais elle n'en fut pas sûre en voyant son air décidé.

— Entendu. Mais tu me raccompagnes, et ensuite, tu t'en vas.

— D'accord.

Cette fois, Neve le suivit.

Joe aurait volontiers emmené Neve à Londres, plutôt que de la laisser dans sa maison sombre et silencieuse pour y passer seule le reste de cette soirée de Noël. Mais elle ne voulait pas.

Le problème était bien là. Elle ne voulait pas ce qu'il pouvait lui donner, et il ne pouvait pas lui offrir ce qu'elle désirait. Alors s'il n'avait aucun moyen d'exaucer les rêves de Neve, il ne lui restait qu'à s'en aller.

La voiture de Joe se trouvait garée devant son cottage, et le chemin le plus rapide pour s'y rendre était un sentier piétonnier qui contournait Leminster.

Après quelques minutes de marche, Joe s'arrêta pour attendre Neve.

— Ça va ?

— Oui, répondit-elle, essoufflée.

Attendri, il réprima une envie de la prendre dans ses bras.

Arrivés à la voiture, ils ôtèrent la neige fraîche qui la recouvrait, et Joe éprouva un pincement de tristesse. Ils travaillaient ensemble et en silence, seuls dans une rue vide, et il avait quand même l'impression que ces moments étaient merveilleux parce que Neve était près de lui…

Sa résolution s'en trouva renforcée : il fallait qu'il parte, et le plus tôt serait le mieux.

Neve avait remonté seule l'allée de sa maison et y était entrée — seule. Le coup final... Après tout ce qu'ils avaient traversé pendant cette journée, Joe était resté résolument au volant, sans même descendre pour porter son sac.

La maison était froide et sombre, sans aucune décoration puisqu'elle n'avait pas prévu d'être là pour Noël. Elle laissa tomber son sac dans le hall puis envoya un texto à ses parents pour leur raconter ce qui s'était passé et leur dire de ne pas l'attendre. Ensuite, montant à l'étage, elle abandonna son manteau sur le parquet du couloir devant la salle de bains. Avec un soupir, elle fit couler un bain chaud avec l'espoir de se réchauffer et détendre ses membres fatigués.

L'eau chaude l'apaisa, mais n'eut aucun effet sur son chagrin. Si Joe ne se laissait pas fléchir un soir de Noël, il ne le ferait jamais. Tout était fini entre eux.

Elle commençait à peine à se décontracter quand son téléphone sonna. Elle répandit de l'eau partout en sortant de la baignoire à la troisième sonnerie avant d'extraire le téléphone de la poche de sa veste à la cinquième sonnerie.

— Oui ?

Elle frissonnait, nue dans le couloir, espérant malgré tout...

— Neve ? Où es-tu ?

La voix de Maisie anéantit ses espoirs.

— Dans le bain. Ne quitte pas.

Revenant dans la salle de bains tiède, Neve s'enveloppa dans une serviette-éponge puis se dirigea vers sa chambre.

— Je suis chez moi, ajouta-t-elle.

— Ted me l'a dit. Tu n'es pas partie pour Londres, alors !

— Je me suis dit que c'était trop tard.

« Pour beaucoup de choses », ajouta-t-elle mentalement.

— C'est dommage que tu ne l'aies pas dit à Ted. Il aurait pu te ramener ici ce soir. Il va venir te chercher...

— Non, merci, Maisie. Je voudrais me coucher tôt.

— Tu viens chez nous demain, alors. Et ne discute pas.

— J'apprécie beaucoup, mais…

— Nous viendrons te chercher demain matin. Je t'appellerai vers 10 heures et tu me diras quand nous pourrons venir.

Il ne restait qu'à accepter. Joe n'appellerait pas, ne viendrait pas, et il était donc inutile de rester là à souhaiter qu'il le fasse. Elle devait reprendre le cours de sa vie.

La gentillesse de Maisie lui donna soudain envie de pleurer.

— Je ne sais pas quoi dire…

— C'est facile : simplement oui. Et promettre aussi que tu seras réveillée à 10 heures quand je t'appellerai !

— Ce sera super. Merci, Maisie. Vraiment…

Neve raccrocha et, pensive, posa le téléphone à côté d'elle sur le lit. C'était Noël, après tout. Peut-être pas celui dont elle avait rêvé, mais elle avait des amis, et elle allait essayer de passer le meilleur moment possible.

15

On ne pouvait pas rester couché un matin de Noël, même si aucun cadeau et aucune famille ne vous attendaient ! Neve se leva tôt et enfila des chaussettes et une veste épaisse sur son pyjama puis descendit dans la cuisine. Deux doses de café, avec une petite cuillerée de chocolat en poudre, un peu de lait mousseux et un soupçon de muscade, lui permettraient de bien commencer la journée.

Elle s'assit confortablement à la table de la cuisine pour siroter la première gorgée, puis elle ferma les yeux, tentant de trouver au breuvage un goût délicieux alors qu'une boule de chagrin lui serrait la gorge.

Quelques chants de Noël, peut-être ? Elle mit la radio en marche et elle posait le doigt sur le bouton des fréquences quand elle entendit frapper à la porte. Elle gagna l'entrée pour jeter un coup d'œil par la boîte aux lettres, mais une branche gênait la vue.

Une branche ? A cet endroit ?

D'une main mal assurée, elle poussa le verrou et ouvrit la porte.

La première chose qu'elle vit fut un grand sapin de Noël qui occupait presque tout le petit porche. La chose suivante fut Joe assis dans sa voiture. Le moteur tournait et il s'apprêtait visiblement à partir. Quand il l'aperçut, il afficha l'air penaud d'un enfant et baissa la vitre.

— Je t'ai laissé quelques petits trucs..., lança-t-il en agitant la main.

Neve franchit le seuil et faillit tomber en trébuchant sur deux boîtes en carton.

— Mais... Joe...

— Il faut que je m'en aille. Joyeux Noël ! ajouta-t-il avec une jovialité forcée.

La vitre remonta puis la voiture s'éloigna lentement.

Suffoquée par l'émotion et incapable de réfléchir, Neve s'élança en courant dans l'allée sans même sentir le froid.

— Joe !

La voiture s'arrêta net et Joe en sortit pour se précipiter vers elle. Elle sentit une vague de bonheur l'envahir.

— Mais qu'est-ce que tu fais, bon sang ?

Il la souleva et, la portant, il se dirigea à grands pas vers la maison. C'était tout ce qui comptait. Ce moment. Tout le reste pouvait attendre. Blottie contre lui, elle était à sa place.

Pourtant, elle frissonnait quand il referma la porte avec le pied et entra dans la cuisine. Lui, il semblait en colère. L'installant sans façon sur le canapé, il s'agenouilla devant elle pour lui ôter ses chaussettes et lui frictionner les pieds, l'air désapprobateur.

— Mais enfin, qu'est-ce qui t'a pris ? On peut avoir des orteils gelés après seulement deux minutes d'exposition au froid !

Elle n'avait pas de réponse, et le sentiment de s'être conduite comme une idiote étouffa la bouffée de bonheur ressentie la minute d'avant.

— Je pourrais te poser la même question. Qu'est-ce qui t'a pris de déposer des choses devant ma porte et de t'en aller tout de suite ?

Elle dégagea ses pieds sans ménagement et replia ses jambes sous elle.

— Je savais que tu n'avais pas d'arbre de Noël, alors j'ai pensé que ça te ferait plaisir.

— Ah bon ? Alors tu crois que tu peux comme ça faire l'amour avec moi puis me plaquer, et ensuite, tu réapparais, tu me proposes de me raccompagner, tu m'apportes un arbre de Noël...

— Si je me rappelle bien, c'est toi qui m'as appelé hier matin !

— J'avais une urgence à traiter. Qu'est-ce que je pouvais faire ? Et ce matin, je ne t'ai pas appelé !

— Alors, il faut juste que tu me pardonnes mon excès de sollicitude envers toi.

Ils échangèrent un regard noir et, finalement, ce fut Joe qui détourna les yeux.

— Tu as raison. Je n'aurais pas dû le faire. Tu m'as dit que si je partais, je ne devrais plus revenir, et j'aurais dû respecter ta volonté. Excuse-moi.

Il reprit ses gants jetés sur le parquet puis se redressa. Une fois encore, elle avait parlé, Joe l'avait écoutée, et il partait. Alors il était temps pour elle d'oublier sa fierté, de ne plus tenter d'imposer son point de vue et de renoncer à avoir raison — mais aussi, d'exprimer ses désirs, quoi qu'il lui en coûte.

Les pieds engourdis, elle se leva gauchement et fit quelques pas incertains, agrippant le bord de la table.

— S'il te plaît, reste un moment, Joe.

— Je ne peux pas.

— Bon sang, j'ai besoin que tu restes ! Je t'en supplie.

Il se retourna, visiblement aussi surpris par cette demande que l'était Neve elle-même.

— Tu l'as dit toi-même : nous voyons bien tous les deux que ça ne va pas marcher.

— Comment puis-je en être sûre quand il y a des choses que tu refuses de me dire ? Parle-moi, Joe. S'il te plaît...

Parler ? Cela ne servirait qu'à rouvrir ses blessures et n'aurait aucune influence sur le cours des choses. Mais il lui avait montré qu'il ne pouvait pas rester loin d'elle. Et maintenant, elle le suppliait de rester...

— Assieds-toi. S'il te plaît.

Laissant tomber ses gants sur une chaise, il ôta sa veste et fronça les sourcils en respirant le parfum qui s'échappait du mug sur la table.

— Finis ton... Qu'est-ce que c'est ?

— Du chocolat, du café et de la muscade, avec du lait battu. C'est bon.

Quand elle fut assise près du poêle, il lui tendit le mug dont elle sirota une gorgée.

— De quoi veux-tu que je parle ?

— Dis-moi ce qui t'est arrivé. Tu ne veux plus exercer, tu refuses de t'engager avec moi... Je veux savoir pourquoi.

— Je ne veux pas en parler.

— Tu as mis ma vie sens dessus dessous, alors j'ai bien le droit de savoir ce qui t'éloigne de moi !

— C'est mieux comme ça.

— Tu ne me respectes pas assez pour au moins me dire pourquoi ? Je mérite au moins ça, non ?

Elle était honnête et courageuse. En cet instant, Joe l'admira plus que n'importe qui au monde.

— Oui. Tu mérites ça.

Il alla se servir un verre d'eau à l'évier pour soulager sa gorge sèche. Neve attendait, calme et silencieuse.

— J'exerçais dans le cadre d'une force de maintien de la paix en tant que chirurgien dans un hôpital de campagne. Nous traitions des blessures de toutes sortes sur des civils pris dans les combats aussi bien que sur nos propres soldats. Nous venions de travailler pendant vingt-quatre heures d'affilée quand on a amené de nouvelles urgences. Parmi elles, il y avait une femme sous sédatif avec un éclat de shrapnel dans la jambe.

Avant de poursuivre, il but une autre gorgée d'eau.

— Je l'ai examinée rapidement, j'ai lu sa fiche, et j'ai décidé d'opérer en premier un autre blessé dont l'état était plus grave. La femme, elle, semblait stable. Mais je me trompais. Elle souffrait de lésions internes qui n'avaient pas été décelées au premier examen, et elle est morte sur ma table d'opérations.

Neve sentit une boule se former dans sa gorge.

— C'est affreux, mais ce n'était pas ta faute. Tu ne pouvais que t'appuyer sur les informations qu'on t'avait données ! C'est ce que nous faisons tous !

— Mais c'est moi qui ai pris la décision de ne pas l'opérer en priorité. Qu'est-ce que tu aurais ressenti à ma place ?

— Je pense que je me serais sentie responsable, moi aussi, mais ça ne veut pas dire que tu l'étais. Est-ce qu'il y a eu une enquête ?

— Oui. Je n'ai reçu aucun blâme.

— C'est une chose à prendre en compte, tu ne crois pas ? Je sais que c'est difficile — c'est une tragédie, même — mais… perdre des patients, cela fait partie de notre métier.

— Cette fois-là, c'était différent.

— Je ne comprends pas… Quel rapport cela a-t-il avec tes blessures ?

— Deux jours plus tard, je suis allé voir la famille. J'y suis allé seul, ce qui était contraire au règlement, mais je voulais expliquer… comme je pourrais. Son père et sa mère ont accepté de me rencontrer, et ils ont écouté ce que j'avais à leur dire. Mais quand j'ai quitté leur maison, j'ai été entouré par une foule. Plus tard, on m'a dit que les frères de la femme avaient appris que j'étais là, et ils étaient venus pour demander justice.

— Quelle... sorte de justice ?

— Il y a eu quelques coups de poing et j'ai tenté de regagner ma voiture. Dans la bousculade, j'ai trébuché, et quand quelqu'un m'a donné un coup de batte de base-ball, j'ai entendu... et ressenti... un craquement.

— Ta jambe..., conclut Neve, horrifiée.

— Oui. Au début, j'ai cru que c'était une simple chute et que j'avais du mal à me relever.

A cette évocation, Joe sentit la panique l'envahir, et il lutta pour reprendre le contrôle, assailli par les images sombres qui hantaient ses rêves.

— Je suppose qu'on t'a sûrement donné des coups de pied. C'est ce qui a provoqué l'éclatement de ta rate, dit doucement Neve en lui prenant les mains.

— Oui.

— Et l'insuffisance rénale ? C'est un coup qui l'a provoquée ?

— Plusieurs coups.

— Les cicatrices sur tes épaules ressemblent plus à des lacérations qu'à des coups de poignard...

— C'est exact, répondit Joe avec un humour forcé. Tu es très douée. Tu n'as jamais pensé à la médecine légale ?

— Un jour, peut-être, tu me diras tout, de ta propre initiative, et du début à la fin.

Un jour, il serait peut-être capable de tout raconter, mais ce ne serait pas tout de suite, et quand le jour viendrait, il serait rentré au Canada.

— As-tu pensé que le syndrome post-traumatique a peut-être alimenté ton sentiment de culpabilité ? Et que les deux choses ensemble t'ont piégé, et t'ont rendu incapable d'avancer ?

— Oui, bien sûr, mais cela ne m'entraîne pas bien loin. Quelles que soient les raisons, je ne peux quand même pas te faire de promesses. Je ne suis pas un homme avec qui tu dois avoir une histoire.

— Ecoute, si tu ne veux pas de moi, il faut que tu me le dises…

— La question n'a jamais été là, tu le sais bien.

— Alors, je vais te dire ce que moi, je veux. Je veux une famille, une carrière, une jolie maison. Et surtout, quelqu'un à aimer.

— Ce n'est pas moi, répondit tristement Joe.

— Laisse-moi en juger. Les choses ne marcheront peut-être pas entre nous, mais je m'engage dans cette histoire en connaissance de cause, et je veux prendre ce risque.

Voilà… Elle l'avait dit, et elle eut l'impression qu'un poids quittait ses épaules.

— Mais… tout ce que tu as vécu avec ton ex-mari… Je ne peux pas te faire revivre ça !

— Avec Matthew je me suis perdue, moi et mes désirs ou mes envies, parce que tout tournait autour de ce qu'il voulait. Je ne laisserai jamais cela recommencer. Ce que je veux, c'est ce que je viens de te dire, et aucun de tes arguments ne pourra me faire changer d'avis. Qu'est-ce que tu en dis ? Ça ne va pas être facile, c'est vrai…

— Non, sûrement pas.

Elle lui sourit.

— Mais ce sera très agréable…

Joe afficha son merveilleux sourire.

— Je n'en doute absolument pas.

— Alors pourquoi ne pas faire un essai ?

Il demeura pensif. Neve le connaissait assez bien pour savoir que s'il acceptait, ce serait pour lui un véritable engagement qui méritait réflexion.

— Si… nous décidons de le faire, il faudrait que nous allions lentement.

— Je suis d'accord.

Leurs deux premières semaines avaient été un tourbillon d'émotions. Ni l'un ni l'autre n'avaient marqué de pause pour réfléchir. C'était peut-être pour cette raison que tout avait mal tourné.

— Je veux dire… Je vais me détester d'avoir dit ça, mais… je pense que nous devrions d'abord nous contenter de partager certaines choses pratiques. Si ça marche, alors peut-être l'étape suivante pourrait être de dormir ensemble… Est-ce que cela te convient, Neve ? Il faut que je sache.

Joe était un vrai gentleman, et elle adorait cet aspect de lui. Cela lui plaisait qu'il veuille attendre un peu jusqu'à ce qu'ils aient assimilé tout ce qui venait de se passer.

— Oui, cela me va… à condition que tu ne me fasses pas attendre trop longtemps, ajouta-t-elle avec son sourire le plus suave. Dans l'immédiat, il faut que je monte à ma chambre pour m'habiller. Comme je ne voudrais pas que tu t'ennuies pendant ce temps, tu pourrais installer là, à côté de la cheminée, l'arbre que quelqu'un a laissé sur mon seuil.

— Bien, madame.

16

Joe roula ses manches sur ses avant-bras et se mit au travail. La journée n'avait pas vraiment commencé comme il l'aurait voulu, mais il avait éprouvé un sentiment de liberté qu'il avait oublié depuis longtemps. C'était comme si le monde s'était ouvert. Les possibilités qu'il avait refusé d'envisager jusqu'alors n'avaient pas encore été testées, mais elles existaient, brillantes et toutes neuves, comme les fragiles décorations de Noël sur un sapin.

Quand Neve était réapparue après la douche, les joues roses, et vêtue d'un chandail rouge orné de motifs de houx en l'honneur de cette journée, il avait installé le sapin devant l'âtre, et il le revêtait avec précaution de lumières régulièrement espacées.

— Waouh ! Comme il est beau ! s'exclama-t-elle.

— Content qu'il te plaise.

— Comment as-tu su que je n'en avais pas ?

— Eh bien… hier soir, j'ai arrêté ma voiture pas loin d'ici et, à pied, je suis venu regarder par les fenêtres de ton séjour et de ta cuisine. Frank Somersby a accepté que je coupe un des arbres qu'il cultive pour le marché de Noël.

— Alors, comme ça, tu as rôdé autour de ma maison, et tu as regardé par les fenêtres…, répliqua Neve, son regard taquin démentant son ton de reproche. Et ce matin, tu as laissé un sapin devant ma porte. Selon toi, j'allais croire que le Père Noël était passé pendant la nuit ?

— J'avais l'intention de t'envoyer un texto.

— Bon. Dans ce cas, ça va...

Neve se pencha pour examiner les boîtes qu'il avait transportées du seuil au pied du sapin.

— Des décorations... Tu es très organisé.

— Je les avais dans mon placard. Je voulais me procurer un arbre, mais, pour dire la vérité, je n'avais guère le cœur à la fête ces dernières semaines.

— Je vais brancher la bouilloire.

— De l'eau chaude ? Pour quoi faire ?

Neve leva les yeux au ciel.

— Pendant qu'on décore, on boit du café et on mange des tartes au *mincemeat*. Tu ne le sais pas ? Mais nous devrons nous contenter de biscuits.

Joe ouvrit une boîte dont il sortit un paquet de tartelettes aux fruits secs et aux épices achetées toute faites, mais Neve les reçut comme s'il s'agissait d'un trésor.

— Tu penses à tout ! Je vais les faire réchauffer dans le four. Pendant ce temps, commence à sortir les décorations.

Joe brancha les guirlandes électriques, et Neve exécuta une petite danse joyeuse, tapant des mains avec ravissement.

— C'est beau, tu ne trouves pas ?

— Très beau.

Comme elle était belle, elle aussi, pensa Joe.

Elle le serra dans ses bras.

— Merci, Joe. Merci.

Il rêvait de l'embrasser, mais l'horloge sur la cheminée sonna dix coups.

— Maisie va bientôt appeler.

Il se dégagea et se dirigea vers la table où il entassa les cartons vides dans un carton plus grand.

— Oui, probablement… Comment le sais-tu ?

Il le savait parce qu'il avait téléphoné à Maisie pour lui dire que Neve n'était finalement pas partie pour Londres. Il avait organisé la journée comme une opération militaire — la surprise déposée devant sa porte, les amis qui inviteraient Neve à déjeuner. La seule chose qu'il n'avait pas prévue, c'était qu'il prendrait part à tout cela.

— J'ai… euh… parlé à Maisie, hier.

Neve fixait sur lui de grands yeux attentifs. Il était impossible de cacher quelque chose à ces yeux-là…

— Tu viens aussi, alors.

— Maisie me l'a proposé. Je ne devais pas y aller, mais… finalement, oui, je viens aussi. Il faudra que je rentre chez moi après pour donner à manger à Amande.

— Nous pourrions aller chez toi avant d'aller chez Maisie, pour prendre Amande et l'amener ici avec son panier qu'on mettra dans la cuisine. Elle sera bien.

Une étape supplémentaire. Un lien de plus entre leurs deux vies.

— Tu veux prendre mon chat en otage, c'est ça ? Pour être sûre que je reviendrai ici après le déjeuner ? Bon, je reviendrai. Pas de problème.

Il faisait nuit quand Joe s'arrêta devant la maison de Neve. Chez Maisie, ils avaient passé une excellente journée dans une atmosphère chaleureuse et Joe n'avait jamais eu l'air aussi détendu.

Quand Neve ouvrit la porte de la cuisine, Amande leva une tête ensommeillée. Elle s'avança vers Joe et se frotta contre ses jambes jusqu'à ce qu'il la prenne dans ses bras pour la caresser.

Après une aussi belle journée, l'idée qu'il pourrait rentrer chez lui était tout simplement impensable.

— Tu veux manger quelque chose ? proposa Neve.

Il se laissa tomber sur le canapé.

— Manger ? Sûrement pas. Je ne pourrai plus rien manger pendant une semaine !

Neve ouvrit un placard et tira de derrière la boîte à biscuits le cognac qu'elle gardait pour les cas d'urgence. Ensuite, elle prit deux verres et revint vers Joe.

— Tu peux boire quelque chose, quand même ? Tu as boudé le vin pendant le dîner et tu as refusé un porto parce que tu allais conduire.

— Je ne devrais pas.

— Joe, je sais que nous avons dit que nous irions lentement, et j'apprécie, vraiment. Mais rien ne nous empêche de prendre notre temps ensemble, tu ne crois pas ? Je voudrais que tu restes ici, et le canapé-lit est assez confortable…

— Tu préférerais peut-être que je m'en aille pour te laisser un peu de temps pour réfléchir…

Neve s'assit à côté de lui.

— J'aimerais vraiment que tu restes ce soir. Nous pourrions réfléchir ensemble.

Il afficha un large sourire.

— Ça me plairait à moi aussi… Un cognac ?

— Volontiers.

Ils parlèrent jusqu'à bien après minuit, blottis sur le canapé. Joe raconta son enfance au Canada et des histoires de sa vie dans l'armée, et Neve, ses études à Londres.

Finalement, Joe lui déposa un baiser léger sur le front et la lâcha doucement.

— Nous devrions vraiment dormir. La journée a été longue, dit-il.

— Je pourrais te tenir dans mes bras ? Juste un moment encore.

— Aussi longtemps que tu voudras.

Le rez-de-chaussée, avec l'odeur du sapin de Noël et les lumières scintillantes, semblait l'endroit idéal. Joe ouvrit le canapé et Neve alla chercher un duvet et des couvertures. Elle monta à sa chambre pour se mettre en pyjama, et quand elle redescendit, elle trouva Joe sous le duvet.

— Viens là, dit-il en tapotant la place à côté de lui. Bien installée ? ajouta-t-il quand elle fut allongée.

— Oui.

La faisant doucement basculer sur le côté, Joe enroula le duvet autour d'elle, et la serra contre lui. Une couche moelleuse de duvet les séparait, mais elle sentait la présence rassurante de son corps imposant.

— Ça va comme ça ?

— Oui, c'est bien... Dis-moi, le bail de ton cottage, tu l'as résilié, je crois ?

— J'appellerai l'agence pour dire que j'ai changé d'avis. Je serais étonné qu'ils aient reloué à cette période de l'année.

— Je... ne voudrais pas...

— Tu ne vas pas changer d'avis maintenant ? J'allais partir à cause de toi, et maintenant, je reste pour toi. Le Canada attendra. Peut-être qu'un jour, je pourrai te le montrer.

— Peut-être. Je pense que ça me plairait.

Il trouva la main de Neve qu'il pressa doucement.

— Il est tard. Tu veux une histoire avant de t'endormir ?

— Une des histoires de ta grand-mère inupiak ?

— Bien sûr. Celle du garçon qui est allé pêcher...

L'histoire était longue, et Neve n'en entendit jamais la morale car elle s'endormit bien avant la fin.

17

— Oh non !

Le canapé-lit qui tanguait obligea Neve à sortir du sommeil. Il y eut un miaulement étonné d'Amande qui jugea plus prudent de s'écarter et les pas de Joe qui courait.

— Que se passe-t-il ?

Neve tira le duvet sur sa tête. Si la maison était en feu, il l'éteindrait sans son aide !

— Nous sommes en retard.

— En retard ? Pour quoi ?

Elle repoussa le duvet et ouvrit les yeux. Joe enfilait son jean.

— C'est le lendemain de Noël, Joe ! Que peut-il y avoir de si important ?

Il se retourna — superbe.

— Le match de foot de Noël commence à 11 heures.

— Mais il n'est que 9 heures !

— Il faut que nous arrivions en avance pour aider à déneiger le terrain. Et il faut que je rentre chez moi pour prendre mon équipement avant de revenir te chercher.

— Tu joues ?

Il arbora ce large sourire pour lequel Neve aurait fait cent kilomètres à pied dans la neige — et en pyjama.

— Si tu veux être ma petite amie, il faut que tu me voies jouer au foot !

Il se pencha pour prendre ses chaussures.

— Je reviens te chercher dans une demi-heure.

Finalement, s'activer dans un air glacé était exactement ce dont Neve avait besoin, et le match de Noël traditionnel de Leminster contre Cryersbridge combinait froid intense et exercice physique. Bien emmitouflés, tous les villageois s'étaient en effet rendus à l'école locale qui avait ouvert ses portes pour l'occasion, et ils ôtaient la neige du terrain.

Joe disparut avec le reste de l'équipe pour se changer. Les guides locaux étaient présents, et leur vente de boissons chaudes rencontra un franc succès, mais dès le coup de sifflet final, les deux équipes ainsi que la plupart des spectateurs gagnèrent en hâte le pub voisin.

— Tu as fait une chute sévère dans la première mi-temps. Est-ce que ça va ? demanda Neve.

— Oui, très bien.

Joe montra la bande élastique qui lui entourait le poignet.

— Je crois que notre entraîneur adoré en a un peu trop fait. Ce n'est qu'une égratignure.

— Est-ce qu'il l'a désinfectée ?

Joe leva les yeux au ciel.

— Non ! Nous avons préféré créer une culture microbienne, alors nous avons laissé toute la saleté à l'intérieur.

Neve le saisit par le devant de sa veste et le toisa.

— Ça ne va pas faire une cicatrice de plus à ajouter à ta collection, j'espère ?

Il la prit par la taille pour la serrer contre lui.

— Si ça se produit, ça me fera un souvenir de toi.

— De moi ? Ce n'est pas moi qui t'ai taclé.

— Mais c'est ton visage que j'ai vu quand j'ai heurté le sol, lui murmura-t-il à l'oreille.

— Tu n'as pas heurté le sol si fort que ça ! Et si tu souffrais d'hallucinations, tu aurais dû quitter le terrain.

La fête se prolongea. Joe but une chope de bière avec un entrain étonnant, ses coéquipiers le gratifièrent de grandes claques dans le dos, et il félicita le jeune Adrian, auteur du but décisif. Puis il rejoignit Neve.

— Prête à partir ?

Neve termina son verre de jus d'orange.

— Oui. Prête.

Dehors, sur le parking, elle lui prit la main.

— Je voudrais que tu m'embrasses.

Il l'enlaça par la taille et lui effleura les lèvres d'un baiser léger.

— Pas comme ça, idiot.

— Comme ça, alors ?

La serrant fort contre lui, il lui donna un baiser passionné.

— Beaucoup mieux.

Soudain, un sifflement résonna derrière Neve qui se retourna. Un joueur de Leminster agita la main dans leur direction avant de s'engouffrer dans le pub.

— A ton avis, combien de temps faudra-t-il pour que Maisie soit au courant ? demanda Joe, hilare. Je parierais que tu l'as fait exprès.

— Est-ce que ça te gêne ?

— Moi ? Gêné ?

Il lui donna un autre baiser avant de poursuivre.

— J'envisageais justement de te ramener à l'intérieur et de faire la même chose pour que tout le monde nous voie.

— Un baiser suffit pour lancer la rumeur. Mais tu peux me ramener chez moi et recommencer là-bas !

Joe se lança sur les routes enneigées avec une impatience inhabituelle, faisant même patiner les roues de la voiture à une ou deux reprises. Neve n'eut pas besoin de demander la raison de cette hâte...

Ils laissèrent tomber leurs vestes tout en gagnant la cuisine, et quand ils y arrivèrent, Joe assit Neve sur la table. Il lui ôtait ses chaussures quand, soudain, il se figea.

— Nous avions décidé d'attendre !

— Beaucoup de choses peuvent changer en une journée.

— Oui, mais... Ecoute, je ne veux rien brusquer avec toi. C'est bien trop important pour moi.

— Je sais ce que je veux. Promets-moi seulement de ne jamais me mentir.

— Tu as déjà ma parole, mais je peux te la donner encore...

C'était inutile. Elle l'attira à elle et l'embrassa, transportée par la douceur de ses lèvres.

— Je ne veux plus attendre.

Il la serra contre lui.

— Tant mieux, parce que tu me rends fou...

— Jusqu'à quel point ?

Il sourit.

— Il va me falloir un moment pour te l'expliquer en détail.

Il gravit l'escalier en la portant, et comme elle lui avait déjà ôté son chandail et sa chemise, elle savoura le contact de sa peau nue contre sa joue.

Quand ils arrivèrent dans la chambre, il la posa sur le lit et elle le prit par le cou pour qu'il s'allonge près d'elle.

Leurs regards se mêlèrent.

— Il y a une chose que j'aimerais te demander, Neve.

— Tout ce que tu voudras.

— Attends d'avoir entendu de quoi il s'agit. Il se pourrait que ça te déplaise.

— Si c'est le cas, je te le dirai. C'est ça, la confiance.

Il l'embrassa.

— Oui, bien sûr. Ecoute… Ne prends pas mal ce que je vais te dire, mais je veux être le seul sur qui tu comptes vraiment. Je n'ai pas l'intention de te dire ce que tu dois penser ou faire, mais…

— Je sais, Joe. Je veux la même chose.

Il afficha ce sourire qui lui donnait envie de briser elle-même les barrières qu'elle avait dressées pour se protéger.

Lentement, très lentement, il lui ôta ses vêtements puis retira son propre jean, et ils échangèrent des caresses en prenant tout leur temps.

— Regarde-moi, Neve.

Joe se plaça entre ses jambes puis il se glissa lentement en elle sans la quitter des yeux. Des ondes presque palpables, et d'une intensité effrayante, semblaient vibrer dans l'air.

Lui prenant une main, il lui referma les doigts autour d'un des barreaux de cuivre du lit. Puis il fit la même chose avec l'autre main. La sensation d'être étendue sous lui était délicieuse, et Neve serra plus fort les barreaux quand il commença à bouger.

Le regard de Joe reflétait son propre regard. Il lisait en elle et réciproquement, et trouvait d'infinies variations à chaque caresse — longue et lente, ou rude et exigeante.

Ils atteignirent ensemble le point culminant du plaisir, et l'onde de jouissance les laissa le souffle court et comblés.

— Ça va, ma chérie ? murmura-t-il, lui écartant du front une mèche de cheveux dorés.

— Mais… qu'est-ce que tu as fait ?

— Eh bien… Je t'ai simplement aimée, mon ange, balbutia Joe, déconcerté lui aussi.

C'était plus que cela, et ils le savaient tous les deux. Elle s'était donnée à lui. Allait-elle le nier ?

— Mmm… Tu es un voleur. Tu as volé mon cœur.

— Les voleurs n'ont pas pour habitude de donner le leur en retour !

Il la fit basculer sur lui, l'emprisonnant entre ses bras. Elle avait la peau claire et douce, et il laissa ses doigts descendre le long de son dos délicat.

— J'ai le même nombre de vertèbres que toi, tu sais, dit-elle, malicieuse, en se lovant contre lui.

Comme il serait facile de s'habituer à cela, pensa-t-il.

— Simple petite vérification.

Elle pouffa et forma dans l'air un baiser avec ses lèvres.

— Tu pourras faire un inventaire complet. Dans un petit moment.

— Prends tout ton temps.

Si elle imaginait qu'elle allait bientôt sortir de ce lit, elle se trompait. Il savait maintenant qu'il avait le pouvoir de la garder là, et il n'avait aucun scrupule à user de ce pouvoir.

Elle lui prit doucement la main qu'elle porta à ses lèvres.

— Tu as des mains géniales, tu le sais, ça ?

Ses mains ? Elles étaient les servantes dévouées de Neve, prêtes à faire tout ce qu'elle voudrait, songea-t-il.

— Je t'aime, Neve.

Elle leva la tête et le regarda droit dans les yeux.

— C'est vrai ? Moi aussi, je t'aime, Joe.

18

Les cinq mois précédents avaient été plus forts en émotions que Neve n'aurait pu l'imaginer. Il avait fallu du temps, une aide professionnelle et beaucoup d'amour, avant que Joe se sente capable de tout lui raconter, et quand il l'avait fait, ses cauchemars étaient réapparus avec une grande violence. Mais il avait persévéré avec un courage obstiné qu'elle avait trouvé bouleversant. Elle avait partagé avec lui ces nuits difficiles, et quand il avait été guéri, il avait retrouvé sa passion pour la médecine.

Il lui disait chaque jour qu'il l'aimait et l'avait prouvé en mainte occasion, ce qui lui inspirait la plus grande confiance.

Maintenant, l'heure était à la fête. Joe avait terminé haut la main ses six semaines de période d'adaptation à l'hôpital et il pouvait à présent se porter candidat pour un poste auprès des autorités de la Santé. Ses parents et son jeune frère étaient venus du Canada, et Joe et Neve passaient une semaine avec eux à Londres.

Ce soir, ils seraient sept au dîner car les parents de Neve allaient se joindre à eux.

Joe avait réservé dans un bel hôtel, et, installé dans un fauteuil, il regardait Neve s'habiller.

— Tu es superbe, dit-il.

— Ma robe te plaît ?

— Elle est très belle, mais toi, tu es superbe.

Décidément, il savait faire les compliments ! Neve le rejoignit et se plaça entre ses jambes étendues.

— Donc, les heures que j'ai passées à la choisir, c'était une perte de temps ?

Joe sourit.

— Non, parce que si je ne savais pas que tu as mis toute la matinée à faire ton choix, je l'aurais déjà déchirée pour te faire l'amour. Une fois de plus.

— Mais tu n'ignores pas que si tu déchires un seul point de cette robe, tu auras de sérieux ennuis.

— Absolument. Qui plus est, nous serions en retard pour le dîner.

Neve s'assit sur son genou.

— Tu es particulièrement élégant, toi aussi.

Il portait une chemise blanche dont il n'avait pas encore fermé le col, et un pantalon noir. La veste coordonnée attendait, négligemment jetée sur le dossier du fauteuil.

— Merci. J'ai une raison particulière de soigner ma tenue…

— A cause de nos parents ? Ma mère et mon père te trouvent déjà merveilleux, et tes parents n'ont pas l'air tellement à cheval sur les convenances.

Neve n'avait rencontré les parents de Joe que la veille, mais elle avait déjà l'impression de les connaître après ses longues conversations avec eux via internet.

— Non. Il y a autre chose. Deux autres choses, même. La première, c'est que j'ai un travail.

— Un autre ? Et de quoi s'agit-il cette fois ?

Joe, constamment demandé, s'occupait de plusieurs projets au village. A deux reprises, Neve avait craint qu'il prenne trop de choses en charge, mais il relevait tous les défis.

— Devine…

— Je vois à ton regard qu'il s'agit de quelque chose d'un peu spécial.

— Oui. Très spécial, même.

— Quelque chose… qui a un rapport avec la médecine ?

— Tu chauffes.

— A l'hôpital ?

— Tu brûles.

— C'est insupportable ! Dis-moi, Joe.

— Quand je faisais ma période d'adaptation, un poste s'est libéré en chirurgie. C'est un poste senior, mais j'ai demandé si je pouvais quand même me porter candidat, et on m'a répondu positivement. Et cet après-midi, j'ai reçu un e-mail avec une proposition.

Neve se pencha pour l'embrasser.

— Pourquoi ne m'as-tu rien dit ?

— Parce que je voulais te faire la surprise.

Neve lui enfonça le bout de l'index dans le côté.

— Ça, tu me le paieras. Attends un peu. Je vais trouver un moyen de te surprendre et de te rendre aussi heureux que moi maintenant.

— Tu me surprends chaque jour, mon ange.

Il lui donna un tendre baiser et elle eut l'impression de fondre entre ses bras.

— Tu crois que ton père sera content ? reprit-il.

— Je le pense. Qu'a-t-il à voir dans tout ça ?

— Je ne voudrais pas qu'il imagine que sa fille s'installe avec un type sans avenir…

— Il ne penserait pas une chose pareille. Il sait juger les gens.

— Tant mieux. Parce que je t'ai dit qu'il y avait deux choses, en fait.

Il l'écarta doucement et se leva.

— Viens ici.

Il lui prit la main et l'entraîna vers les hautes portes-fenêtres qui ouvraient sur un balcon de pierre donnant sur les jardins à l'arrière de l'hôtel où ils avaient pris le thé l'après-midi.

— Que fais-tu ? Tu sembles bien mystérieux… Ne prends pas cet air innocent. Je suis sûre qu'il se passe quelque chose.

— Eh bien, oui. Tu as raison.

Lui lâchant la main, il prit quelque chose derrière lui puis mit un genou à terre.

Neve ouvrit des yeux stupéfaits. Allait-il… Non, ce n'était pas possible.

— Joe, qu'y a-t-il ?

— Veux-tu m'épouser ?

Emue, elle essuya d'un revers de main la larme qui coulait sur sa joue. Joe était ainsi : pas de longs discours ni de déclarations. Ils avaient parlé de leurs rêves, et Joe lui avait promis d'exaucer les siens. En lui faisant cette demande, il tenait sa promesse.

— Oui, répondit-elle.

— Je te promets d'être un bon mari et un bon père.

— Je sais.

— Et de t'aimer toujours !

— J'ai dit oui ! Est-ce que tu m'entends ?

Le sourire de Joe fit subir au pauvre cœur de Neve une nouvelle accélération. S'il continuait comme cela, elle allait mourir de bonheur.

— Oui, je t'ai entendue. Je voulais juste que tu le dises encore.

Elle se pencha pour l'embrasser.

— Oui. Oui, je veux t'épouser. Je préparerai ton dîner.

— Je préférerais que nous le fassions à tour de rôle.

— Je laverai tes vêtements…

— Nous avons un lave-linge.

— Je te réchaufferai ton lit…

— Oui. Ça, j'insisterai pour que tu le fasses.

— Je ferai des bébés avec toi.

— Donne-moi ta main... Non, pas celle-là.

Quand il lui prit la main gauche, Neve aurait sauté de joie si elle n'avait pas porté des talons aussi hauts.

Sortant un écrin de sa poche, il l'ouvrit. Une bague...

— Ecoute, c'était beaucoup trop agréable la première fois pour qu'on ne recommence pas. Reprenons à partir du début. Veux-tu m'épouser ?

— Oui, Joe. Je veux te dire oui chaque jour de ma vie, et le premier commence maintenant.

Lui déposant un baiser sur la main, il glissa la bague à son doigt. Neve suivait ses gestes, le regard brillant de larmes.

— Dis quelque chose, demanda-t-il, un peu inquiet.

— Elle est magnifique. Je t'aime. Je suis si heureuse...

Elle le releva et l'embrassa.

— Moi aussi. Tu es tout pour moi, Neve.

Un bruit fusa dans le jardin puis il y eut une explosion, et le ciel se remplit d'étoiles multicolores.

— Ça doit être une fête, dit Neve.

— Exact. Mon frère est chargé du feu d'artifice, en bas, avec deux personnes de l'hôtel.

D'autres fusées sifflèrent dans les airs et explosèrent dans le ciel nocturne.

— Tout ça était prévu ?

— Il devait faire partir les fusées quand il me verrait t'embrasser.

— Apparemment, il a manqué le moment.

— Nous devrions peut-être recommencer jusqu'à ce qu'il trouve le bon rythme, ma chérie.

Elle passa les bras autour du cou de Joe.

— Continuons...

Quand un nouveau baiser les réunit, des étoiles explosèrent dans le ciel et le monde tangua sous les pieds de Neve.

DIANNE DRAKE

Pour l’amour du Dr Robinson

Traduction française de
ÉVELINE CHARLÈS

BLANCHE

HARLEQUIN

Titre original :
REVEALING THE REAL DR. ROBINSON

Ce roman a déjà été publié en 2020.

1

Ben Robinson ouvrit les volets de bois et respira l'air frais du matin. Durant la nuit, la neige était tombée sur la vallée, et il s'en réjouissait puisque ce serait sa dernière journée de ski.

Depuis toujours, il rêvait de voir la Toscane en hiver, et ces vacances avaient été véritablement parfaites. En cinq ans, c'était la première fois qu'il prenait un congé, la première fois qu'il se détendait. Il avait fait la grasse matinée tous les matins et, tous les soirs, il avait dégusté ses plats favoris... des pâtes, des sauces et des desserts. Dans la journée, il avait visité des villages de contes de fées qui n'avaient pas changé depuis deux siècles avec leurs petits refuges pour les bergers dans les pâturages et cette incroyable succession de vieilles églises, de monastères, de châteaux et de forteresses.

Et puis, il avait fait la connaissance de Shanna. Ils avaient partagé des repas, visité ensemble quelques sites, mais il ne s'était rien passé entre eux. Ben ne s'était pas réveillé auprès d'elle, il ne l'avait pas embrassée, il ne lui avait même pas dit qu'il partait le lendemain. C'était sa politique... Il gardait ses distances, profitait des moments d'amitié, mais rien de plus.

Il rentrerait *seul* chez lui, en Argentine. Il continuerait d'exercer *seul* son métier de médecin et de vivre sa vie tout *seul*.

Quant à Shanna... Il laissa échapper un soupir. Il espérait qu'elle viendrait prendre son café avec lui, ce matin, comme elle le faisait depuis deux semaines. S'il la voyait une dernière fois, la journée n'en serait que meilleure.

— Cette chaise est prise ? demanda une voix familière vingt minutes plus tard.

— C'est bien possible, répliqua-t-il sans lever les yeux. A condition que ce soit la bonne personne et qu'elle le demande poliment.

— Qui cela pourrait-il bien être ?

— Quelqu'un qui accepterait de changer ses plans, de skier avec moi aujourd'hui et de faire les boutiques demain, quand je serai parti, précisa-t-il simplement.

Shanna Brooks... emmitouflée jusqu'aux yeux dans son écharpe, le front dissimulé sous son bonnet d'où s'échappaient quelques mèches cuivrées. Lorsqu'elle s'assit en face de lui, Ben ne put s'empêcher de plonger son regard dans les grands yeux verts.

— Cela pourrait être moi, dit-elle en ôtant l'une après l'autre les couches de tissu qui la dissimulaient.

Lorsqu'il y repensait, il s'étonnait de sa bêtise, la première fois qu'il l'avait rencontrée : dès qu'elle l'avait abordé, il s'était levé pour s'installer ailleurs. Pour sa défense, il était resté le lendemain et les jours suivants, se délectant du spectacle qu'elle offrait lorsqu'elle ôtait successivement foulard, couvre-chef et gants.

— La question est de savoir si c'est bien vous, insista-t-il.

Elle fronça son petit nez, comme si elle réfléchissait.

— Avez-vous envisagé que vous pourriez m'accompagner dans les magasins, au lieu de me demander de skier avec vous ?

— Non. Je suis en mission... Douze jours de ski sans me casser une jambe.

— Et si votre chance tournait, aujourd'hui ? Si vous finissiez en bas de la pente avec une fracture du tibia ?

— Ouverte ?

— Trop de risques d'infection, répliqua-t-elle en baissant la fermeture Eclair de sa veste. Je pense à quelque chose de plus net, par exemple entre le genou et la cheville. Que diriez-vous d'une fracture du plateau tibial ?

— Non. Je craindrais de souffrir d'arthrite, par la suite. Pourquoi pas une fracture du pilon tibial ? C'est tout aussi grave, la rééducation est de même durée, mais on est moins exposé à des problèmes ultérieurs.

— Bonne idée, dit-elle avec un grand sourire. Après l'opération, je vous promets d'être là, avec tous mes paquets parce que ce matin, je compte bien faire les boutiques.

— Vous allez encore vous acheter des écharpes et des bonnets ?

— Une fille n'en a jamais assez.

— Mais sachant que je vais me blesser sur les pentes, aujourd'hui, vous me préférez vos emplettes ?

Ben avait conscience de s'aventurer sur le terrain miné du flirt. Depuis deux semaines qu'il connaissait Shanna, il ne savait toujours pas pourquoi elle avait démissionné de son poste de médecin hospitalier.

— C'est parce que je ne vais pas tarder à m'en aller, moi aussi, dit-elle.

Ben feignit l'exaspération.

— Vous avez créé mon traumatisme. Le moins que vous puissiez faire, c'est de me soigner.

— Ce n'est pas ma spécialité.

— Quelle est-elle ? Je veux dire... avant que vous ayez donné votre démission.

Elle ne le lui avait pas dit. En fait, ils se connaissaient

depuis cinq ou six jours, lorsqu'elle avait laissé échapper qu'elle était médecin. Elle savait déjà qu'il l'était aussi. C'était sans doute la seule chose qu'il lui avait révélée sur lui-même.

— Ce n'était pas les os, dit-elle.

Le regard de Shanna s'était fait distant.

— Remarquez, je ne m'y suis jamais vraiment intéressé moi-même, reprit-il. En tout cas, pas après que je me suis cassé le gros orteil.

Elle posa sur lui un regard distrait.

— Au ski ?

— Vous n'avez jamais entendu parler du syndrome du turf toe, une entorse du gros orteil avec lésion de la capsule articulaire ?

Une lueur d'intérêt s'alluma dans les yeux de la jeune femme.

— Vous faisiez du rugby ? Du foot ?

— Ni l'un ni l'autre. Je tentais d'attraper une chèvre angora.

— Je ne suis pas certaine de vouloir savoir pourquoi.

Ben se mit à rire.

— Mes parents élevaient des moutons et des chèvres, pour leur laine. L'une d'elles s'était enfuie.

— Il s'agissait d'un ligament endommagé, pas d'une fracture.

— J'ai eu droit aux deux.

— Pauvre Ben ! commenta-t-elle en riant. Vous ne pouvez même pas vous glorifier d'un accident du sport ! Je suppose que vous n'avez pas crié sur les toits votre mésaventure. Ce devait être très gênant.

— Uniquement si quelqu'un me faisait remarquer combien ça l'était, répliqua-t-il.

Il adressa un signe à la serveuse qui leur apporta aussitôt deux tasses de café.

— Je propose que nous prenions une liqueur de mimosa puisque c'est notre dernière matinée.

— Je me contenterai d'un café, marmonna Ben.

Elle le fixa comme si elle venait de comprendre quelque chose.

— Vous ne buvez jamais d'alcool, n'est-ce pas ?

— Comment le savez-vous ?

— Quand nous avons dîné ensemble, j'ai bu quelquefois du vin, alors que... Vous avez raison, ajouta-t-elle en haussant les épaules. Le café est suffisant, mais vous auriez dû m'en parler, Ben, je n'aurais pas... je sais que nous nous connaissons à peine, mais nous aurions pu en discuter.

— Il n'y a rien à dire.

Ce qui était un énorme mensonge, mais pourquoi gâcher un flirt léger, quelques repas agréables et quelques descentes à skis par des confidences ? Il n'y avait rien eu de sentimental, entre Shanna et lui, cependant il avait apprécié les moments qu'il avait passés avec elle parce qu'ils contribuaient au dépaysement.

— Rien, sauf un problème d'alcool ? Résolu, je suppose. Si j'avais été au courant, je n'aurais pas commandé de vin.

— Et pourquoi donc ? Je ne suis pas influencé par ce que les autres font ou ne font pas autour de moi.

— Je veux bien vous croire, mais j'aurais fait preuve d'un peu plus d'altruisme, si...

— Si je m'étais confié à vous, nos relations auraient été modifiées. Vous auriez été sur vos gardes ou vous vous seriez demandé ce qui m'a amené à devenir alcoolique. C'est ce que je souhaitais éviter.

Déjà, un certain malaise s'installait entre eux, alors que cette dernière journée s'annonçait sous les meilleurs auspices. Elle avait découvert l'un des secrets de Ben Robinson. Oui, il lui arrivait d'être tenté, bien qu'il n'eût pas bu un verre depuis dix ans. Oui, cela constituait une barrière sociale.

— Vous auriez pu mentionner ce problème en passant. Les gens ne sont pas tous impitoyables, Ben. Croyez-moi, je sais comment les faiblesses passagères peuvent se succéder ou s'aggraver. Mais vous avez raison sur un point : nous ne sommes nullement tenus de nous faire des confidences. J'ai beaucoup apprécié de pouvoir discuter avec un homme qui parle le même langage que moi, ajouta-t-elle en tendant la main pour presser la sienne par-dessus la table. Je me réjouis que vous ayez réussi à surmonter cette épreuve.

Le lâchant, elle se tourna vers la fenêtre pour contempler les montagnes.

Un peu plus tard, ils prirent un petit déjeuner en discutant de choses insignifiantes. Ensuite, ils se firent leurs adieux et Ben alla skier pendant que Shanna faisait les boutiques.

Il passa les trente-six heures suivantes en avion ou dans les aéroports, à se demander pourquoi il n'avait pas mieux profité de l'instant présent, pour une fois.

— Parce que la réalité s'impose inéluctablement, marmonna-t-il pour lui-même.

Il boucla la ceinture de son siège avant d'entamer la dernière partie de son voyage au cours de laquelle il aurait amplement le temps de réfléchir et d'avoir des regrets.

— Vous voulez du café, du thé, une boisson non alcoolisée ? demanda l'hôtesse. Ou bien un cocktail, monsieur ? Nous avons du gin, de la vodka, du whisky…

Ben jeta un coup d'œil aux petites bouteilles disposées sur le plateau. Des soirs comme celui-ci, sa détermination faiblissait, mais il ne savait plus s'il luttait contre l'alcool ou contre lui-même. Il évoqua alors les yeux verts de Shanna, la façon dont ils brillaient lorsqu'il l'avait vue pour la première fois. Il avait décidé d'abandonner sa réserve pour la durée de son congé, d'entrouvrir la porte pour laisser quelqu'un entrer, mais maintenant, les vacances étaient finies et Shanna n'était plus qu'un souvenir. Comme chaque fois qu'il avait été tenté, il inspira profondément et se rappela ses responsabilités.

— Donnez-moi un verre d'eau, s'il vous plaît. Ce sera parfait.

— Très bien… Qui êtes-vous vraiment, Ben Robinson ?

Deux jours s'étaient écoulés depuis que Ben avait laissé Shanna assise à cette table de café. Il était clair qu'elle n'avait pas gagné sa confiance, et pas seulement en ce qui concernait l'alcool. Ils avaient partagé de bons moments, mais elle avait toujours senti qu'il conservait une certaine distance. Ils avaient pris le même remonte-pente, dîné face à face et fait quelques promenades côte à côte, mais d'une certaine façon, ils étaient seuls ensemble.

— Qui êtes-vous ? demanda-t-elle à l'écran de son ordinateur tandis qu'elle entrait le nom du médecin dans le moteur de recherche. Et pourquoi vivez-vous en Argentine ?

La grande question était : où, en Argentine ? Parce qu'elle s'était aperçue après son départ qu'elle l'ignorait. Elle n'avait même pas son numéro de téléphone. Il n'avait été qu'un étranger de passage, repartant sans établir aucun lien avec quiconque.

Sauf qu'il en avait noué un avec elle. Shanna ne savait pas trop pourquoi, mais elle cherchait des informations sur Ben Robinson sans déterminer exactement ce qui l'attirait en lui.

Lorsqu'elle l'avait rencontré, elle était totalement perdue, ayant découvert que son équilibre reposait sur une illusion. Il avait suffi d'une seule secousse pour qu'elle flanche.

Mais Ben avait flanché, lui aussi. Les cicatrices sur son cou semblaient indiquer qu'il avait affronté de dures épreuves. Il avait guéri, pourtant, tout comme il avait surmonté l'emprise de l'alcool. C'était ce qu'elle cherchait : comment guérir, comment repartir de zéro ?

Désormais, elle n'avait aucun endroit où aller et rien à faire jusqu'à ce qu'elle trouve le moyen de devenir quelqu'un d'autre. Ben avait déjà accompli ce parcours puis accédé au détachement, et c'était ce qu'elle devait faire, si elle voulait continuer d'exercer la médecine. Ou bien elle parvenait à se blinder, à abandonner toute passion, ou bien elle devrait s'engager dans une autre voie.

Ben la fascinait pour cette raison. Dès leur première rencontre, elle avait deviné qu'il avait réussi ce clivage. Il était parvenu à une sorte d'insensibilité incompatible à première vue avec la profession. Pourtant, il était médecin et il possédait même un petit hôpital.

— Je suis sans doute folle, Ben, murmura-t-elle, mais je ne crois pas que nous en ayons terminé, tous les deux. Si je vous trouve… Etes-vous mon Ben Robinson ? demanda-t-elle à la photo qui apparaissait sur l'écran.

L'homme était beau, avec ses cheveux bruns et bouclés, ses yeux marron et son nez droit, mais son sourire n'était pas particulièrement amical. Il portait des lunettes, et une barbe de trois jours ombrait ses joues.

— Dr Benjamin Robinson, propriétaire et directeur de…

Shanna laissa échapper un soupir de soulagement. Non, elle n'était pas folle, mais elle cherchait simplement le chemin pour rentrer chez elle et Ben pourrait le lui indiquer.

Ce fut avec cette pensée en tête que le Dr Shanna Brooks acheta un billet d'avion, fit ses valises et s'envola pour l'Argentine.

— Tu as repris le rythme, ou tu as besoin d'un peu de temps pour t'y remettre ? demanda Amanda Kenner à son frère.

— Une autre semaine en Toscane serait la bienvenue, mais comme c'est impossible, ne t'inquiète pas, je suis dans le bain.

L'hôpital, du nom de Caridad, pouvait accueillir quarante malades. Pour l'instant, il n'y avait pas d'épidémie grâce au mari d'Amanda qui avait enrayé la contagion de lambliase, une maladie causée par des vers intestinaux, mais les patients affluaient néanmoins et Ben était content de se retrouver en terrain connu. Là était sa place et il avait beau adorer la Toscane, il serait d'accord pour attendre encore cinq ans avant de prendre des vacances.

Bien que... Ses pensées dérivaient souvent vers Shanna. Des pensées pleines de regrets et d'occasions manquées. Il était normalement constitué, il avait des rêves et des désirs d'homme. Mais chaque fois qu'il se regardait dans une glace, la réalité s'imposait à lui et cela ne changerait jamais.

— Tu aurais été incapable de t'absenter plus longtemps, répliqua Amanda avec malice. En fait, je suis même étonnée que tu aies tenu aussi longtemps loin d'ici.

— L'endroit était vraiment sympathique. On y mangeait bien et les pentes étaient idéales, pour le ski.

— Je sens comme de la tristesse, dans ta voix.

Il secoua la tête.

— C'est l'épuisement. Le voyage était long.

Tout en parlant, les deux médecins avaient franchi les portes de l'unique service que comportait l'hôpital.

— Tu as rencontré quelqu'un, n'est-ce pas ? reprit Amanda.

— Oui, mais ce n'est pas ce que tu crois.

— Cela ne t'a pas empêché de tomber amoureux et d'avoir une liaison.

— Ni liaison ni amour. J'ai seulement passé avec elle quelques heures agréables. Grâce à cette jeune femme, je n'ai pas pris mes repas tout seul.

— Pourquoi ce soupir, alors ?

— J'ai des patients à examiner et tu me retiens.

— Je suis désolée que ça n'ait pas marché, Ben. J'espérais que tu rencontrerais une belle Italienne qui volerait ton cœur au premier coup d'œil. Ensuite, tu aurais eu une aventure passionnée avec elle. Tu l'aurais épousée et tu m'aurais envoyé un mail pour me dire que tu restais là-bas pour fonder une famille nombreuse.

S'écartant de son frère, elle essuya une larme qui coulait sur sa joue.

— Tout ce que je veux, tout ce que j'ai toujours voulu, c'est que tu sois heureux.

— Je le sais et j'apprécie ton affection, mais je suis réconcilié avec moi-même, Amanda. Il m'a fallu des années pour me résigner, mais c'est un bon choix, tout bien considéré. Maintenant, c'est ton tour d'accepter la situation, d'accord ?

Depuis l'âge de quinze ans, il avait choisi d'être seul. Cette résolution s'était confirmée quand sa fiancée, Nancy Collier, avait poussé un cri d'horreur en le voyant, la première fois qu'ils avaient fait l'amour... ou tenté de le faire.

Son expression, les excuses qu'elle avait balbutiées... aucun homme ne voudrait revivre une telle épreuve. Le dégoût manifesté par Nancy à la vue de ses cicatrices avait été déterminant. Il suffisait d'un seul regard sur le monstre qu'il était, et les gens se détournaient avec horreur, donc il était plus facile de ne pas les laisser le voir.

— Non, je ne suis pas d'accord ! protesta sa sœur. Tu es trop dur envers toi-même et cela m'inquiète parce que si une femme merveilleuse se présentait...

Une femme merveilleuse comme Shanna...

— J'aime ma vie et je ne suis pas seul, trancha Ben en frôlant inconsciemment les cicatrices qui marquaient sa nuque. Tu es trop sentimentale, Amanda. La grossesse et les hormones doivent mettre la pagaille dans tes émotions, ou quelque chose comme ça. Comment va mon neveu, à propos ? Il m'a manqué. Je me suis demandé comment il s'adaptait à la vie familiale.

Ben faisait allusion à Ezequiel, le garçon de douze ans qu'Amanda et Jack, son mari, avaient adopté récemment. C'était la preuve que les fins heureuses existaient.

— Jack l'a emmené pour faire ses visites. Il a décidé que cela ferait du bien à Ezequiel de passer un peu de temps avec lui quand il ne s'absente pas longtemps. Ils devraient être de retour dans deux jours. Mon nouveau fils est une véritable éponge, ajouta Amanda avec fierté. Il absorbe tout et il est avide d'apprendre. Il sera peut-être médecin, plus tard.

Hochant la tête, Ben poussa la porte de la salle des femmes. Enfant, il avait tout attendu de la vie, lui aussi, mais un jour, tout s'était arrêté. Il avait abandonné ses espoirs et ses rêves lorsqu'il avait passé un an dans un service pour grands brûlés. Greffe de peau après greffe de peau, il avait lutté pour la vie et combattu bon nombre d'infections. A cette époque, il s'agissait pour lui de survivre durant les minutes suivantes, l'heure suivante et le jour suivant.

— Je suis désolée que cela n'ait pas marché, avec cette fille, quand tu étais en Toscane, reprit Amanda.

Ben fit face à sa sœur.

— La question ne s'est pas posée puisqu'il ne s'est rien passé entre elle et moi. Mais si elle m'avait fait la moindre avance, je n'aurais pas donné suite. C'est ainsi, Amanda, et cela ne changera pas. Merci pour tes efforts, mais j'ai des préoccupations plus importantes, à cet instant précis. Pour commencer, je dois examiner une femme diabétique.

— Tu te rappelles cette cabane que papa nous avait construite dans un arbre ?

— Celle dont l'accès était interdit aux filles ?

— J'ai toujours réussi à y entrer, Ben.

— Et tu laissais tes poupées à l'intérieur.

— Je savais que tu ne voulais pas de sœur et que tu t'es senti menacé quand papa et maman m'ont adoptée. Je n'avais que cinq ans, mais j'ai perçu ton amertume et ta peur d'être remplacé.

— Mais nous nous sommes bien amusés quand j'ai réussi à me débarrasser de tes poupées.

— Et des rideaux roses que maman nous avait confectionnés...

C'étaient de bons souvenirs, songea Ben.

— Tu voudrais que nous construisions une cabane pour Ezequiel ?

— Ce n'est pas ça, murmura Amanda. Quand tu me repoussais, je t'espionnais par la fenêtre de ma chambre. Je t'ai vu faire des crises de colère, pleurer... Ben, tu dois sortir de ton refuge. Tu ne peux pas passer toute ta vie à te cacher.

— Je dirige un hôpital, je travaille vingt-quatre heures sur vingt-quatre, sept jours sur sept.

— Il y a différentes façons de se planquer, répliqua Amanda en essuyant de nouvelles larmes. De toute façon, nous avons tous les deux des malades à voir...

— Je vais bien, Amanda, dit Ben en s'éloignant à grands pas.

Parvenu auprès de sa patiente, Ben prit une chaise et s'assit à côté du lit.

— Eh bien, Maria... Je ne m'attendais pas à vous voir avant trois semaines. Cela veut dire que nous allons devoir discuter de ce qui peut vous arriver si vous ne prenez pas soin de vous.

La femme jeta un coup d'œil aux gâteaux qu'un mari trop compatissant lui avait apportés. Ben la comprenait... Il n'était pas facile d'abandonner ce que l'on aimait, quelle qu'en soit la raison. Il se devait pourtant de la mettre en garde une nouvelle fois.

— D'abord, vous pouvez avoir des problèmes de cœur, dit-il.

Un risque qu'il évitait soigneusement lui-même dans sa vie personnelle.

2

— C'est par là, grommela le chauffeur, une cigarette coincée entre les lèvres. Je ne vais pas plus loin.

— Ça ne me surprend pas, riposta Shanna.

Ne s'attendant pas à ce qu'il l'aide, la jeune femme extirpa son énorme sac du taxi. Lorsqu'il tendit quand même sa grosse main au-dessus de la vitre elle aurait voulu, en guise de pourboire, lui conseiller de ne plus fumer et de se montrer plus aimable, mais il était plus facile de déposer quelques pesos au creux de sa paume, ce qu'elle fit. Il compta sa monnaie, soupira et fit demi-tour sans un regard en arrière.

Pour autant qu'elle sache, elle n'était pas loin d'un village du nom d'Aldea de Cascada. On l'appelait aussi Aldea de Hospital, à cause de sa proximité avec l'hôpital de Ben.

Environnée par les moucherons, Shanna transpirait comme jamais elle n'avait transpiré.

— Très bien, dit-elle en jetant son sac sur son épaule. Tu n'as plus qu'à le faire si tu veux retrouver ta vie d'avant.

Elle emprunta l'étroit sentier qui, elle l'espérait, menait dans la bonne direction. Le soleil commençait à baisser dans le ciel et si elle ne parvenait pas bientôt à destination, elle risquait fort de passer la nuit dans la jungle.

Son fardeau la ralentissait, mais il n'était pas question de le déposer sur le bord du chemin pour revenir le chercher le lendemain, aussi redoubla-t-elle ses efforts. Tout en marchant, elle réfléchissait à la façon dont elle allait expliquer sa venue à Ben.

Une rencontre éphémère dans une auberge de Toscane ne suffisait pas à convaincre une personne sensée de faire ce qu'elle faisait. Elle avait passé de bons moments, avec Ben, mais elle avait bien senti qu'il était distrait, comme absent, et elle voulait justement qu'il lui apprenne à verrouiller ses émotions. Elle était persuadée que Ben était un excellent médecin qui exerçait son métier sans états d'âme, et c'était précisément une faculté qu'elle devait acquérir, car dans le monde médical des Brooks, on ne tolérait pas les praticiens trop sensibles.

— *Ayúdeme por favor. Mi madre fue mordida por una serpiente. Está muy enferma. No puede mover. Pienso que se morirá. ¡ Ayúdeme por favor !*

Une fillette d'une dizaine d'années venait de surgir des buissons et agrippait le sac de Shanna. Elle était visiblement terrifiée parce que sa mère avait été mordue par un serpent... *Una serpiente*... Elle ne pouvait pas bouger et elle était peut-être mourante ou déjà morte.

— *¿ Respira su madre ?* demanda Shanna, reconnaissante envers sa famille de lui avoir fait apprendre plusieurs langues.

— *Yo no sé. Está en el suelo, como duerme. Pero yo no sé si puede respirar.*

La femme gisait sur le sol, inconsciente, et ne respirait peut-être plus. L'hôpital était-il loin ?

— *¿ Sabe donde el hospital es ? ¿ Es muy distante ?*

— Non, répondit la fillette en secouant la tête.

— *Bueno. Por favor, corre al hospital, los dice lo que usted me dijo, y los dice que hay ya un médico con su madre, pero necesitan alguien que puede ayudar a conseguirla al hospital.*

Elle demandait à l'enfant de courir à l'hôpital pour

demander de l'aide, mais la petite ne comprenait visiblement pas ou elle était trop effrayée pour obéir.

Shanna lui demanda son nom :

— *¿ Lo que es su nombre ?*

— Valeria.

— *¿ Y qué es el nombre de su madre ?*

— *Su nombre esta Ines.*

La mère s'appelait Ines, c'était bon à savoir, songea Shanna en suivant Valeria jusqu'à l'endroit où sa mère était étendue. Grâce à Dieu, elle respirait !

Jetant son sac sur le sol, Shanna s'agenouilla et l'ouvrit pour en sortir les quelques fournitures qu'on lui avait permis d'emporter dans l'avion. Pas de médicaments, juste du matériel, et ce ne serait pas suffisant pour sauver la vie de cette femme.

— *Soy médico, Valeria. Pero debo ayudar. Por eso yo deseo que vaya al hospital.*

Tout en expliquant à Valeria qu'elle était médecin, mais qu'elle avait besoin d'aide, Shanna passa son stéthoscope autour de son cou. Si Ines avait été mordue par un crotale, nombreux en Argentine, le seul remède était l'antivenin. Le rythme accéléré du cœur indiquait une tachycardie avec un pouls trop rapide et parfois irrégulier. De surcroît, la cheville gauche de la malheureuse était enflée et brûlante à l'endroit de la morsure. Shanna supposa que la femme avait dû présenter d'autres symptômes, pendant que sa fille allait chercher du secours : des difficultés à parler, une faiblesse musculaire, des vertiges avant de sombrer dans l'inconscience, une transpiration excessive, la vision brouillée et peut-être une paralysie partielle. Si personne n'intervenait rapidement, la mort ne tarderait pas car, déjà, autour des lèvres, la peau d'Ines devenait bleuâtre.

Une fois de plus, Shanna demanda à Valeria de courir jusqu'à l'hôpital, mais l'enfant avait une autre idée.

— *Sí, puedo. Pero tengo a amigos cerca que puede ayudar a llevar a mi madre allí. Creo que sería más rápido.*

Elle avait des amis, au village, qui pourraient porter Ines plus rapidement. Croisant les doigts, Shanna fit signe à la fillette de se dépêcher.

En attendant, elle baigna la plaie avec une bouteille d'eau. A une certaine époque, on aurait fait un garrot, mais des recherches récentes avaient montré que le venin se concentrait là où la circulation était coupée, augmentant le risque d'amputation.

On pouvait aussi entailler la chair et tenter d'aspirer le poison. Malheureusement, trop de personnes étaient mortes de l'avoir fait parce qu'elles avaient une petite coupure dans la bouche ou sur les lèvres.

Il ne lui restait plus qu'à attendre, aussi impuissante que le jour où elle avait promis une greffe de rein à sa patiente, Elsa Willoughby. L'état de cette dernière justifiait la procédure et la plaçait tout en haut de la liste d'attente, aussi Shanna ne s'attendait-elle pas à ce que l'hôpital lui refuse l'autorisation quand un rein avait été disponible. Cette décision lui avait été notifiée par son grand-père et entérinée par son père, ainsi que par plusieurs médecins qui portaient tous le nom de Brooks. Elle s'était heurtée à un mur.

« Ta patiente est trop âgée », lui avait dit son grand-père.

Il avait ajouté une douzaine de raisons justifiant la sentence. Par la suite, Elsa avait été hospitalisée ailleurs, mais son état s'était trop aggravé pour qu'elle soit une bonne candidate à la transplantation. Elle avait repris le cycle des dialyses et était morte quatre mois plus tard.

« Etant donné ton implication émotionnelle, tu serais davantage à ta place dans un service administratif », avait tranché le grand-père de Shanna.

Tout cela parce qu'elle se souciait de ses malades ? Shanna avait donc abandonné la médecine et s'était mise en quête de trouver sa voie... en tout cas un moyen de définir une autre façon d'exercer son métier. Si ce n'était pas en Argentine, elle désespérait de le découvrir un jour.

Alors qu'elle était plongée dans ses souvenirs, elle tenait la main de sa patiente. Son cœur bondissait dans sa poitrine chaque fois que celui d'Ines se mettait à palpiter, et un bruit de respiration plus rauque lui faisait retenir son souffle. Implication émotionnelle... Au plus profond de la jungle, elle pouvait sentir la désapprobation du clan des Brooks tout entier.

Par bonheur, une vingtaine de personnes ne tardèrent pas à surgir sur le sentier. Ils apportaient non pas un brancard, mais un lit d'une place, comportant un matelas, des couvertures et des oreillers. Jamais Shanna n'avait été témoin d'une telle solidarité. En un clin d'œil, Ines fut déposée sur la couche et il ne resta plus à Shanna qu'à suivre ces brancardiers d'un nouveau genre.

Environ cinq cents mètres plus loin, ils parvinrent devant une petite bâtisse de bois. Les amis et voisins d'Ines s'arrêtèrent devant et, posant le lit, ils soulevèrent doucement le matelas puis entrèrent à l'intérieur, tandis que Shanna leur emboîtait le pas.

Elle repéra Ben immédiatement et son rythme cardiaque s'accéléra, mais elle n'aurait su dire si c'était parce qu'elle était contente de le voir ou simplement soulagée que sa patiente soit prise en charge.

Ben était penché sur une table d'examen située dans ce qu'elle supposait être la zone réservée aux urgences. Il n'avait pas encore remarqué sa présence et réglait une lampe.

— Cette table est prise ? demanda-t-elle en souriant lorsqu'il leva les yeux vers elle.

— Je suppose que ce n'est pas une coïncidence si vous êtes ici ? demanda Ben. Vous me traquez, c'est ça ?

Il fit signe à la jeune femme de s'asseoir en face de lui. Ils se trouvaient dans la salle de repos, un espace minuscule comportant une table, deux chaises, un vieux canapé et un réfrigérateur. Il y avait à peine assez de place pour bouger.

Il venait de servir à Shanna une tasse de yerba maté, une sorte de thé très populaire en Argentine.

— Croyez-moi, j'ai eu le temps de réfléchir, en avion, répliqua-t-elle. J'ai pensé aux questions que vous pourriez me poser et aux réponses que je vous fournirais... Ce qui vous semblerait plausible ou pas.

— J'apprécierais assez que vos explications soient vraisemblables...

Il n'en revenait toujours pas, à tel point qu'il se demandait s'il n'était pas victime d'hallucinations. Il avait pensé à elle chaque fois qu'il avait eu un moment de libre. Parfois, son image s'était même faufilée dans son esprit lorsqu'il travaillait. Et maintenant, elle était là, comme s'il n'avait eu qu'à claquer des doigts pour la faire apparaître.

— Mais étant donné les circonstances, c'est un peu difficile, continua-t-il. Vous m'avez suivi depuis l'autre côté du monde et j'ai du mal à imaginer comment vos motivations pourraient être crédibles.

Shanna but une gorgée de maté, et Ben la vit laisser la saveur amère imprégner l'intérieur de sa bouche avant de l'avaler.

— En tout cas, je ne vous traque pas... du moins, pas au sens habituel.

— Très bien. Je vous prierai donc de préciser le sens *inhabituel*.

Ben commençait à se demander si Shanna Brooks n'avait pas l'esprit un peu dérangé... En principe, il aurait dû s'en apercevoir en Toscane car il avait suffisamment fixé ses yeux verts pour être certain que tout allait bien chez elle. En réalité, il avait justement été attiré par sa vitalité et cette étincelle de gaieté qui illuminait son regard.

— C'est difficile à expliquer, commença Shanna. J'avais besoin de… quelque chose de différent.

— Donc, vous m'avez suivi à la trace et avez débarqué dans la jungle. Mon hôpital n'est indiqué sur aucune carte, ce qui implique que vous ayez déployé quelques efforts pour me retrouver.

Ben se demanda s'il devait se pincer pour s'assurer qu'il était bien réveillé.

— Vous avez raison, répondit la jeune femme en haussant les épaules. Mais vous aviez mentionné que vous viviez en Argentine et je suis pleine de ressources. Et vous voilà !

— Me voilà, oui. J'y suis depuis plusieurs années, maintenant, ce qui me ramène à ma première question.

Shanna inspira profondément.

— Pourquoi j'ai cherché à vous rejoindre ? La réponse est… que je veux vous ressembler. Aussi, qui mieux que vous pourrait m'aider à atteindre mon but ?

Il recommençait à penser qu'elle était cinglée.

— Vous êtes en train de me dire que vous voulez être un ermite à la tête d'un hôpital situé au milieu de nulle part et manquant dramatiquement de bénévoles ? Cela n'a aucun sens !

— C'est pourquoi vous croyez que je suis folle, conclut-elle avec un sourire. Je me trompe ?

— Sans doute pas assez pour que je vous mette sous traitement, mais suffisamment pour que je vous surveille. Je devrais sans doute éloigner de vous les objets pointus et vous administrer des placebos.

Shanna éclata de rire.

— Ne vous excusez pas ! A votre place, j'appellerais sans doute la sécurité.

— Si nous en avions une, ce qui n'est pas le cas. Maintenant, dites-moi ce que vous ne m'avez pas avoué en Toscane. J'aurais visiblement dû comprendre que vous aviez… des vues sur moi.

— La question est sans doute légitime…

— Donc, vous allez y répondre ?

Posant sa tasse sur la table, Shanna la contempla pendant un long moment. Elle releva ensuite la tête et fixa Ben dans les yeux pendant ce qui lui parut durer une éternité.

— Vous avez droit à une explication, mais ce ne sera peut-être pas la bonne, parce que…

— C'est difficile à expliquer, termina-t-il.

— Plus encore que vous ne l'imaginez.

— Le mieux serait de commencer par le commencement.

— Chaque histoire en comporte plusieurs… Disons qu'à la fin de mes études de médecine, j'ai décidé d'entreprendre un long voyage. J'étais en quête de vérité, je cherchais le sens de la vie, je voulais me trouver moi-même… Que sais-je ? Quoi qu'il en soit, je vous ai rencontré et j'ai aimé la façon dont vous parliez de votre métier… d'autant plus que je n'exerçais plus le mien.

— En clair, vous m'avez suivi jusqu'ici pour m'étudier.

— Je reconnais que cela peut sembler fou, mais… vous avez dit que vous manquiez de bénévoles… Je commence quand vous voulez.

— Eh bien… disons que vous partez sur les chapeaux de roue, puisque vous m'avez déjà amené votre première patiente.

— Vous me permettez de rester ?

Pendant qu'ils soignaient Ines, il avait pu constater qu'elle était brillante, ce qui était suffisant pour qu'il l'engage sur-le-champ. Cependant, il restait prudent.

— Vous faites irruption chez moi sans crier gare, vous

prétendez être prête à travailler et vous pensez que je vais dire amen ?

— Je l'espérais. Vous pouvez faire une recherche sur internet, à mon propos.

— J'en ai bien l'intention.

En réalité, il en savait suffisamment sur elle et il n'avait aucune raison de mettre en doute son identité ou ses capacités. Restait l'attraction qu'elle exerçait sur lui. A partir de ce jour, leurs relations devraient rester purement professionnelles. Elle n'était plus un beau souvenir de vacances, mais l'une de ses employées… Il le regrettait presque.

— Vous êtes un homme circonspect, Ben Robinson.

— Je dois l'être, répliqua-t-il en souriant. On ne sait jamais qui peut émerger de la jungle pour vous réclamer du boulot.

— Je suis ravie d'avoir pu saisir cette occasion. Dites-moi seulement ce que je dois faire et indiquez-moi la bonne direction.

Il lui montra la porte.

— Je vais faire mes visites du soir. Vous pouvez venir avec moi… en tant qu'observatrice. Quand vous vous serez reposée, et que j'aurai mené ma petite enquête, je vous emploierai à plein temps.

Il avait eu l'intention de la traiter comme les autres, pourtant il n'avait jamais invité personne à l'accompagner dans ses visites. Il aimait bien ces moments de solitude qui lui donnaient le temps de réfléchir.

— Vous ne me faites vraiment pas confiance ! commenta Shanna en riant.

— Vous savez ce que dit le proverbe : « Sois proche de tes amis, encore plus proche de ceux qui te traquent. »

— « Plus proche de tes ennemis »…, rectifia Shanna.

Sauf qu'il ne voyait rien en elle qui puisse en faire une

ennemie. Pour l'instant, il n'avait perçu en Shanna que de la douceur et de la compassion.

— Nous nous en tiendrons aux traqueurs, trancha-t-il.

— Vous auriez un lit pour un membre de leur confrérie ?

Comme Jack et Amanda occupaient la maisonnette réservée aux hôtes en attendant que la leur soit construite, et étant donné que toutes les chambres étaient occupées par les membres de l'équipe soignante, il ne restait pas beaucoup d'options. Son pavillon, conçu comme tous les autres, comportait deux appartements séparés par un couloir central. En tant que propriétaire de l'hôpital, il se les était attribués tous les deux, l'un pour y vivre et l'autre pour y entreposer du matériel. Il appréciait beaucoup l'intimité que lui conférait son statut, mais apparemment, il allait devoir partager son espace. Cette idée ne manquait pas d'un certain attrait.

— J'occupe la moitié de la maisonnette devant laquelle vous êtes passée en arrivant. Je vous cède l'autre.

— La moitié ?

— Inutile de m'en réclamer davantage.

— Nous allons nous partager un logement ?

— Quelque chose comme ça. Vous disposerez d'une chambre, de votre propre salle de bains et d'une petite salle de séjour. Je vais devoir les débarrasser pour vous faire de la place.

— Ce sera très commode puisque je suis censée vous traquer.

Il toussota.

— C'est réglé, dans ce cas.

Que dire d'autre quand la femme la plus ravissante qu'il ait jamais vue jugeait cette proximité « commode » ?

C'était bien ce qu'il souhaitait, d'ailleurs. Leurs relations resteraient strictement professionnelles, et cet arrangement leur conviendrait parfaitement à tous les deux sans aucune ambiguïté de part et d'autre.

Mais si tout était bien ainsi, pourquoi le mot « commode » lui restait-il en travers de la gorge ?

3

Amanda coinça quasiment son frère dans un placard à fournitures.

— Qui est-ce ? demanda-t-elle. Et pourquoi est-elle installée chez toi ?

— Au départ, les pavillons ont été conçus pour être partagés. Elle n'est donc pas installée chez moi, mais dans l'autre appartement.

— Ne détourne pas la question ! Je veux savoir si c'est la femme que tu as rencontrée en Toscane. Et puis aussi pourquoi elle est ici, pendant que tu y es...

— Ce n'est pas ce que tu crois.

— Tu ne sais pas ce que je crois.

— Si ! La même chose que chaque fois qu'il te vient l'idée folle que je pourrais avoir une liaison.

— Est-ce que tu as une liaison avec...

— ... Shanna. Shanna Brooks. Et ma réponse est *non*. As-tu remarqué que j'ai particulièrement accentué l'adverbe « non » ? En revanche, c'est bien la personne dont j'ai fait la connaissance en Toscane.

— Avec laquelle tu n'as pas eu d'aventure.

— Avec laquelle je n'ai pas eu d'aventure, répéta Ben.

— Ce qui ne l'a pas empêchée de te suivre jusqu'ici ?

— Exact, mais je tente d'en comprendre la raison. Elle

a peut-être besoin d'élargir le champ de son expérience médicale.

— Elle est médecin ? Infirmière ? Technicienne ?

— Elle est généraliste et je suis persuadé qu'elle a pété les plombs.

— Et pour rebondir, elle ne trouve rien de mieux qu'un sympathique hôpital situé en pleine jungle ? Ne sois pas naïf, Ben ! Elle est venue pour que *tu* la fasses rebondir. As-tu remarqué l'accent que j'ai mis sur le pronom « tu » ? Sache que j'en serais très heureuse. Il est temps que tu sortes de ton trou humide et froid pour vivre vraiment.

— Mon trou est normal et je m'y sens très bien.

— Quoi qu'il en soit, tu as très bon goût quand il s'agit de te choisir une colocataire. Ce doit être un trait de famille... Regarde ce qui m'est arrivé avec le mien, ajouta-t-elle en tapotant son ventre rond.

— Parce que, dès le départ, les ingrédients étaient réunis pour que cela marche entre vous.

Comme Amanda ouvrait la bouche pour répondre, il la devança :

— Laisse tomber, s'il te plaît. Je vais bien.

— Je suis d'accord avec toi, surtout quand une fille ravissante te suit d'un bout à l'autre du monde. Quant à laisser tomber..., ajouta Amanda en pressant amicalement l'épaule de son frère. Tiens ! Je vais aider notre nouvelle collègue à s'installer.

— Elle va faire les visites avec moi.

— Eh bien... je l'aiderai plus tard.

— Vous avez choisi une belle contrée, remarqua Shanna en suivant Ben sur le sentier.

Il marchait à grandes enjambées. Il devait mesurer un mètre quatre-vingt-six et, si elle était un peu moins grande que lui, elle avait de longues jambes, mais elle avait du mal à soutenir le rythme.

— Les habitants ont des besoins que je souhaitais satisfaire.

— Alors, vous avez fondé un hôpital, juste comme ça ?

— C'est plus facile à dire qu'à réaliser, mais pour faire bref, oui. Ma sœur commence tout juste à travailler ici à plein temps, mais elle a été mon associée dès le début.

— Pourquoi l'Argentine ?

— Avant que vous le suggériez, non, ce n'est pas pour m'isoler du monde parce que je suis alcoolique et que les tentations seraient moindres, ici. Elles ne le sont pas, d'ailleurs. Mes parents appartenaient à une association humanitaire et ils ont longtemps résidé dans ce pays. En outre, ma sœur est originaire de cette région.

— Je me demandais simplement si cela pouvait avoir un rapport avec... vos démons, disons, et...

— Ce n'est pas le cas ! trancha Ben.

— Tant mieux. Il est bon de se sentir exactement à sa place, là où l'on a décidé de vivre. J'en profite pour vous dire combien je vous admire d'avoir surmonté votre problème.

— Vous êtes la seule à qui je l'ai dit, Shanna.

— N'ayez crainte, nous faisons tous des erreurs. Faites-moi confiance, j'en ai commis pas mal.

Avoir l'esprit rebelle, s'engager avec un homme qu'elle n'aurait jamais dû épouser...

— On a le choix entre vivre et apprendre ou vivre et s'apitoyer sur son sort, continua-t-elle. Ce que vous faites en Argentine ne relève pas de l'autocomplaisance, et c'est bien.

Ben hocha la tête avec un sourire.

— J'adore être ici. Les gens sont formidables et ils nous sont très reconnaissants de ce que nous faisons pour eux, même s'il ne s'agit que de petites choses. Donnez-leur de l'aspirine pour soigner leur migraine et ils vous remercieront. Aux Etats-Unis, ce n'est pas tout à fait la même chose.

Shanna comprit l'allusion. Sa propre famille employait une flopée d'avocats pour éviter le moindre souci. Par exemple, lorsqu'une patiente vous faisait un procès parce qu'elle estimait une prescription insuffisante.

— Si vous ne ralentissez pas un peu, je vais avoir besoin d'un antalgique pour soigner les courbatures, remarqua-t-elle. J'ai du mal à vous suivre…

Ben s'arrêta net pour la regarder en face.

— Je suppose que cette remarque n'a aucun rapport avec la cadence à laquelle nous marchons ?

Shanna ouvrit de grands yeux. Elle ne s'attendait pas à ce qu'il saisisse le sens caché de sa phrase.

— Vous avez raison.

— Si je ralentis, est-ce que vous me direz pourquoi vous voulez me ressembler ? Je ne suis pas sûr d'apprécier qu'on me surveille d'aussi près.

— D'aucuns en seraient flattés.

— Ou soupçonneux ! Laissez-moi deviner. Vous étiez à un carrefour, ne sachant quelle voie emprunter, alors vous avez choisi de devenir ma copie conforme ? Excusez-moi, Shanna, ça semble un peu dingue !

— Je sais, mais toutes les autres routes me mènent à une carrière différente.

— Alors, jouez à pile ou face.

— Ce n'est pas si facile.

— Bien sûr que si ! Vous êtes généraliste, ce qui me semble une très bonne option. Restez sur ce sentier et faites en sorte que ça marche… Du moins si vous souhaitez toujours être médecin.

C'était justement ce qu'elle était en train de faire, mais Ben n'avait pas besoin de savoir que, pour exercer son métier, elle voulait suivre son exemple et se départir de toute passion. Si elle le lui avait avoué, il aurait guetté ses signes de faiblesse, à l'instar de son grand-père.

Ici, à l'hôpital Caridad, elle avait l'occasion d'observer le prototype même du praticien qu'elle souhaitait devenir… Quelqu'un qui ne bronchait pas et ne pleurait pas quand un patient mourait, quelqu'un qui ne s'investissait pas affectivement dans son travail au point de perdre le sommeil et l'appétit. Son grand-père lui avait dit qu'elle faisait sa chochotte, son père avait confirmé cet avis et aucun membre de sa famille n'avait pris sa défense. Mais pourquoi l'auraient-ils fait ? Elle était le vilain petit canard, celle qui se différenciait des autres. Si elle voulait retrouver sa place parmi eux, c'était à elle de changer, mais elle n'était plus si sûre de le vouloir, et c'était bien ce qui la chagrinait. Malgré tout, pour l'instant, elle explorait les options et Ben était la meilleure de toutes.

— Dans l'immédiat, reprit Ben, ce sentier mène chez Vera Santos qui a fait une crise cardiaque il y a environ un an. Elle se maintient plutôt bien, s'occupe de ses petits-enfants quand leurs parents travaillent et, bien sûr, elle a une prédilection pour les aliments qui favorisent la tension.

— Qu'est-ce que vous lui donnez ? Des diurétiques ?

— Pas du tout. Mais elle mange beaucoup de poisson et de céréales, ainsi que de l'ail. Elle s'efforce aussi d'absorber plus de légumes et moins de sucreries.

— Ça marche ?

— Un peu. Sa tension est encore élevée, mais moins que l'année dernière, ce qui est un progrès.

— Mais il vaudrait mieux qu'elle prenne des cachets.

— Elle n'a pas confiance dans notre médecine.

— Si bien qu'elle n'est pas traitée ? Ce n'est qu'une question de temps, Ben, et vous le savez très bien. Selon les statistiques, elle a toutes les chances de refaire une attaque parce qu'elle en a déjà fait une et qu'elle ne se soigne pas convenablement. Comment pouvons-nous le permettre ?

De nouveau, elle faisait preuve d'une sensiblerie que ses proches lui auraient reprochée…

— Ce n'est pas tout à fait exact, Shanna. Comme elle suit un régime, elle a perdu du poids, sa tension baisse tout doucement et je l'examine chaque semaine. Je ne peux tout de même pas lui enfoncer de force les comprimés dans la gorge.

Ben poussa une barrière puis laissa passer Shanna. Ils suivirent un sentier et parvinrent devant la porte d'entrée d'une maisonnette.

— Nous affrontons des réalités, ici, expliqua-t-il. Je serais ravi que Vera accepte mes remèdes, mais, en fait, elle ne me permet de faire que ce qu'elle veut que je fasse. Si je préférerais un traitement plus radical, je suis content qu'elle me laisse l'approcher car elle pourrait très bien s'y refuser. Toutefois, elle connaît les conséquences possibles de sa décision car je les lui rappelle chaque fois que je la vois.

Shanna n'était pas convaincue car Vera Santos risquait tout simplement sa vie en refusant d'être traitée. Mais faisait-elle preuve de trop de sensiblerie, une fois de plus ? En tout cas, elle voulait aider cette patiente.

— Et si je parvenais à la convaincre de prendre des comprimés ? demanda-t-elle.

— Je vous trouve bien sûre de vous !

— J'ai confiance en la nature humaine… et en moi, dit Shanna avec un sourire.

— Eh bien, je vous propose un marché, répliqua Ben, une lueur malicieuse dans les yeux. Si vous réussissez, je vous montrerai les alentours du village et je vous inviterai à dîner à la *cantina*, la taverne locale.

Il lui montrait un aspect inattendu de sa personnalité qui séduisit Shanna. En Toscane, il n'avait jamais été celui qui suggérait une sortie. Leurs activités communes étaient toujours le fruit du hasard.

— Dans ce cas, apprêtez-vous à payer le prix, docteur Robinson, parce que j'ai hâte de passer cette soirée avec vous.

— Mais si vous perdez le pari ?

— Elle va accepter !

— Admettons que ce ne soit pas le cas, quel sera votre gage ?

— Mes plus plates excuses.

— Ce n'est pas suffisant.

Le visage de Ben était impassible, au point qu'un étranger aurait pu le trouver inamical... Mais il y avait cette lueur espiègle, dans ses yeux.

— Je sais que vous aimez le maté puisque vous en buvez tous les jours, dit-elle. Si je perds, je vous le préparerai et je vous le servirai chaque fois que vous le désirerez pendant une journée tout entière.

— Pendant une semaine, sans compter les plates excuses.

Shanna appréciait de plus en plus son humour pince-sans-rire.

— Vous êtes dur en affaires, Ben, mais je ne suis pas inquiète puisque je vais gagner.

Puis elle fit un pas vers la femme qui venait de leur ouvrir et assistait à leur petite passe d'armes.

— *Buenas noches, señora. Santos,* commença Shanna. *Me llamo Dr Brooks. Trabajo en el hospital con Dr Robinson. La razón que estoy aquí esta noche es que quiero hablar con usted acerca de cómo puede quedarse sano y continuar cuidar de sus nietos.*

— Je n'arrive pas à le croire ! s'exclama Ben. Vous utilisez ses petits-enfants pour la persuader de prendre des médicaments ! Quand vous lui dites qu'elle doit rester en bonne santé pour continuer de s'occuper d'eux, cela ne relève pas du chantage ?

— Absolument pas ! C'est juste malin et cela vous ennuie de ne pas y avoir pensé vous-même.

— Comment savez-vous si je n'ai pas déjà tenté cette manœuvre ?

— Parce que vous semblez dépité. Si vous aviez essayé et que cela n'ait pas marché, vous me ririez au nez.

Puis Shanna franchit le seuil de la maison.

— Est-ce qu'une soirée dansante est incluse dans votre invitation à dîner ? lança-t-elle par-dessus son épaule.

Pour toute réponse, Ben leva les yeux au ciel et laissa échapper un énorme soupir. Cette comédie étonna Shanna. Finalement, il était moins dur et hermétique qu'il voulait bien en avoir l'air… C'était une grande surprise, mais cela ne lui déplaisait pas.

Sur le chemin du retour, après cinq visites, Ben accéléra le pas.

— D'accord, vous avez gagné, dit-il.

— Vous avez l'air d'être un mauvais perdant, rétorqua Shanna.

Elle avait du mal à le suivre et elle était presque trop épuisée pour s'inquiéter qu'il la laisse derrière lui. Elle n'avait qu'une seule envie : retrouver sa chambre et tout oublier. Pour l'instant, elle se concentrait sur la nécessité de mettre un pied devant l'autre pour parvenir jusqu'à son lit.

— Pas le moins du monde, mais je regrette de ne pas avoir eu votre idée plus tôt. C'était brillant !

— Quoi ?

Ben s'arrêta pour se retourner vers elle.

— Vous avez très bien entendu. Je ne vais pas vous le répéter pour que vous puissiez jubiler.

— Un tout petit peu, alors…

Soudain, elle se sentait tellement épuisée que les mots avaient du mal à franchir le seuil de ses lèvres.

— Tout va bien, Shanna ?

— Oui, mais je suis plus fatiguée que je l'imaginais.

— Mettez cela sur le compte du décalage horaire et de l'humidité ambiante.

— La vie est rude, ici, n'est-ce pas ?

— Pas particulièrement. C'est différent de ce que vous connaissiez, mais vous vous y habituerez.

— Je l'espère.

Shanna se redressa et parvint presque à rattraper Ben lorsqu'il se détourna pour reprendre sa progression. Mais il eut beau ralentir le rythme, elle ne put se maintenir à son niveau et cessa même de faire des efforts dans ce sens. Se laissant distancer, elle le regarda marcher. Il était énergique, songea-t-elle en notant ses longues enjambées. Tout, en lui, dénotait une détermination sans faille. C'était sans doute une qualité, mais elle ne pouvait s'empêcher de se demander si elle ne s'accompagnait pas d'une grande solitude.

Bientôt, elle le perdit complètement de vue, mais, justement, un petit coin de verdure au bord du chemin semblait lui cligner de l'œil. Elle allait s'asseoir, lorsqu'elle se rappela le serpent qui avait mordu Ines. Combien d'autres animaux pouvaient la guetter dans l'ombre, au même instant ?

Quand Ben surgit derrière elle, elle poussa un cri de surprise.

— Des jaguars, dit-il. Des pumas et parfois des sangliers, sans oublier les crotales dont vous connaissez déjà l'existence.

— D'où sortez-vous ?

— Je ne vous voyais plus, alors j'ai fait demi-tour. Ensuite, je vous ai aperçue, hésitant de toute évidence à prendre un peu de repos. Je me suis dit que si vous étiez aussi intelligente que vous en avez l'air, vous vous demandiez sans doute quelles sortes d'animaux pouvaient s'en prendre à vous.

— Ce n'est pas drôle ! s'écria-t-elle.

Il lui avait fait tellement peur, son cœur battait si vite qu'elle parvenait à peine à respirer.

— Est-ce que vous avez l'habitude d'emmener vos bénévoles dans la jungle, la nuit venue, afin de les terroriser ? continua-t-elle.

— Je n'y avais pas pensé, répliqua-t-il en riant, mais c'est une bonne idée. Je crois que, dorénavant, vous ferez toujours preuve de prudence si vous sortez la nuit.

Elle ne put s'empêcher de rire à son tour.

— Je me répète : vous êtes dur en affaires, Ben. J'ajoute que vous êtes cruel… Dur et cruel. On ne vous l'avait jamais dit ?

— Une ou deux fois. Malgré tout, je ne souhaite pas que mes collègues se fassent dévorer tout crus. Si vous ne m'aviez pas pris pour un jaguar surgissant de la nuit pour vous sauter dessus, c'est ce qui aurait pu vous arriver un jour. Mieux vaut prévenir que guérir, vous ne pensez pas ?

— Vous auriez pu vous contenter de me mettre en garde au lieu de me terroriser.

— Parce que vous êtes du genre à écouter un avertissement ? Je pense au contraire que vous tenez à faire votre expérience vous-même… Affronter le fauve pour admettre qu'il y en a vraiment un.

Il n'avait pas tort, mais elle ne l'aurait avoué pour rien au monde.

— Au risque d'être mangée, vous voulez dire ?

— Pourquoi êtes-vous ici, Shanna ? Et ne me dites pas que c'est parce que vous voulez me ressembler. Ceux qui me connaissent ne s'y risqueraient pas.

— Mais je ne vous connais pas vraiment.

— Ce n'est pas pour cette raison que vous êtes venue en Argentine. Rien n'est facile, dans ce pays.

— Je recherche peut-être la difficulté.

— Je n'y crois pas un instant.

— Vous n'êtes pas obligé. Aussi longtemps que vous me permettrez de travailler dans votre hôpital, nous aurons tous les deux ce que nous voulons. Pourquoi chercher plus loin ?

Haussant les épaules, Ben se baissa pour ramasser le sac à dos qu'elle avait posé par terre.

— Il se fait tard. Nous allons devoir nous presser parce que je veux examiner deux patients avant de dormir quelques heures.

Il passa un bras autour de sa taille pour la soutenir.

— Appuyez-vous sur moi, nous serons à l'hôpital dans un instant.

— Je suis désolée, Ben. D'habitude, je suis plus résistante.

— Ne vous inquiétez pas pour ça.

Ils n'échangèrent plus un mot pendant tout le reste du trajet. Contente de se sentir protégée, et que ce soit par Ben, Shanna prit appui sur lui peut-être un peu plus que nécessaire.

4

Shanna se redressa dans le lit. Amanda avait posé près d'elle un plateau sur lequel il y avait un bol de café et des gâteaux.

— Mon frère a pensé que je pourrais vous rendre une petite visite, mais, de toute façon, je souhaitais faire votre connaissance. Je m'appelle Amanda, je suis l'associée de Ben et pédiatre. Le fait que vous ayez suivi Ben depuis l'Italie m'impressionne énormément.

— Quelle heure est-il ? demanda Shanna d'une voix ensommeillée.

Elle ne se rappelait plus très bien ce qui s'était passé la veille. Ben l'avait raccompagnée jusqu'à leur maisonnette commune, mais elle ne gardait aucun souvenir de ce qui s'était passé après qu'elle avait franchi la porte de sa chambre. A part les bottes et les chaussettes, elle était toujours habillée. Etait-ce Ben qui les lui avait enlevées ?

— Il est un peu plus de midi, répondit Amanda. Je voulais vous réveiller plus tôt parce que vous n'avez pas dîné, hier soir, mais Ben m'a dit que vous aviez besoin de repos, alors j'ai attendu le plus longtemps possible. En fait, j'aurais besoin de vous, cet après-midi. Normalement, nos bénévoles bénéficient de deux jours, pour s'adapter, mais nous sommes débordés.

Shanna repoussa ses cheveux en arrière.

— Pas de problème. Je peux travailler. C'est vrai, j'ai suivi Ben, mais ce n'est pas ce que l'on peut croire. Je ne le traque pas vraiment.

Amanda lui adressa un grand sourire.

— Quelles que soient vos raisons, nous sommes contents de vous avoir. D'après Ben, vous êtes un très bon médecin, et pour ce qui est d'aujourd'hui...

La sœur de Ben plaisait à Shanna. Elle était aussi sociable que son frère était renfermé. Il était clair qu'elle aimait Ben et qu'elle espérait le voir heureux sur un plan privé.

— Je vais me mettre au travail sur-le-champ, dit-elle, mais je voudrais me restaurer et prendre une douche, auparavant. Je suis habituée à gérer un grand nombre de patients, mais ce que j'ai fait jusqu'ici ne correspond certainement pas à la situation locale et je mets toujours un peu de temps, pour m'adapter.

— Je suppose que le travail était dur dans l'hôpital de votre famille. Si j'en crois ma propre expérience, les heures étaient plus pénibles et plus nombreuses quand j'exerçais au Texas.

— Ben sait qui je suis ? demanda Shanna avec inquiétude.

Elle craignait de devoir se lancer dans une discussion sur l'empire familial. Elle n'abordait jamais elle-même ce sujet, laissant aux autres le soin d'en parler car elle avait appris très tôt qu'être la benjamine d'une dynastie médicale n'était pas sans inconvénients. On fondait sur vous des attentes parfois irréalistes, quand cela n'attirait pas l'attention sur vous. Elle détestait cette notoriété parce que tout ce qu'elle voulait, c'était être médecin.

— Bien sûr qu'il le sait ! Je dois d'ailleurs vous préciser qu'il a demandé un poste d'interne, dans votre hôpital.

— Ah bon ?

Elle n'avait aucun souvenir de lui, pas plus qu'elle ne

se rappelait avoir vu son nom sur la liste du personnel. Pourtant, s'ils avaient passé un an ou deux dans le même établissement, ils auraient dû au moins se croiser.

— En fait, sa candidature a été rejetée, expliqua Amanda.

Sur le moment, Shanna ne sut que dire.

— Pourquoi ? demanda-t-elle finalement.

Le visage d'Amanda s'assombrit.

— On lui a reproché son attitude. Il était brillamment diplômé et très compétent, mais il traînait pas mal de casseroles derrière lui. Par bonheur, il a été accepté dans un hôpital new-yorkais qui lui convenait bien mieux.

— Comment dois-je réagir ?

— Le mieux est de ne pas réagir du tout. Ben ignore la rancune.

— C'est un soulagement parce que j'espère rester un certain temps parmi vous.

— C'est un soulagement à condition que vous acceptiez de longues journées de travail, pas de salaire et beaucoup d'insectes, dit Amanda en écrasant un moustique sur son bras.

— L'argent n'est pas un problème et je peux m'accommoder des insectes. J'adorais l'entomologie, à la fac. Parfois, j'en glissais un dans les chaussures de mes frères, ou bien je déposais une créature rampante dans leur sac à dos.

Un sourire aux lèvres, Shanna but une gorgée de café puis soupira avant d'ajouter :

— Maintenant, je me sens de nouveau humaine...

— Ben et moi nous sommes autant disputés que nous avons comploté ensemble, reprit Amanda. Les enfants du voisinage nous insultaient, nous jetaient des choses à la tête ou nous interdisaient de passer devant chez eux. Nous sommes donc devenus très tôt des alliés.

— C'est sympa..., commenta rêveusement Shanna. Les membres de ma famille n'ont jamais été... proches. Ils étaient tous très occupés et ennuyeux. Nos parents travaillaient tout le temps, si bien que mes frères et moi avons été élevés par des nounous très affectueuses, mais qui ne pouvaient pas vraiment nous insuffler une quelconque solidarité familiale. J'étais la plus jeune et, en tant que telle, celle qui cherchait le plus à se faire remarquer.

Amanda lui adressa un sourire compatissant.

— Je vois... Je vous propose de prendre une heure pour déjeuner et vous préparer. Ensuite, visitez un peu l'hôpital. Je vous ai affectée aux urgences. Cela ne ressemble pas à ce que vous avez connu, sans doute, mais on est très occupés car il nous manque un médecin, jusqu'au retour de mon mari.

— C'est bien Jack Kenner ?

— Vous savez qui il est ? demanda Amanda, s'épanouissant visiblement.

— C'est une référence en matière d'épidémie. Une fois, mon grand-père lui a offert un pont d'or pour nous aider à franchir un cap difficile. Votre mari se trouvait en Afrique, où il luttait contre la malaria, et il a refusé de quitter son poste. C'est un homme intègre. Ce sera un honneur de travailler à son côté.

— Ben passera voir comment vous vous débrouillez, mais si vous rencontrez des problèmes, une infirmière guidera vos premiers pas dans le service.

Un peu plus tard, quand Shanna franchit la porte de l'hôpital, elle fut assaillie par des douzaines de patients qui voulaient tous lui dire ce qui n'allait pas et attirer son attention les premiers. Le médecin de garde, du nom de Vance Hastings, semblait sur le point de craquer.

— Ce n'est plus de mon âge, marmonna-t-il en épongeant son front avec un mouchoir. Il faut être jeune pour tenir à ce rythme dix heures d'affilée. Si vous avez besoin d'aide, je peux quand même en faire une ou deux de plus, ajouta-t-il avec un faible sourire.

— Allez vous reposer, répliqua Shanna en riant. S'il le faut absolument, j'irai vous chercher.

— Dieu vous bénisse, mon petit ! Vous venez de sauver la vie d'un vieil homme.

Au bout d'une heure, Shanna avait reçu dix patients et elle commençait à se demander comment elle tiendrait neuf heures de plus.

A cet instant, Ben entra dans le box où elle finissait de bander le pied d'une fillette avant de la rendre à sa mère.

— Surprenant, n'est-ce pas ?

— C'est tous les jours comme ça ? demanda-t-elle en s'appuyant contre le mur pour souffler deux minutes.

— Parfois, c'est pire.

— Dites-moi que cela peut être mieux !

— Non, du moins pendant l'été. Les gens sont actifs, et ils se blessent, ou souffrent d'affections en relation avec la chaleur. Cela s'arrange quand le temps est plus frais, mais vous ne resterez sans doute pas assez longtemps pour le constater.

— Qu'est-ce qui vous permet de le supposer ? Surtout quand je vous ai traqué d'un bout du monde à l'autre pour faire ce que je fais.

Ben retira le drap d'examen qui recouvrait la table pour le remplacer par un autre.

— Il serait bien présomptueux de supposer le contraire. Je suis un homme ennuyeux, Shanna. Je travaille, rien de plus. Quand vous aurez commencé à m'observer, puisque tel est votre but, vous ne découvrirez... rien. Si la fascination que j'exerce sur vous est la seule raison pour laquelle vous êtes venue ici, vous serez partie bien avant le froid.

— Vous voulez parier une seconde fois ? Parce que vous perdrez encore. Mais si vous gagnez, je vous servirai votre maté pendant toute la durée de mon séjour, quelle qu'elle soit... Si c'est moi qui l'emporte, j'exigerai des excuses et mon petit déjeuner au lit. Ce matin, Amanda me l'a apporté et j'ai trouvé cela très agréable.

Shanna se tut un instant avant d'ajouter :

— Vous voulez que je parte, Ben ?

De nouveau, elle perçut une petite lueur taquine dans les yeux marron.

— Je n'apprécie jamais de perdre un bon médecin, mais j'ai dans l'idée que le Centre Médical Brooks non plus...

— Depuis quand êtes-vous au courant, Ben ? demanda Shanna après un silence.

— Un certain temps... J'ai fait une recherche sur internet, en Toscane.

— Ainsi, vous avez toujours su et, pourtant...

— Et, pourtant, je n'ai rien dit. Je suis contre les ingérences dans la vie privée des gens. Si vous aviez voulu que je connaisse votre identité, vous me l'auriez dit.

— Mon grand-père et moi avons eu une divergence d'opinions à propos d'une patiente. J'ai compris que je devais réfléchir, ce qui était impossible si je continuais de travailler.

— Vous vous êtes opposée à la décision du staff ?

— En quelque sorte... Sur le coup, je ne me suis même pas aperçue que c'était ce que je faisais. Ma patiente étant en insuffisance rénale terminale, je l'ai mise sur une liste d'attente pour une greffe du rein. Mon grand-père l'en a retirée sous prétexte qu'en raison de son âge, elle ne remplissait pas les conditions d'inclusion. J'ai protesté, mais il a gagné et elle est morte.

Ben laissa échapper un léger sifflement.

— Je suis désolé. C'est toujours difficile de se sentir impuissant.

— C'est encore plus difficile quand vous êtes associée dans une affaire familiale et que tous les membres de votre famille prennent parti contre vous.

Shanna ferma un instant les yeux. Le jour où elle avait annoncé la mauvaise nouvelle à Elsa, elle avait ensuite pleuré dans son bureau et son grand-père lui avait reproché sa faiblesse.

« Crois-tu que tu survivras dans cette profession, si tu es faible ? »

— Je n'étais pas suffisamment forte, conclut-elle en haussant les épaules. Il m'a fallu quelques semaines pour régler les détails puis je suis partie en Toscane pour réfléchir. Vous connaissez la suite... Maintenant, je suis ici.

— En effet, et Caridad se réjouit de vous avoir. Je me demande seulement si vous n'auriez pas dû essayer d'arranger les choses plutôt que de venir ici.

— C'est moi, le problème, Ben, pas le centre médical. Je n'aurais rien pu régler, en restant là-bas. Mais ne vous inquiétez pas, je ne mettrai pas en péril le bon fonctionnement de votre hôpital. Je ne vous planterai pas non plus sous le coup d'une lubie, si c'est ce que vous craignez.

— Loin de moi cette pensée !

— Qu'est-ce qui vous rend si... confiant ? Si un médecin s'imposait à moi comme je l'ai fait avec vous, je ne l'accueillerais pas aussi bien.

— Il ne s'agit pas de confiance. C'est simplement que je n'attends rien de personne. Ce qui doit arriver arrive et je ne suis jamais déçu.

Si c'était le cas, pourquoi cette tristesse dans ses yeux ?

— Demain soir, c'est bon pour moi, dit-elle avant de quitter le box.

— De quoi parlez-vous ?

— Je vous rappelle que vous me devez un dîner en ville. Je suis de service aujourd'hui et demain, mais je serai libre dans la soirée.

Elle s'arrêta brusquement et se retourna vers lui, le trouvant si proche d'elle qu'ils auraient pu s'embrasser. C'était la première fois qu'elle remarquait l'étendue et la gravité des brûlures qu'il avait subies. Jusqu'alors, elle n'avait pas trop prêté attention aux cicatrices qui bourrelaient sa nuque, mais elle devinait que la plus grande partie était cachée. Elle savait aussi combien Ben avait dû souffrir.

— Alors ? insista-t-elle. On dîne ensemble ?

— Sauf urgences médicales, coulée de boue ou épidémie de peste, je crois pouvoir m'arranger, répliqua-t-il en reculant d'un pas.

— Jusqu'à maintenant, on ne m'avait jamais posé un lapin en prétextant une épidémie de peste, dit Shanna en riant.

— Ce n'est pas ce que j'ai fait. Je vous ai juste avertie que...

Au lieu de terminer sa phrase, il passa devant elle et se rendit dans le box voisin d'où il appela la patiente suivante. Shanna le suivit des yeux. Comme le port de la blouse n'était pas obligatoire, son corps athlétique se dessinait sous le pantalon de treillis et un T-shirt à manches longues. Il était clair qu'il faisait du sport et se maintenait en superforme car ses muscles jouaient sous les vêtements. Il était vraiment très beau, songea-t-elle. En fait, il incarnait le rêve de n'importe quelle femme.

Le temps passa à la vitesse de l'éclair. Le lendemain, en fin de journée, Shanna découvrit qu'elle avait travaillé vingt heures sur les trente qui venaient de s'écouler, mais elle n'en gardait plus qu'un souvenir confus.

Encore plus étonnant, elle n'avait jamais travaillé aussi dur de toute sa vie et jamais elle ne s'était sentie aussi utile. Les patients souffraient de petits maux : gorge douloureuse, piqûres d'insectes, coupure, entorse ou examen prénatal. Son corps n'avait pas protesté. Bien sûr, l'adrénaline y était pour quelque chose, mais aussi la perspective de son rendez-vous avec Ben.

Lorsqu'il frappa à sa porte, elle jeta un dernier coup d'œil au miroir pour s'assurer qu'elle était présentable.

— Ce n'est pas un rencard, dit-elle tout haut.

Ce qui ne l'empêcha pas de passer la main dans ses cheveux et d'ajouter un peu de gloss sur ses lèvres.

Dès qu'elle ouvrit, Ben annonça sèchement :

— Je dois reprendre mon service dans une heure.

Le cœur de Shanna fit un bond dans sa poitrine, mais elle parvint à sourire.

— Et moi, un article médical passionnant m'attend, répliqua-t-elle du tac au tac.

— On ferait bien de se dépêcher, alors.

Puis il lui tourna le dos et s'engagea dans le couloir sans l'attendre.

— C'est ça, dit Shanna. Allez-y, je vous rejoins.

Retournant dans sa chambre, elle saisit un mouchoir et s'essuya rapidement les lèvres, puis elle noua ses cheveux en queue-de-cheval avant de courir le rejoindre.

Il ne lui fit aucune remarque à ce propos. En fait, ils échangèrent à peine un mot pendant tout le trajet. Ben marchait deux pas devant elle… là où il semblait vouloir être.

Lorsqu'ils parvinrent à l'entrée du village, Shanna était si contrariée par son comportement qu'elle ne put se contenir.

— Nous pourrions aussi bien vous épargner cette corvée !

Ben s'immobilisa avant de se retourner pour lui faire face.

— Je ne fais jamais ça.

— Quoi ? Prendre une soirée de congé ?

— Non. Je n'invite pas des femmes au restaurant. Ni nulle part, d'ailleurs. Je vous ai dit que j'étais ennuyeux. Je vous rappelle qu'en Toscane, nous avons fait connaissance sans jamais sortir vraiment ensemble. C'est ainsi…

— Parce que vous n'aimez pas les femmes ? Vous êtes gay ?

Il se mit à rire.

— J'aime les femmes, mais je ne m'engage pas avec elles.

— Qui vous parle d'engagement ? Il s'agit seulement d'un dîner !

— C'est pourquoi vous avez relevé vos cheveux ?

Shanna le fixa avec perplexité. Son changement de coiffure devait avoir un sens pour lui, seulement elle ignorait lequel. Tout comme Ben, elle ne cherchait pas à s'impliquer dans une relation sentimentale. Un jugement de divorce était là pour lui rappeler que celle-ci pouvait tourner à la catastrophe.

— Je ne suis pas aveugle, Shanna, continua-t-il. Je peux être un peu obtus, dans certains domaines, mais je remarque ce qui se passe autour de moi.

— Si vous êtes obtus, c'est par choix, commenta-t-elle.

— Je ne le nie pas.

Au moins, il était honnête.

— Pas de problème, tant que nous savons où nous en sommes, répliqua-t-elle.

— C'est justement la question. Vous savez peut-être où vous en êtes, mais pas moi. J'ignore même pourquoi vous êtes ici... La vraie raison, pas celle que vous m'avez donnée.

— Cela vous gêne ?

— Ce qui me gêne, c'est que j'ai dégagé une heure pour ce dîner et que si nous restons plantés au milieu du chemin, elle sera gâchée.

De nouveau, il lui faisait savoir à quel point cette soirée lui déplaisait. Comment pourrait-elle l'observer à sa guise, s'il la tenait ainsi à distance ? Elle avait espéré que quelque chose sortirait de ces moments passés avec lui, mais il lui fermait la porte au nez.

— Vous savez quoi, Ben ? Je vous libère de toute obligation envers moi. Reprenez votre heure et faites-en bon usage.

Puis elle lui tourna le dos et regagna sa chambre le plus vite possible. Après avoir décoché un coup de pied à un tabouret de bois, elle se jeta sur son lit et fixa le plafond.

Elle sursauta quand on frappa à sa porte. Devinant qu'il s'agissait de Ben, elle cria :

— Allez-vous-en !

— Il ne me reste plus qu'une demi-heure, répliqua-t-il.

— Considérez que je vous en fais cadeau. Et ne me dites pas que vous avez consigné cette soirée dans votre agenda et que vous ne pouvez pas l'annuler !

— Je l'ai même écrite à l'encre, il m'est donc impossible de l'effacer.

Shanna ne put s'empêcher de rire. Ben Robinson était aussi sociable qu'un hérisson, mais il ne manquait pas d'humour.

— Si vous me promettez de ne pas sortir vos épines dès que vous entrerez dans ma chambre, la porte n'est pas verrouillée.

— C'est une invitation ? demanda-t-il en franchissant le seuil de la pièce.

— Entendez-le comme vous voudrez.

— Ecoutez... Je vis un peu en ermite, ici. J'en oublie parfois toutes les règles du savoir-vivre.

— Et celles de la politesse ?

Il hocha la tête.

— Je... euh... je n'ai aucune excuse. Je suis désolé de m'être montré aussi grossier. Je ne voulais pas vous offenser, Shanna. En fait, j'avais hâte de...

— De passer une heure en ma compagnie ?

— D'accord, j'admets que le timing n'était pas vraiment approprié. C'était pour ne courir aucun risque.

— C'est moi qui vous mets en danger ? Vous vous imaginez que j'ai l'intention de vous séduire ? Si c'était le cas, j'aurais tenté ma chance en Toscane et, en ce moment, je siroterais un verre de vin à Paris au lieu d'être étendue sur mon lit, à suivre des yeux le vol des insectes.

— Que suis-je censé supposer ? Si, comme vous le

prétendez, vous êtes venue pour me ressembler, vous êtes folle à lier. Or, je ne crois pas que vous le soyez.

— J'ai besoin de trouver un but à ma vie et je ne l'ai pas trouvé, là où j'étais. En Toscane, vous m'avez intriguée, c'est pourquoi je vous ai suivi. Je veux me dévouer à mes patients comme vous le faites.

Elle ne pouvait pas lui dire sans le blesser que ce dévouement devait s'accompagner de détachement.

Ben secoua la tête.

— Quand je vous regarde travailler, je vois à quel point vous êtes déjà impliquée et passionnée dans ce que vous faites.

Faisant quelques pas dans la pièce, il lui tendit la main.

— Quoi qu'il en soit, ne gâchons pas le reste de la soirée à échanger des devinettes pseudo-philosophiques. Venez ! Je vous dois un dîner.

Elle le fixa un instant sans répondre.

— D'accord, dit-elle enfin, mais c'est uniquement parce que notre rendez-vous est inscrit à l'encre dans votre calendrier.

— Si je l'ai fait, c'est justement pour ne pas reculer au dernier moment.

— Malgré tout, vous avez limité notre escapade à une heure.

Dès qu'elle accepta la main tendue, Shanna sentit un picotement au creux de sa paume.

— Je ne suis pas de très bonne compagnie, reprit Ben. J'ai pensé qu'une heure suffirait pour un repas en tête à tête. Cela vous aurait permis de vous esquiver poliment quand vous vous seriez aperçue à quel point je suis barbant. Malgré tout, nous pouvons inclure une petite modification.

— Vraiment ? Laquelle ?

— J'ai utilisé un crayon à papier pour définir la durée de ce dîner…

— Si je comprends bien, vous êtes ouvert à la négociation ?

Shanna se leva lentement, tentant d'ignorer ce curieux fourmillement ainsi que la chair de poule qui lui hérissait la peau.

— A condition que vous souhaitiez négocier, bien sûr.

— Vous êtes certain d'être aussi assommant que vous le prétendez, docteur Robinson ? J'ai l'impression qu'un nouveau pari se profile à l'horizon... parce que j'adore danser, aussi je pourrais bien exiger un tango. J'ai pensé que je devais vous avertir.

Qu'est-ce qui l'intriguait, chez elle ? Bien sûr, elle était jolie, et même franchement belle. Jamais il n'avait vu une chevelure aussi rousse, aussi douce et sensuelle, et ses yeux verts avaient la nuance exacte de l'émeraude, si bien que malgré toute la froideur de son cœur, il avait toutes les raisons de la contempler. Il était un homme, après tout.

Qu'y avait-il d'autre qui le fascinait, en Shanna ? Sa personnalité unique ? Elle ne laissait personne indifférent et il était le premier à le reconnaître puisqu'elle l'avait attiré dès leur première rencontre, en Toscane.

De là à danser avec elle... Surtout un tango argentin à la sensualité torride... Il sentait presque sa jambe s'insinuant entre les siennes, ses cuisses contre les siennes...

Prenant conscience du cours incongru de ses pensées, Ben exhala un bref soupir. Il ne pouvait rien se passer entre eux ! Il ne le permettrait pas !

Pendant qu'ils cheminaient vers le village, il égrena en esprit la liste de ce qu'il ne s'autoriserait pas. Malheureusement, elle comportait ce qu'il voulait le plus, et il avait beau tenter de refouler ses désirs, ils l'assaillaient de plus belle. Ce n'est que lorsqu'il fut assis en face de Shanna, au restaurant, qu'il se détendit un peu.

Shanna déchiffrait le menu, inscrit sur un tableau noir accroché au mur de briques.

— Si je peux vous donner un conseil, dit Ben, je vous recommande le *bife a caballo*. Le bœuf fait partie des repas du soir, ici, et *a caballo* signifie...

— A cheval ? suggéra Shanna.

— Comment se fait-il que vous parliez si bien l'espagnol ?

— C'était la seconde langue qu'on parlait à la maison, quand j'étais enfant.

— Vous aviez une nounou espagnole ?

Ben appela la serveuse, une adolescente de quinze ou seize ans. Redressant le dos, elle s'approcha lentement de leur table, mais elle paraissait tellement épuisée qu'il lui sourit et lui fit signe qu'ils n'étaient pas pressés.

— C'était la meilleure nounou du monde... La famille Brooks pouvait se l'offrir.

— Je sens comme une nuance de dédain, dans votre voix.

— Ce n'est pas ça. J'adorais Asuncion et si j'avais des enfants, j'aurais une confiance absolue en elle. Mais en réalité, je souhaiterais les élever moi-même. Son rôle serait de s'en occuper en mon absence, pas de me remplacer. Mais quand j'étais petite, elle m'a servi de mère de substitution parce que mes parents étaient totalement absorbés par l'hôpital. Plusieurs jours pouvaient s'écouler sans que je les voie. Parfois, je ne les apercevais même pas quand ils étaient à la maison.

— J'ai rencontré votre père, le jour où votre grand-père a rejeté ma candidature. Il était... impressionnant. Ils se ressemblaient énormément, en fait.

— Je suis navrée qu'ils ne vous aient pas accepté. Mon grand-père est un homme très dur. Quand il a une idée, il est inébranlable.

Ben tendit le bras pour lui presser la main.

— Cet échec m'a été très profitable, finalement. J'ai été

pris dans un hôpital qui m'a appris ce que j'avais besoin de savoir pour effectuer le travail que je fais ici. J'aurais sans doute dû remercier votre famille parce que votre grand-père m'avait bien cerné lorsqu'il m'a dit que j'étais trop caustique et raisonneur pour trouver ma place dans l'équipe médicale.

— Je ne me suis pas aperçue que vous étiez caustique et raisonneur..., commenta Shanna, étonnée. En revanche, vous pouvez vous montrer froid et distant.

— A l'époque, je reconnais que j'avais la dent dure. Cela m'arrive encore parfois, mais j'ai compris que cela ne mène nulle part, et au final, on est le premier à être blessé. C'est d'ailleurs inutile, quand on a obtenu ce dont on a besoin.

— De quoi avez-vous besoin ?

— D'un minuscule hôpital situé au fin fond de l'Argentine. Par une curieuse ironie du sort, sur le coup, je n'ai pas eu ce que je voulais. Mais quand j'ai été prêt à l'accepter, ce dont j'avais besoin m'a trouvé.

Comme elle ne répondait pas, Ben se pencha de nouveau sur le menu.

— Quoi qu'il en soit, un *bife a caballo* est un steak sur lequel on a déposé deux œufs au plat, avec des pommes de terre frites et de la salade. C'était le repas traditionnel des gauchos qui revenaient chez eux à cheval, d'où la référence équine.

— Ce doit être copieux, mais j'adore manger, alors c'est bon pour moi.

Ben commanda aussitôt le dîner, arrosé de limonade.

— Maintenant que nous en avons terminé avec les spécialités culinaires et que je me suis excusée au nom de ma famille, dit Shanna, nous allons savoir si nous n'avons plus rien à nous dire ou au contraire tellement de points communs que nous serons incapables de mettre un terme à la conversation.

— J'opte pour la première hypothèse. Tenons-nous-en à des questions simples.

— D'accord. Nous allons donc établir la liste des sujets compliqués qu'il nous faut à tout prix éviter.

— Comme la raison de votre venue ici ?

— Je vous l'ai déjà donnée.

— Et je vous ai dit que je ne vous croyais pas.

— Alors ajoutons-la à la liste, ainsi que ma famille et son hôpital.

— Je suis persuadé que tous ces sujets sont liés à votre désir de fixer des limites à nos conversations.

Elle était différente… Fraîche, et d'une franchise déconcertante.

— C'est exact, alors on n'en parle pas.

— Ce qui nous contraint à nous en tenir à la médecine.

— Il y a aussi la météo, ajouta-t-elle avec un sourire.

— Sauf que c'est un thème que je refuse d'aborder, répliqua Ben, impassible.

— Dans ce cas, je vais vous raconter ce qui est arrivé à l'un de mes patients atteint de lupus, il y a quelque temps…

Ben leva la main pour la faire taire.

— Cela impliquerait vos anciens collègues et je ne voudrais pas vous forcer à enfreindre les règles que nous venons d'instituer.

— Si je comprends bien, nous ne pouvons plus discuter de notre métier ?

Ben feignit de froncer les sourcils. Le débat était très futile, il le savait, mais il y avait bien longtemps qu'il n'avait pas bavardé avec quelqu'un d'autre qu'Amanda et Jack. Le tour pris par cette soirée l'amusait.

— Si, bien sûr, mais nous allons devoir être très prudents, dit-il.

Très prudents, en effet.

5

— Vous avez à peine touché à votre plat, remarqua Ben quand la serveuse débarrassa. Si vous n'aimez pas ça, je suis certain que nous trouverons autre chose sur le menu...

Shanna se mit à rire.

— C'était délicieux, mais on m'a servi de quoi nourrir une famille de quatre personnes pendant une semaine. Personne ne peut manger autant !

Elle jeta un coup d'œil à l'assiette de Ben, parfaitement nettoyée.

— A part vous, apparemment... Je suis impressionnée.

— J'ai sauté deux repas, aujourd'hui, peut-être un ou deux hier, et je n'ai rien avalé du tout le jour précédent.

— Apparemment, il vous faudrait quelqu'un pour s'occuper de vous, répliqua Shanna sans réfléchir.

Aussitôt, elle se reprocha l'ambiguïté du propos. Elle-même n'avait d'ailleurs jamais préparé un repas entier de sa vie, ce qui contrariait beaucoup son ex-mari. Il aurait voulu que sa petite femme soit un excellent médecin et une ménagère parfaite.

— J'ai une question, reprit-elle très vite.

— Elle n'est pas sur la liste des sujets interdits ?

— Je n'en sais rien, puisque nous n'avons pas vraiment établi la vôtre. Quoi qu'il en soit, c'est à propos de la Toscane.

Vous n'êtes pas vraiment le genre d'homme à prendre des vacances, pourtant vous paraissiez très détendu.

— Jusqu'à ce que vous vous asseyiez à ma table.

— Cela vous a perturbé, non ?

— Pas autant que lorsque vous avez fait irruption dans mon hôpital, quelques semaines plus tard.

— Dans les deux cas, je n'ai pas pu faire autrement. Vous étiez assis à la table que j'occupais chaque matin depuis un mois et je voulais jouir de cette vue magnifique. Ensuite, j'ai été obligée de débarquer dans vos urgences parce que j'avais une patiente mourante. Pour en revenir à la Toscane, vous n'avez pas répondu à ma question. Les hommes comme vous, qui oublient de manger, vont rarement au ski.

— C'est le cadeau de Noël de ma sœur et de son mari. Ils avaient fait eux-mêmes un beau voyage de noces et ils estimaient que j'avais besoin de me détendre à mon tour. D'ailleurs, j'avais toujours voulu me rendre en Italie.

— Je me répète, mais ce n'est pas votre genre.

— Je suis d'accord avec vous, toutefois, de temps à autre, tout le monde a besoin de faire une expérience sympa, dit-il sèchement.

— Ben, je ne voulais pas dire...

— Vous avez raison, coupa-t-il, ce n'était pas vraiment moi, mais un clone sorti de moi pendant quelques jours.

— J'ai apprécié l'homme que j'ai rencontré dans cette auberge, Ben, sinon je n'aurais pas passé du temps avec lui. Mais j'aime aussi celui qui vit en Argentine. Il est différent... Bien moins détendu, se sous-estimant, mais tout aussi séduisant que l'autre... Quand il le veut, ce qui n'est pas assez fréquent.

— « Quand il le veut », répéta Ben. C'est justement la question ! Je me moque d'être apprécié. Je préfère être respecté en tant que médecin, ce qui n'est pas plus facile.

— Vous êtes sérieux ?

Il haussa les épaules.

— Je ne suis pas désagréable, Shanna, du moins je m'efforce de ne pas l'être, mais peu m'importe d'être aimé ou non. J'aime la solitude et je me contente de ma propre compagnie.

— A cause de vos cicatrices ?

Shanna regretta immédiatement sa question, car Ben se raidit, se redressant sur son siège et le visage crispé.

— Cela fait peut-être partie des sujets qu'on ne doit pas aborder ? ajouta-t-elle très vite.

— Mes cicatrices n'ont aucun rapport avec mes choix de vie et, oui, je préfère ne pas en parler.

Quand Ben jeta un coup d'œil à sa montre, regarda autour de lui et laissa échapper un soupir impatient, Shanna comprit que leur soirée prenait fin à cet instant.

— Très bien, j'ajouterai ce sujet à la liste de vos interdits, dit-elle. Quoi qu'il en soit, je voudrais rentrer. Je dois lire... et dormir. J'ai passé une charmante soirée, très...

Elle se leva si vite que sa chaise bascula en arrière et heurta bruyamment le sol. Aussitôt, l'une des serveuses se précipita pour la relever. Ben n'avait pas bougé, le visage fermé.

— Vous ne voulez pas un dessert ou un café ? demanda-t-il pourtant.

— Si je rentre maintenant, je pourrai lire un article médical et dormir dix heures d'affilée avant de reprendre mon service.

Après une hésitation, il se leva à son tour.

— Je suis vraiment désolé, Shanna. Comme je vous l'ai dit, je ne suis pas du genre mondain. Je n'ai pas l'habitude de bavarder avec des femmes ravissantes, maintenant, vous voyez pourquoi.

— Ce que je vois, Ben, c'est un homme qui se cache. Si c'est votre choix, je n'ai rien à dire, mais si vous pensez que je me soucie de vos cicatrices ou que je vous crois incapable de vous faire des amis, vous vous trompez. J'ai passé une très bonne soirée jusqu'à ce que vous vous retiriez dans votre coquille parce que j'avais dit ce qu'il ne fallait pas. Vous vous sous-estimez, tout comme vous vous méprenez sur la façon dont les gens vous voient.

— Je le sais parfaitement, au contraire, c'est pourquoi je me suis installé dans un endroit où cela n'avait pas d'importance.

— Cela en a, Ben, et votre solitude me désole. Maintenant, je vais regagner ma chambre. Restez ici, pour prendre un dessert et du café. Ne vous inquiétez pas pour moi, je retrouverai le chemin.

En s'éloignant, Shanna songea qu'elle avait connu des soirées bien pires, comme celle où elle avait fait la connaissance de son ex-mari. Il n'avait pas été déplaisant, d'ailleurs, mais sans doute rêvait-il du moment où il serait promu chef de la chirurgie, au Centre Médical Brooks, ce qui était quasiment certain, une fois qu'il aurait épousé la fille, petite-fille et sœur des propriétaires. Ce rendez-vous raté s'était soldé par un mariage, deux mois plus tard.

Celui de ce soir ne déboucherait sur rien, puisque Ben campait sur ses positions.

En s'éloignant, Shanna jeta un regard en arrière et, voyant Ben en train de payer la serveuse, elle fut déçue de constater qu'il ne s'assurait même pas qu'elle prenait la bonne direction. C'était le cas, mais elle aurait été contente s'il lui avait manifesté un peu d'intérêt, songea-t-elle alors qu'elle se retournait une nouvelle fois vers...

Elle se mit immédiatement en mode médecin et rebroussait chemin vers le restaurant au moment précis où la serveuse s'évanouissait dans les bras de Ben.

— Symptômes ? demanda-t-elle.

Lorsqu'elle parvint près de lui, il déposait délicatement

la jeune fille sur le sol. Plusieurs clients s'étaient levés et formaient un cercle autour d'eux.

— Elle a de la fièvre, répliqua-t-il. Elle est pâle, elle respire à peine et elle est moite. Shanna, est-ce que vous pouvez faire reculer tous ces gens ?

Sans hésiter, Shanna se tourna vers la foule.

— *Por favor. Todos retroceden. Somos médicos. Debemos alojarnos para revisar a esta chica. Por favor, retroceda.*

Tout en parlant, elle faisait reculer l'assistance, les bras écartés. Le propriétaire du restaurant, le *señor* Raul Varga, apparut. Il demanda aux curieux d'aller s'asseoir et de prendre un maté ou une liqueur offerts par la maison.

— Merci, dit Shanna en retournant auprès de Ben.

— Elle va se remettre ? demanda Varga. C'est ma fille, Graziela.

— A-t-elle été malade, récemment ? demanda Shanna. A-t-elle fait quelque chose d'inhabituel ? N'importe quoi d'inhabituel ?

— Rien dont je me souvienne, sauf qu'elle se plaignait d'être fatiguée. Ma femme est absente et je pense que ma fille n'était pas ravie de la remplacer au restaurant.

— Vous n'avez rien remarqué, en dehors de cette fatigue ? Réfléchissez !

Varga se frotta le front.

— Elle a saigné du nez... C'est grave ? Elle est vraiment malade ?

— Quand était-ce ? s'enquit anxieusement Shanna.

— Il y a quelques jours. Elle avait mal à l'estomac et elle a un peu vomi, aussi.

— Autre chose ?

— Laissez-moi réfléchir, dit-il en fermant les yeux.

— Elle a eu mal à la tête ?

— Oui ! Un peu, je crois. Elle a travaillé tard et elle n'était pas contente. J'ai pensé qu'elle faisait semblant d'être malade pour aller avec ses amis à Buenos Aires. Ils avaient projeté de visiter le musée d'Art latino-américain, mais j'ai refusé qu'elle parte parce que j'avais besoin d'aide, ici. J'ai cru qu'elle était… Comment dites-vous… *Capriciousa*.

Malheureusement, il ne s'agissait pas des caprices d'une adolescente, songea Shanna.

— Capricieuse, rectifia-t-elle. Ecoutez, je suis certaine que le Dr Robinson va vouloir hospitaliser Graziela, alors si vous avez un véhicule…

— Un camion.

— Parfait. Garez-vous devant le restaurant, nous serons prêts à partir dans quelques minutes.

Du moins, quand elle aurait dit à Ben ce qu'elle soupçonnait.

— Ma Graziela est si malade que ça ?

— Je pense qu'elle l'est, dit Shanna en posant une main sur le bras du pauvre homme. Mais nous en saurons davantage quand nous l'aurons amenée à Caridad.

Un instant plus tard, elle s'agenouillait auprès de Ben.

— Le pouls est lent, la respiration encore difficile mais cela ne s'est pas aggravé, dit-il. Sans thermomètre, j'estime qu'elle doit avoir dans les 39 de fièvre.

— Pendant que vous y êtes, précisez : de fièvre *jaune*.

Ben fronça les sourcils.

— Comment le savez-vous ?

— Saignement de nez, vomissements, migraine… ajoutez à cela un pouls lent et de la fièvre… Je me trompe ? Est-ce pour cette raison que vous froncez les sourcils.

— C'est une marque d'admiration parce que je crois que vous avez mis le doigt dessus.

— Mais vous le saviez déjà, n'est-ce pas ?

— J'ai assisté à quelques spasmes douloureux, tout à l'heure, si bien que j'avais des soupçons.

— Eh bien, j'ai peut-être une longueur de retard, mais j'ai

déniché un camion qui est prêt à nous emmener à l'hôpital. A moins que vous m'ayez encore battue au poteau.

Il lui sourit.

— Toutes mes félicitations, Shanna. C'est d'autant plus remarquable que vous n'avez jamais travaillé dans la jungle jusqu'à maintenant. Et non, je n'ai pas prévu de véhicule.

Ses *félicitations* ? Le compliment la combla d'aise. Elle en avait déjà reçu, beaucoup, même. Parfois elle les méritait, parce qu'elle avait fait quelque chose de bien, à d'autres moments, il s'agissait seulement d'obtenir une faveur d'elle ou de sa famille, alors la sincérité de Ben lui faisait du bien.

Quarante minutes plus tard, Graziela Varga, à demi inconsciente, était isolée dans une chambre du petit hôpital, le plus loin possible des autres patients. Ben l'avait mise sous perfusion quand Shanna entra dans la pièce. Elle venait de passer quelques minutes au téléphone avec la mère de l'adolescente, essayant de lui expliquer la situation tout en s'efforçant de consoler le malheureux père.

— Qu'est-ce qu'on fait, maintenant ? demanda-t-elle.

— On attend. Puisqu'il n'existe pas de traitement, nous combattrons les symptômes : la fièvre et la déshydratation. Nous devons aussi nous assurer qu'elle ne souffre pas d'infection urinaire ou de pneumonie.

— Et le village ? Il n'y a pas un risque d'épidémie ?

— Depuis deux ans que je suis ici, j'ai convaincu beaucoup de gens de se faire vacciner. Nous aurons sans doute quelques cas isolés, mais nous pourrons les traiter. Vous êtes vaccinée ?

— J'en ai gardé une minuscule cicatrice. Vous voulez la voir ?

Bien sûr, Ben ne releva pas la provocation, se contentant de lui tendre le dossier de leur patiente.

— Elle est à vous. N'hésitez pas à poser des questions.

— Je suppose que vous allez passer une partie de la nuit à vous occuper des vaccinations ?

— Suis-je aussi transparent ?

— Bien sûr.

Shanna entra dans la pharmacie pour voir de quels antibiotiques ils disposaient en cas de nécessité, songeant qu'en réalité, Ben était loin d'être prévisible, et si elle connaissait quelqu'un d'opaque, c'était bien lui. Il ne se confiait pas facilement et ne révélait rien de lui-même sans lutter.

Ainsi, dans le peu qu'elle connaissait de lui, il y avait ce besoin de retourner au village pour s'occuper de ses habitants car leurs besoins passaient avant les siens.

— Et vous dormirez demain, murmura-t-elle.

Elle se mit à compter les fioles et les flacons contenant des antibiotiques.

— Pourquoi suis-je ici ? se demanda-t-elle. Pour être comme lui.

Le problème, c'était qu'elle ne le voyait plus sous le même jour qu'en arrivant, et le fait qu'il soit tellement différent entre ce qu'il était à l'intérieur et ce qu'il montrait à l'extérieur compliquait les choses.

En fait, plus elle l'observait, plus elle se demandait si elle ne s'était pas fondée sur une perception erronée de Ben Robinson. Parce que l'homme qu'elle entrevoyait n'était pas la personne qu'elle voulait être, mais celle qu'elle voulait… avoir. Tout cela était décidément bien compliqué.

— C'est la raison pour laquelle tu dois rejoindre Jack dans le Sud, Amanda, dit Ben. J'ai trouvé trois cas de fièvre jaune, cette nuit.

— Je suis vaccinée, aussi je ne risque rien.

Il désigna le ventre arrondi de la jeune femme.

— Dois-je te rappeler que…

— Que je suis enceinte ? C'est inutile, Ben. Et je suis prudente.

— Pas assez, et Jack est d'accord avec moi sur ce point. Tu devrais t'en aller jusqu'à ce que nous sachions s'il s'agit d'une épidémie.

— Si je pars, vous ne serez pas assez nombreux.

Ben jeta un coup d'œil à Shanna dans l'espoir qu'elle le soutiendrait. Il ne gagnait jamais contre sa sœur, qui avait raison de penser qu'elle avait peu de risques de tomber malade. Malgré tout, il y avait toujours des exceptions.

— Je t'en prie, Amanda, fais en sorte que je me sente mieux. Pour une fois, laisse-moi l'emporter dans une discussion.

— Je peux vous remplacer, intervint Shanna.

Ils se trouvaient dans un minuscule salon. Ben était assis bien droit sur une chaise de bois, dans un coin de la pièce, et Amanda sur un canapé à deux places. Assise en tailleur sur une petite table, Shanna avait adopté une posture pseudo-méditative. En réalité, elle était épuisée, après le travail qu'ils avaient abattu durant les vingt-quatre dernières heures.

— Vous pouvez partir sans inquiétude, ajouta-t-elle.

— Ce n'est pas la question ! dit Amanda, dont les yeux allèrent de Ben à Shanna. Mon frère dramatise.

— Et ma famille se moque bien de ce qui peut m'arriver, commenta Shanna. On ne va pas les changer... pas plus que Ben, d'ailleurs.

— Donc, vous prenez son parti ?

— Il n'y a pas de parti à prendre. Vous avez un mari adorable qui sera sans doute ravi de vous voir, ainsi que votre fils aîné. Croyez-en l'expérience d'une femme dont l'ex-mari n'avait rien d'adorable.

— Vous avez été mariée ? demanda Ben, déconcerté par le ton neutre sur lequel elle avait laissé échapper l'information.

Il ne l'avait jamais imaginée en couple, mais c'était stupide de sa part. Shanna était si ravissante que tous les hommes devaient être à ses pieds.

— Votre mariage figure peut-être sur la liste des sujets à ne pas aborder, ajouta-t-il.

Elle secoua la tête.

— Pas du tout, mais cela ne vaut pas la peine d'en parler. C'est arrivé quand je cherchais l'approbation de ma famille. Quant à lui, il voulait mon nom de famille. Mon père l'a poussé dans ma direction et, deux mois plus tard, nous étions mariés. J'aime à dire que c'était un mariage de déraison, et non pas de raison, parce que dès le début, notre union était vouée à l'échec. Il a eu ce qu'il voulait, y compris mon nom. Par bonheur, nous avons divorcé.

— Il a pris votre nom ! s'exclama Ben.

— Disons qu'il l'a accolé au sien avec un trait d'union. Dr William Henry Morrison-Brooks. Je voulais y ajouter les initiales GA, pour Grosse Affaire. Il n'a pas trouvé ça drôle.

Ça l'était, pourtant. Ben éclata d'un rire sonore en imaginant le Dr William Henry Morrison-Brooks-Grosse-Affaire.

— Donc, vous vous êtes séparés ? Il n'y avait pas de conciliation possible ?

— Non, et j'aurais divorcé deux fois, si je l'avais pu. En guise de cadeau d'adieu, je lui ai laissé mon nom, et ma famille lui a permis de conserver son poste, à l'hôpital. A sa décharge, j'ajouterai que mon ex est un excellent neurochirurgien. Il est devenu le troisième fils que mon père n'avait pas. Je n'en garde aucune amertume, d'ailleurs. William a eu ce qu'il voulait et j'ai retrouvé ma liberté avant que nous ayons fait un bébé, conclut Shanna en pointant le ventre d'Amanda du doigt. A ce propos, vous avez besoin que je vous aide à faire votre valise, Amanda ?

— Vous n'êtes pas la personne la plus subtile que j'aie rencontrée, répliqua cette dernière, amusée. J'apprécie votre proposition, mais je ne vais pas emporter grand-chose, juste de quoi tenir pendant quelques jours. Pendant que j'y pense, Ben, puisque tu me forces à partir, je vais prendre quelques fournitures pour l'orphelinat.

— J'ai déjà préparé deux cartons. Ils t'attendent sous le porche.

Se tournant vers Shanna, il ajouta :

— Richard Hathaway a encore moins de ressources que nous, c'est pourquoi nous l'aidons.

— Alors que vous manquez de tout vous-mêmes, commenta-t-elle.

— C'est la raison pour laquelle notre établissement s'appelle Caridad.

Shanna descendit de la table sur laquelle elle était perchée.

— Je comprends... Vous avez besoin de sommeil, Ben. Pour l'instant, nous pouvons nous débrouiller sans vous, alors allez faire une sieste, et ne discutez pas, d'accord ? Je vous appellerai si nous avons besoin de vous. Bien que je n'aie pas perdu mon pari, je vous apporterai du maté.

— Vous me connaissez bien... Je suis incapable de résister à une telle proposition.

Ben devait admettre qu'il était épuisé. Une douche froide et deux heures de repos le remettraient d'aplomb.

Il se leva.

— Dis à Jack de t'attacher s'il le faut, Amanda, ajouta-t-il en pressant amicalement le bras de sa sœur.

— Je t'aime, moi aussi, répliqua-t-elle en riant. Et c'est lui qu'il faudra ligoter s'il le faut, Shanna.

— J'ai entendu ! lança Ben depuis la porte.

— C'est ce que je voulais ! cria Amanda.

— Mes frères et moi n'avons jamais été aussi..., commença Shanna.

— Aussi proches ? compléta Amanda.

— Oui. Nous n'avons jamais eu les relations chaleureuses

que vous entretenez avec Ben. Comment dire ? Il y a de l'amour entre nous, ne vous méprenez pas, mais nous ne le montrons pas. La plupart du temps, nous avons nos propres activités et nous nous croisons rarement.

— Même quand vous étiez enfants ?

— Surtout à cette époque parce que nous subissions un véritable dressage.

— Dans quel but ?

— Pour que nous devenions ce que nous étions censés être : des Brooks, dit Shanna avec un sourire mélancolique. Ben et vous, vous avez de la chance…

— Je le sais, répondit Amanda en quittant la pièce.

Laissant échapper un soupir fatigué, Ben se déshabilla et se dirigea vers la salle de bains, prenant soin de ne pas se regarder lorsqu'il passa devant le miroir en pied. Pourquoi se torturer ? Quelques secondes plus tard, il entrait dans la cabine de douche, espérant que l'eau froide le ramènerait à un peu de bon sens. Parce que, bon sang, Shanna l'obsédait ! Il ne cessait de penser à elle, mariée ou pas, assise en face de lui et emmitouflée jusqu'aux yeux dans ses écharpes.

A cet instant précis, alors qu'il s'efforçait de la chasser de son esprit, il ne pouvait s'empêcher de penser à elle avec une telle intensité que le désir l'envahit. Il tourna les robinets puis claqua si fort la porte de la douche qu'elle sortit de ses gonds.

Après s'être rasé et coiffé en vitesse, il enfila un boxer en coton et un T-shirt, puis il se jeta sur son lit, s'inquiétant de ne pas profiter suffisamment de ses deux heures de repos car trop souvent, il ne parvenait pas à dormir, tant les préoccupations de toutes sortes le tourmentaient…

L'hôpital, sa mère vieillissante et malade, sa sœur et, pour lui, la longue vie solitaire qui l'attendait... Les « pensées vampires », comme il les appelait.

Mais, pour l'instant, ce n'en était pas une qui l'empêchait de fermer les yeux. C'était Shanna. A peine eut-il posé la tête sur l'oreiller qu'il fut en érection.

— Diable ! marmonna-t-il.

S'allongeant sur le dos, il fixa le plafond et entreprit de compter les tours décrits par le ventilateur.

Il en était à deux mille quand, finalement, le sommeil l'emporta.

Shanna préparait le maté de Ben tout en réfléchissant. Il n'était pas du tout l'homme qu'elle avait cru trouver en le suivant en Argentine. Loin d'être indifférent, il s'intéressait davantage à ses patients que tous les médecins qu'elle avait connus. Il était capable de passer une nuit entière à frapper aux portes pour persuader les gens de se faire vacciner. Il arpentait les salles de l'hôpital pour s'assurer que ses patients allaient bien, attentif à des petites choses, comme le renouvellement des carafes d'eau et des compresses fraîches.

La veille, à l'aube, elle était entrée dans le service des enfants, et l'avait trouvé, assis dans un fauteuil à bascule, en train de bercer un bébé alors qu'il avait autant besoin de sommeil que ce dernier.

Pourtant, le message qu'il envoyait aux autres était nettement : « Gardez vos distances. »

— Qui êtes-vous, Ben ? murmura-t-elle en posant la théière sur un plateau.

Une minute plus tard, elle frappait à la porte de sa chambre. Comme il ne répondait pas, elle insista.

— Ben ! Votre maté est prêt !

Aucune réponse… Après une troisième tentative, elle appuya sur la poignée et entrouvrit la porte.

— Ben ! Il est temps de vous réveiller ! Vous êtes là ?

Comme seul le silence lui répondait, elle entra dans la chambre et le vit, étendu sur le lit. La vue de son corps musclé lui coupa le souffle. Il était magnifique. L'espace d'un instant, elle ne put détourner les yeux de l'homme endormi puis elle s'éclaircit la voix.

— Je vous ai apporté du…

Se redressant brusquement, il hurla :

— Qu'est-ce que vous faites ici ? Sortez !

Interloquée, elle lâcha le plateau, envoyant valser sur le sol la théière et la tasse qui se brisèrent, tandis que le thé éclaboussait les murs et le plancher. Jaillissant hors de son lit, Ben traversa la pièce en courant et disparut dans la salle de bains.

— Je suis désolée…, lança-t-elle. Je pensais que vous aimeriez boire votre maté avant de reprendre le travail.

— Je nettoierai ! répliqua-t-il d'une voix maussade. Partez et fermez la porte derrière vous.

Shanna ne s'était pas attendue à une réaction aussi violente. D'accord, elle avait peut-être eu tort d'entrer chez lui, mais elle ne méritait pas une telle rebuffade.

— Je m'en vais !

Une fois dans sa propre chambre, elle s'assit sur son lit, très déprimée. Est-ce qu'elle avait cherché à se faire apprécier de Ben comme elle l'avait fait avec sa famille ? Ou bien ses sentiments pour lui étaient-ils en train de se transformer de façon inattendue ?

Pour la première fois, elle prenait conscience que Ben ne pourrait pas lui enseigner ce qu'elle était venue apprendre. Elle n'avait donc plus aucune raison de rester…

Sauf qu'elle le souhaitait. Et si elle voulait tant rester, il n'y avait qu'une seule explication… Elle était en train de tomber amoureuse d'un homme qui ne lui rendrait jamais ses sentiments.

6

Il avait vraiment envie de jeter ce fichu livre de médecine contre le mur. En fait, il le serrait entre ses doigts, prêt à agir, mais s'il se laissait aller, quelqu'un l'entendrait dans le couloir. On accourrait, on poserait des questions, et il n'était pas prêt à avouer qu'il venait de passer deux heures à se tracasser à propos de choses qu'il ne maîtrisait pas.

D'accord, elle l'avait vu… tout entier. Et alors ? Ils n'étaient pas amants et ils ne le seraient jamais. Après tout, elle était médecin, elle avait déjà vu des cicatrices aussi moches que les siennes.

Mais cette expression, sur son visage ? L'avait-il vraiment vue, ou seulement imaginée ? Elle lui rappelait celle de Nancy qui lui avait tourné le dos lorsqu'il avait baissé sa garde au point de lui faire confiance. Quant à Shanna, il n'évaluait pas bien sa réaction parce qu'il s'était précipité dans la salle de bains pendant qu'elle contemplait avec horreur la théière brisée.

Il n'aurait quand même pas dû lui hurler dessus. Après tout, c'était lui qui l'avait invitée à partager le cottage. Tôt ou tard, elle aurait vu davantage que les stigmates qui labouraient son cou. Il en avait sur un bras, sur les épaules, la poitrine, le ventre, les hanches et l'une de ses jambes. Shanna n'était pas stupide… Elle avait déjà fait la relation entre l'alcool et les cicatrices, et il lui restait bien d'autres découvertes horribles à faire.

Ben serra les poings si fort que ses articulations blanchirent. Cela n'aurait pas dû se produire. Il avait renoncé à certaines choses depuis bien longtemps, et puis, elle était arrivée et avait réveillé des désirs qu'il avait réussi à refouler. Bon sang ! Il y en avait toute une liste !

Le livre alla finalement s'écraser contre un mur, renversant divers objets. Il y eut des cris et, immédiatement, quelqu'un frappa à la porte.

— Je vais bien ! lança-t-il. J'ai juste fait tomber quelque chose.

Entre autres, sa confiance en lui qui venait de s'éparpiller en mille morceaux sur le sol...

— Une théière de maté adoucirait peut-être les mœurs ? demanda une voix familière.

Bien sûr, il avait fallu qu'elle soit là au mauvais moment !

— Vous n'avez pas déjà cassé la mienne ? répliqua-t-il.

— J'en ai acheté une autre au village. Deux, en fait, juste au cas où.

« Je vous en prie, Shanna, allez-vous-en ! »

Ces mots résonnèrent dans sa tête alors qu'il se levait pour lui ouvrir la porte.

— Avant que vous entriez, pas de discours, d'accord ? Je suis comme tout le monde, susceptible de me mettre en colère. Je m'en veux de vous avoir invectivée, tout à l'heure, et maintenant...

— Vous avez expulsé un peu de vapeur.

— Beaucoup, vous voulez dire. Il m'arrive d'exploser.

Shanna se baissa pour ramasser le diplôme de Ben et quelques photos éparpillés sur le sol parmi les débris de verre.

— J'en ai fait l'expérience, moi aussi. Une fois, j'ai jeté une chaise à travers une fenêtre à double vitrage.

Ben se mit à rire malgré lui.

— Je peux comprendre.

— Ah bon ? Dans mon monde, personne ne pourrait admettre un tel comportement. En fait, ils étaient tous très indignés par ma réaction.

— Vous réagissiez à quoi ?

— J'avais quatorze ans et mon petit ami était bien entendu l'amour de ma vie. Je voulais aller quelque part, avec lui, je ne sais même plus où, mais mon père avait refusé, parce que la famille participait à un événement social quelconque. En digne adolescente, j'ai piqué une grosse colère. Jusque-là, mes accès de rage étaient restés silencieux. Ce jour-là, je tentais pour la première fois d'attirer l'attention de mes parents, et cela ne faisait que commencer, mais je vous raconterai la suite une autre fois. C'étaient les débuts de Shanna l'indomptable.

Un large sourire éclairait le visage de Ben.

— Celle qui lançait des chaises sur les fenêtres.

— C'était une pièce de collection qui valait quinze mille dollars. Elle s'est brisée en mille morceaux.

— Vous vous êtes sentie mieux, ensuite ?

— Et vous, après avoir jeté le livre ?

— Un peu, admit-il.

— Beaucoup..., dit-elle. Sans doute parce que, pour la première fois, mon père a réagi normalement. Il était... fou de rage et il m'a hurlé dessus pendant que je ramassais les morceaux de verre. Il m'a privée de tous mes privilèges pendant un mois !

— Vous étiez satisfaite ?

— J'étais ravie de savoir que j'avais la capacité d'émouvoir mon père.

— Vous avez donc recommencé encore et encore.

— Vous en saurez davantage plus tard, ainsi que je vous

l'ai dit. Je vais chercher un balai et une pelle, mais c'est vous qui nettoierez.

— Vous allez me punir pendant un mois ?

— Seulement si vous le souhaitez, Ben.

Elle l'attirait comme un aimant, malgré tous ses efforts pour lui résister.

— Je ne sais pas. Tout dépend de la punition. Je me répète, Shanna, mais je suis vraiment désolé, pour tout à l'heure. Vous m'avez pris au dépourvu.

— Nous avons tous nos moments d'égarement, ne vous inquiétez pas.

— Mais vous ne le méritiez pas. Les miens sont...

— Explosifs ?

— C'est un euphémisme.

La plupart du temps, il se contenait, mais avec Shanna... Elle avait vu ce qu'il avait de plus laid et il ne s'en remettait pas.

— Vous aurez du mal à m'égaler, dit-elle avec un sourire. Par deux fois, je me suis laissée aller à des excès que vous n'imaginez pas.

— A ce point ?

— Pire ! répliqua-t-elle en riant.

Pendant qu'elle allait chercher un balai et une pelle, le vieux haut-parleur grésilla. Teresa Vera, une infirmière, demandait à Ben de gagner la pédiatrie.

Celle-ci surgit devant lui au moment où, avec Shanna, ils allaient entrer dans le service.

— Nous venons d'admettre Maritza Costa, lui expliqua Teresa. Elle se plaint d'avoir attrapé de nouveau un rhume et ses poumons sont un peu encombrés. Le Dr Francis l'a examinée aux urgences et il a décidé de l'hospitaliser.

Maritza Costa était une belle petite fille qui souffrait du cœur. Ben ne pouvait pas la traiter comme il l'aurait fallu, car la santé de l'enfant nécessitait une intervention chirurgicale, mais ses parents refusaient de l'envoyer dans un autre hôpital. L'insertion d'un patch cardiaque avait été un échec, et il ne restait plus qu'à croiser les doigts, car Maritza ne tiendrait pas longtemps si l'on ne faisait rien. Pour l'instant, Ben priait pour que son état n'empire pas et que ses parents changent d'avis.

— Vous avez fait un électrocardiogramme ? demanda-t-il.

— Oui, mais je n'ai pas vu de changements significatifs, répondit l'infirmière. Il n'y a pas d'autres sujets d'inquiétude, sauf que…

— Oui ?

— Elle n'a pas souri une seule fois, docteur.

Ben n'aurait pas accordé d'importance à ce détail s'il s'était agi d'un autre patient, mais en ce qui concernait Maritza, cela constituait un symptôme alarmant. Jusqu'alors, en effet, elle avait arboré un large sourire, quelle que soit la situation.

— Je vais voir si je peux en savoir davantage, dit-il.

— Je lui ai promis de la glace, mais elle dit qu'elle n'a pas faim.

— On va quand même lui en proposer.

De son lit, situé au bout de la salle, Maritza pouvait regarder par la fenêtre et voir la rue principale de son village.

Quand Ben s'assit près d'elle, il remarqua l'apathie inhabituelle de la petite fille.

— Te voilà de retour parmi nous ?

La fillette hocha la tête sans répondre.

— Tu peux me dire où tu as mal, ma chérie ? Ou est-ce que tu ne te sens pas bien, tout simplement ?

La petite haussa les épaules, le regard dans le vide.

— Tu as le droit de ne pas me répondre, mais je vais t'ausculter pour savoir ce qui ne va pas.

Introduisant les deux embouts du stéthoscope dans ses oreilles, il posa le pavillon sur la poitrine de Maritza. Les poumons étaient bel et bien encombrés, et les sifflements bilatéraux.

— Tu peux te tourner sur le côté gauche, juste un petit peu ? Parfait ! Cela te fait mal à la gorge quand tu essaies de parler ?

La petite fille hocha la tête.

— Tu veux bien ouvrir la bouche, que je puisse regarder ? Tu auras peut-être un peu envie de vomir quand je vais abaisser ta langue, mais cela ne durera que quelques secondes.

Grâce au ciel, l'inflammation n'était pas sévère, songea-t-il en jetant un coup d'œil à la muqueuse à peine rosée. Elle n'avait pas non plus de fièvre, mais Ben avait sa petite idée sur l'origine du problème.

— Et voici trois glaces ! annonça Shanna en posant les bols sur la table de chevet. Le docteur les adore, ajouta-t-elle à l'intention de la fillette. En cuisine, il n'y avait que de la vanille, mais si tu as un parfum préféré, j'irai t'en acheter au village pour la prochaine fois.

— J'aime bien la vanille, dit Maritza dans un souffle.

Prenant la cuillère pleine de crème glacée que lui tendait la jeune femme, elle la fixa un instant avant de la porter à sa bouche. Quand elle avala, elle fit la grimace, mais renouvela l'essai.

Ben, quant à lui, donna son bol à Nayla, une fillette de dix ans qui venait d'être opérée de l'appendicite. Il se tourna ensuite vers Shanna.

— Communication interventriculaire, expliqua-t-il.

— Elle a été opérée ? s'enquit Shanna.

— Pas encore.

— Tu as vu un dentiste, ces temps-ci, Maritza ? demanda la jeune femme. Quelqu'un a regardé tes dents ?

— Oui, murmura la petite fille.

— Tes parents t'ont emmenée le voir quand il est passé au village ? demanda Ben, visiblement furieux.

— Oui.

— Eh bien… je crois que je vais avoir une petite discussion avec eux. En attendant, je vais t'administrer un remède au moyen d'une perfusion. Tu te rappelles ce que c'est ?

— Oui, dit-elle avant d'avaler une cuillérée de glace.

Puis elle posa le bol et s'allongea.

— C'est très bien, commenta gentiment Shanna. Tu vas faire un petit somme. Dès que nous t'aurons donné ce médicament, tu te sentiras beaucoup mieux.

Maritza battit des paupières. Ben posa alors machinalement la main sur son front. Il était clair qu'elle avait de la fièvre, maintenant.

— Endocardite infectieuse, dit-il, l'air sombre. Elle devrait être admise dans un hôpital qui pourrait la traiter correctement. J'avais bien précisé aux parents qu'ils ne devaient pas l'amener chez le dentiste.

— Mais ils ne vous ont pas écouté. Ça va, Ben ? Vous semblez très énervé.

— Je suis en colère.

— Pourquoi n'a-t-elle pas été opérée ?

— Ses parents refusent de l'envoyer dans l'un des hôpitaux qui peuvent pratiquer cette opération. Ils répugnent à la laisser partir aussi loin du village.

— Mais ils savent qu'on peut la guérir, et que plus ils attendent, plus ce sera difficile ?

— Bien sûr, mais ils pensent que tant qu'ils pourront l'amener ici, tout ira bien.

— Mais maintenant, elle souffre d'une infection des valves du cœur.

A cause du germe introduit par l'intervention dentaire… C'était à la fois banal et frustrant.

— Je vais discuter avec les parents, mais j'ai peu d'espoir de les convaincre, reprit Ben. Amanda et moi avons déjà essayé, mais nos arguments sont tombés dans les oreilles de deux sourds.

— Ou les oreilles de parents terrorisés, rectifia Shanna. On a du mal à changer d'avis quand on a si peur.

— Ils savent pourtant qu'ils peuvent l'accompagner si nous la faisons transférer dans un autre hôpital. Mais vous avez raison de penser qu'ils sont terrifiés. Je le suis aussi, parce que j'ai peur de la perdre.

— Pendant que vous leur parlerez, je vais installer la perfusion. Je vais aussi prélever un peu de sang à Maritza pour que nous sachions à quoi nous avons affaire. Détendez-vous, Ben. Vous semblez aussi stressé que Maritza est malade.

— Plus facile à dire qu'à faire, marmonna-t-il en quittant la pièce.

Le soir, Shanna croisa Ben dans le couloir qui séparait leurs appartements.

— Nous avons un nouveau cas de fièvre jaune, annonça-t-elle. Par ailleurs, l'état de Maritza est stable. Cet après-midi, elle avait beaucoup de fièvre, mais les antibiotiques ont agi très vite.

— Et ses parents refusent toujours de la faire hospitaliser ailleurs.

— Ils vous ont dit pourquoi ils l'avaient amenée chez le dentiste ?

— L'examen était gratuit et ils se sont efforcés d'être de bons parents. Ils pensaient que c'était juste une formalité.

Shanna frissonna.

— Je n'ai jamais considéré la fraise dentaire comme une formalité.

— Vous voulez entrer boire un verre ? En dehors du maté, j'ai des jus de fruits qui sont de véritables tueries.

— Très volontiers. Accordez-moi une minute, je vais...

Elle allait dire : « enfiler une tenue plus légère », mais la connotation intime risquait de déplaire à Ben.

— ... changer de chaussures, termina-t-elle.

— Je laisse ma porte ouverte et je vous promets de ne pas m'affoler, cette fois.

Un instant plus tard, Shanna ôtait son pantalon de treillis et sa chemise trop grande pour mettre un short et un T-shirt, ce qui la distinguerait de Ben, toujours couvert de la tête aux pieds. En traversant le couloir, elle se demanda s'il s'était changé, lui aussi, mais il portait toujours ses vêtements de travail.

— Je vois que vous avez nettoyé les dégâts que j'ai causés, dit-elle.

— Dois-je me traîner à vos pieds maintenant pour vous faire comprendre à quel point je m'en veux ?

Shanna se mit à rire et écarta la proposition d'un geste.

— Pour ce que cela vaut, je vous ai trouvé plutôt... pas mal. De temps à autre, j'aime bien regarder un type en boxer.

— Cela ne fait pas partie de votre liste de sujets interdits ?

— Une fille apprécie certaines choses, inutile de le nier.

— Et votre ex ?

— Il ne me plaisait sur aucun point. Le soir de nos noces, je l'ai surpris en train de gribouiller sa nouvelle signature sur un bout de papier.

— Ouille ! Tous vos rêves ont dû s'évanouir.

— Je n'avais ni rêves ni espoirs. En revanche, j'ai immédiatement planifié notre divorce. C'était une énorme erreur, mais je ne l'ai compris qu'au moment de prononcer le « oui » fatal.

— Et vous vous êtes échappée en vitesse de ce piège ?

— Non, parce qu'il a fait traîner les choses, craignant d'être exclu de ma famille. Mais dans mon esprit, notre mariage a duré trois mois, même si, sur le papier, il s'est éternisé pendant deux ans.

— Pourquoi avoir accepté ? Etiez-vous désireuse à ce point d'obtenir l'attention de votre famille ?

— Tout le monde a ses faiblesses. La mienne était de vouloir plaire à des parents qui n'étaient pas contents de moi. Ils pensaient que je devais me marier, alors je l'ai fait.

— C'est dur. Mon père était un homme exigeant, secret et menteur, mais je n'ai jamais eu à me battre pour qu'il s'occupe de moi. Je suis désolé que vous ayez eu à subir leur indifférence.

— Vous savez ce qu'on dit : ce qui ne nous tue pas nous rend plus fort.

Shanna avala une gorgée d'un jus de fruits épais, pulpeux et frais.

— Si on changeait de conversation ? Je sais que je touche à un sujet interdit, Ben, mais si vous me disiez ce qui vous est arrivé ?

— J'ai été brûlé... J'avais quinze ans et je me suis montré un peu négligent alors que je réparais des voitures avec mon père. Vous voyez le résultat...

— Vos cicatrices... Quelles parties du corps ont-elles été touchées ?

— Le cou, les épaules... cela ne vaut pas la peine d'en parler.

Quelque chose disait à Shanna que le traumatisme le plus grave était invisible.

— Il n'empêche que je m'en tiens à mon opinion.

— Laquelle ?

— Vous valiez le coup d'œil, vos cicatrices incluses. Sur ce, je vous remercie pour la boisson fraîche, mais, maintenant, je vais me reposer pendant deux heures.

Ensuite, elle retournerait auprès de Maritza et elle s'assiérait à côté de son lit un moment.

Posant son verre sur la table, elle se leva et gagna la porte. Avant de sortir, elle se retourna.

— Ma famille a fondé son style de vie sur l'exclusion, Ben. C'est dans cette atmosphère que j'ai grandi et je sais que ce n'est pas favorable à l'épanouissement. Quelles que soient les épreuves que vous avez traversées, vous n'avez pas à être frappé d'ostracisme, pas plus que vous ne devez vous exiler de votre propre chef. Vous avez gagné votre place dans le monde et cela compte bien plus que… des cicatrices.

Elle ne s'attendait pas à ce qu'il réponde, ce qu'il ne fit pas. Il ne lui souhaita pas bonne nuit non plus, mais il était ainsi, et plus elle le connaissait, plus elle l'appréciait.

— Combien de temps ? cria Shanna en courant dans le couloir.

— Moins de cinq minutes, répondit l'infirmière. La fièvre a monté et nous avons tenté de la combattre en la baignant avec de l'eau bien fraîche. Comme cela ne suffisait pas, nous vous avons appelée et pendant ces derniers instants, elle…

Elle avait fait des convulsions et son cœur s'était arrêté.

— Quelle était sa température, la dernière fois que vous l'avez prise ?

— Quarante.

— Il me faut de l'épinéphrine, ordonna Shanna sans cesser de courir.

L'infirmière s'engouffra dans la pharmacie pendant que la jeune femme poussait la porte de la pédiatrie juste au moment où Ben faisait irruption dans la salle, de l'autre côté. Une infirmière et un bénévole du village avaient commencé la réanimation. Ben prit le laryngoscope et une sonde endotrachéale sur le chariot, et en quelques secondes, celle-ci fut en place.

— Je m'occupe de la ventilation, dit l'infirmière.

Aussitôt, Shanna commença la réanimation cardiaque

pendant que Ben préparait le défibrillateur au cas où le cœur de Maritza ne retrouverait pas son rythme de lui-même.

— J'ai demandé de l'épinéphrine, expliqua Shanna en reculant pour lui permettre de placer les électrodes. Mais je préférerais ne pas interrompre la réanimation pour lui faire une injection si ce n'est pas absolument nécessaire.

— Pourquoi ?

— A cause des effets secondaires. A Brooks, nous suivons les recommandations internationales. La réanimation cardiaque doit être rapide et comporter le moins d'interruptions possible, y compris pour administrer des remèdes. Mais vous le savez déjà, Ben, puisque vous avez écrit un article à ce sujet.

— Vous l'avez lu ?

— J'en ai lu plusieurs.

Shanna était prête à s'écarter quand Ben tenterait une cardioversion pour rétablir le rythme sinusal. Lorsque ce fut le moment, elle cessa les compressions thoraciques pendant une fraction de seconde. Levant les yeux vers l'écran, elle vit le tracé sinueux de la fibrillation ventriculaire prouvant que le cœur n'assurait pas sa fonction de pompe.

— On dégage ! dit-elle à l'infirmière.

Ben avança et administra à la petite patiente le premier choc électrique. Tout le monde retint son souffle, mais le rythme cardiaque restait désorganisé. Shanna allait reprendre la réanimation quand le premier pic normal apparut sur l'écran, suivi d'un second puis d'un troisième.

— Arrêtez la ventilation, ordonna Shanna.

Elle ausculta la fillette, sentit le cœur qui battait, la respiration qui gonflait la poitrine… Maritza n'était pas encore réveillée, mais elle revenait à la vie.

— Maintenant, on va la faire transférer, dit Ben. Les parents vont m'écouter, ou bien je l'emmène moi-même à Buenos Aires.

— Nous n'avons pas eu le temps de les prévenir, dit l'une des infirmières.

Ben jeta un coup d'œil par la fenêtre. Les lumières du village formaient comme un halo doré dans la nuit.

— Pas de problème. J'irai les voir chez eux. Ça vous dirait de faire une petite promenade avec moi, Shanna ?

Il demanda ensuite au Dr Francis de bien vouloir veiller sur Maritza en son absence.

Quelques instants plus tard, alors qu'ils approchaient de la maison des Costa, la jeune femme se tourna vers Ben.

— Cette fonction de leader ne vous convient pas vraiment, n'est-ce pas ?

— Je ne me suis jamais considéré comme tel.

— Mais vous prenez les décisions quand c'est nécessaire. Vous faites en sorte que les gens vous suivent de leur plein gré. Mon grand-père et mon père mènent leurs troupes à la baguette et ils exigent leur obéissance.

Elle passa son bras sous celui de Ben, s'attendant à ce qu'il la repousse, mais il n'en fit rien. Sans doute un étranger aurait-il pu les prendre pour des amants sortis pour une promenade du soir.

Avant de frapper à la porte des parents de Maritza, Ben se tourna vers elle.

— Nous avons vécu une folle journée, mais...

— Mais nous avons survécu et nous ferons face à la suivante, dit-elle en s'écartant de lui.

— Sans doute, mais sachez que je me réjouis de votre présence. Quelles que soient les raisons de votre venue, je suis content que vous soyez là.

— Moi aussi. Rien ne se passe comme je m'y attendais, mais c'est bien.

— A quoi vous attendiez-vous ?

— Je ne sais pas, dit-elle en riant. Peut-être un hôpital

Brooks miniature, avec quelques animaux de la jungle pour faire bonne mesure.

— Vous pourrez les rencontrer… En revanche, Caridad est un anti-Brooks. Quoi qu'il en soit, j'espère qu'en dépit de mes sautes d'humeur, vous envisagez de rester quelque temps parmi nous, parce que…

Il la regarda en face avant de conclure :

— … nous formons une excellente équipe.

— C'est vrai, murmura-t-elle en faisant un pas vers lui.

— Notre relation professionnelle est très réussie, murmura-t-il.

— Très réussie, répéta-t-elle en le fixant dans les yeux.

Quand le père de Maritza ouvrit la porte, il les trouva en train de s'embrasser passionnément. Un baiser plutôt plaisant, songea Shanna au moment où la lumière jaune du porche s'allumait. Plus plaisant que tous ceux qu'elle avait échangés jusqu'alors… Mais venant d'un homme qui pouvait le regretter à la seconde suivante.

7

Le lendemain, la vie avait repris son cours normal... sauf que Shanna avait les nerfs à vif chaque fois qu'elle croisait Ben qui se contentait d'un petit signe de tête. Elle ne s'était pas trompée... Il regrettait de l'avoir embrassée.

Mais sa journée était tellement chargée qu'elle n'avait guère le temps de penser à ce baiser. Ses patients atteints de fièvre jaune se remettaient tout doucement et Maritza avait été hospitalisée à Buenos Aires, comme le souhaitait Ben. Les médecins affichaient un optimisme prudent à propos de ses chances de guérison.

Une douzaine de patients attendaient Shanna à la consultation, et elle songea que si elle ne prenait pas une tasse de thé maintenant, l'occasion ne se présenterait pas avant plusieurs heures. Elle gagna donc la salle de repos et posa la bouilloire remplie d'eau sur une plaque électrique. Elle déposait un sachet dans une tasse quand un bruit de pas se fit entendre. Elle n'eut pas besoin de se retourner pour savoir qui était là.

— Je ne vais pas m'excuser, même si je me suis comporté comme un idiot, dit Ben.

— Vous souhaitez peut-être que ce soit moi qui vous demande pardon ? Parce que si j'en crois la façon dont vous m'évitez...

— Ce n'est pas le cas. Je me demande seulement comment je vais gérer cette situation.

— Ce n'était qu'un baiser, Ben. Les gens font ça tout le temps.

En réalité, cette brève étreinte l'avait bouleversée, mais il était inutile de le préciser.

— Pas moi.

Evidemment ! Ben préférait se voiler la face, sauf que c'était bien lui qui l'avait prise dans ses bras. Et d'une manière très possessive. Etre possédée par Ben... Elle aimait bien cette idée.

Elle se retourna pour le fixer dans les yeux.

— Cela me rappelle le soir où Jimmy Barstow m'a raccompagnée à la maison. Une fois sous le porche, nous étions tous les deux très gênés, comme peuvent l'être deux adolescents. Vous imaginez le tableau : j'y vais, je n'y vais pas... Il le fait, il ne le fait pas... Est-ce que je vais rejeter la tête en arrière ? Ouvrir la bouche ?

— Vous l'avez fait ?

Shanna fronça le nez.

— J'ai rejeté la tête en arrière, mais je n'ai pas ouvert la bouche. Malgré tout, c'était mon premier baiser et je trouvais cela très romantique.

— Laissez-moi deviner... Jusqu'à ce que la lumière s'allume.

— Pas seulement, Ben. C'était un véritable projecteur qui illuminait le jardin et la moitié de la rue. C'est alors que mon père est apparu sur le seuil de la maison, les bras croisés sur la poitrine. Il m'a semblé qu'il faisait dix fois sa taille normale.

Le visage de Ben se détendit.

— Comment a-t-il réagi ?

— Je m'attendais à un tremblement de terre, et... rien ! Il m'a invitée à rentrer, a remercié Jimmy de m'avoir ramenée saine et sauve, et c'est tout.

— Vous avez été déçue ?

— Peut-être un peu... Quoi qu'il en soit, c'était sympa, hier soir. Je ne sais pas de quoi il s'agit, exactement, mais je ne voudrais pas que cela interfère entre nous parce que je suis contente de travailler avec vous.

— Je ne suis pas Jimmy Barstow et j'ai senti votre langue caresser la mienne, dit Ben d'une voix sérieuse.

Shanna frissonna à ce souvenir, mais elle sourit.

— Considérez que vous avez de la chance, en effet, puisque je ne suis jamais allée aussi loin avec Jimmy. Lui non plus, d'ailleurs.

Quand la bouilloire se mit à siffler, Shanna bénit cette distraction car oui, elle lui avait rendu son baiser avec ardeur, oui, ça lui avait plu, et oui, elle le referait volontiers.

— Je ne fais pas ce genre de choses, Shanna.

Il fit quelques pas dans la pièce et s'approcha si près d'elle qu'elle en eut la chair de poule.

— Mais vous l'avez fait, dit-elle sans se retourner.

— Nous nous sommes laissés aller une fois, mais cela ne doit pas se reproduire parce que je ne veux pas m'engager dans une liaison.

— Vous en êtes certain ? Parce que vous ne m'avez pas donné cette impression, hier.

— Je sais aussi quand je dois faire marche arrière.

— Dans ce cas, vous ratez quelque chose parce que la vie suppose qu'on s'engage, à quelque niveau que ce soit. Ce sont mes engagements qui ont fait ce que je suis, y compris mon mariage raté. Toutes les personnes que j'ai rencontrées y ont contribué. Vous avez tort de repousser ce qui peut vous toucher.

— Cela marche sans doute pour vous, comme pour la plupart des gens, d'ailleurs, mais moi, je ne vis que pour mon travail à l'hôpital. Il ne me reste rien à investir ailleurs.

— Et vous vous en contenterez jusqu'à la fin de votre existence ?

— En tout cas, je m'y suis résigné. C'est mon choix.

— C'est dommage parce que tout le monde y perd... Les gens qui vous entourent, vous, moi...

Ben ne dit pas un mot lorsqu'elle prit sa chope de thé et quitta la pièce. Si son cœur battait la chamade, elle marchait d'un pas ferme parce que Ben la regardait. Comment un seul petit baiser pouvait-il avoir de telles répercussions ? Aucun homme n'avait éveillé en elle l'incertitude mêlée d'excitation qu'elle avait ressentie durant cette brève étreinte. Qu'allait-elle faire, maintenant ?

Rien. Il avait été parfaitement clair... Il était marié avec son travail. Quant à elle, elle ne parvenait pas à aligner deux pensées sensées depuis des semaines. Comment savoir si ce qu'elle éprouvait pour Ben était réel ?

En attendant, elle devait se rappeler qu'il lui offrait une solution temporaire. Si elle gardait ses distances, il n'y aurait aucun problème. Ce serait d'autant plus facile que c'était ce qu'il voulait aussi.

— Non, je vais bien.

Parler avec son grand-père équivalait à parler à un mur. Il n'entendait que ce qu'il voulait entendre et, en l'occurrence, cela n'avait rien à voir avec ce qu'elle lui disait. A sa décharge, c'était un grand médecin, doté d'un instinct remarquablement sûr. En revanche, la petite fille qui aurait voulu grimper sur les genoux de son grand-père pour qu'il lui raconte une histoire avait été frustrée.

Parfois, il avait passé une soirée à expliquer à une enfant de six ans comment effectuer une endoprothèse coronaire. En guise de nounours, elle serrait dans ses petites mains un cœur humain de plastique.

— Je suis en Argentine, maintenant, dit-elle.

Elle adressa un signe de la main à Ben qui passait la tête dans l'embrasure de la porte pour voir qui occupait la ligne téléphonique dans son bureau avant d'entrer.

— C'est un pays magnifique, grand-père, continua-t-elle. Les gens sont sympathiques et la nourriture délicieuse. Les soins médicaux sont d'une grande qualité.

Comme s'il allait s'intéresser à quoi que ce soit, en dehors de son monde !

— C'est absurde, Shanna !

Miles Brooks parlait si fort que Ben fit la grimace à l'autre bout de la pièce.

— Tu perds ton temps, poursuivit-il, et je ne suis pas un homme très patient, Shanna. Nous avons un hôpital à gérer, ici, et nous ne pouvons pas te garder ton poste pendant que tu te cherches toi-même, ou quelque chose de ce genre.

Shanna regrettait que Ben écoute cet échange, mais elle ne pouvait utiliser son portable puisqu'il n'y avait pas de réseau. Cependant, elle ne s'attendait pas à ce qu'il écoute la conversation, les bras croisés sur la poitrine.

— Je ne me cherche pas moi-même, grand-père. Je veux simplement voir des choses que je n'avais jamais eu le temps de voir auparavant.

C'était un demi-mensonge. Elle avait entrepris ce voyage pour se réconcilier avec elle-même, mais était-ce avec celle qu'elle était ou avec celle qu'elle devait être ?

— Pendant que tu satisfais ton caprice, nous devons travailler davantage pour te remplacer, répliqua Miles Brooks. C'est irresponsable et injuste, Shanna. Tu as des responsabilités envers ta famille et l'hôpital. Bientôt, le temps que nous t'avons accordé sera écoulé.

Shanna ferma un instant les yeux. Elle connaissait le discours de son grand-père par cœur, la moindre de ses inflexions tandis qu'il lui expliquait dans le détail à quel point elle le décevait.

Lorsqu'elle raccrocha, il semblait à Shanna qu'elle était passée dans une essoreuse. Ce n'étaient pas les reproches de son grand-père qui l'affectaient le plus, mais le fait que Ben les avait entendus et qu'il pouvait les croire fondés.

— C'est fait..., dit-elle. Nous avons lavé notre linge sale en votre présence jusqu'à la plus petite tache.

— Ce n'est pas quelqu'un de très bienveillant, commenta Ben. Le jour où j'étais assis en face de lui et qu'il me harcelait de questions, je me suis dit que j'aurais préféré me faire rouer de coups. Comment vous sentez-vous ?

— J'ai un peu l'impression d'avoir été passée à tabac, mais j'y suis habituée. Mon grand-père cherche à bien faire...

— Pour l'hôpital ou pour vous ?

— C'est la même chose, à ses yeux. Dans ma famille, c'est une réalité qu'on assimile en même temps qu'on apprend à marcher. Ce n'est pas nécessairement négatif, Ben. Je ne me plains pas car je n'étais même pas malheureuse. Simplement, nous n'étions pas... dans la norme et, parfois, il m'arrive de penser que la norme doit être bien agréable.

— Vous êtes un bon médecin, Shanna. Il a hâte que vous reveniez, et je peux le comprendre.

— C'est justement le problème. S'il souhaite mon retour, c'est parce qu'il veut gagner. Il faut que tout se passe comme il l'entend.

— Ou bien, il désire que sa petite-fille soit auprès de lui.

Shanna réfléchit un instant. Elle aurait bien voulu croire que l'affection pesait dans la balance, mais elle savait que c'était faux.

— Il exècre que la situation lui échappe. Mais je ne le déteste pas, Ben. Mon grand-père est un grand homme à l'origine de nombreuses avancées en cardiologie. Il a aussi fondé de nombreux hôpitaux. Je l'admire et je suis fière de lui, mais...

— Mais l'héritage est trop lourd ? suggéra Ben.

— Quelque chose comme ça... surtout si l'on cherche sa propre voie dans le domaine de la médecine. Ma famille se concentre tellement sur sa tâche qu'il n'y a de place pour rien d'autre. Mon père occupe ses loisirs à faire des conférences, ma mère, qui est oncologue, à publier des articles sur la dernière découverte en matière de cancer... Vous connaissez déjà mon grand-père. Ma grand-mère est la doyenne d'une école d'infirmières. Mon arrière-grand-père a fondé le Centre Médical Brooks et mon arrière-grand-mère a initié la formation des infirmières dans cette partie du pays... C'est ainsi qu'ils fonctionnent et c'est l'univers dans lequel ils m'ont cloîtrée avec les meilleures intentions du monde. Mes frères et moi avons été privés de toutes les activités pratiquées par les enfants de notre âge parce que aux yeux de mes parents, le monde des Brooks est parfait.

— Mais ce n'est pas ce que vous pensez.

Shanna haussa les épaules.

— On y est certainement plus à l'abri qu'ailleurs et ceux qui y vivent sont heureux. Je n'ai jamais cru que les membres de ma famille étaient malheureux, Ben.

— Ce qui implique que vous...

— J'essaie de découvrir si je suis vraiment taillée dans le même bois. Avant de repartir, je dois me connaître vraiment.

Elle jeta un coup d'œil à sa montre.

— Mais pour l'instant, je vais examiner Beatriz Rivas, ajouta-t-elle. Son bébé se présente par le siège et je veux savoir si je pourrai le retourner avant l'accouchement.

— Une VME ?

— Une version par manœuvre externe est relativement facile à effectuer. Dans le meilleur des cas, j'éviterai peut-être à Beatriz de subir une césarienne.

— Vous l'avez déjà fait ?

— Oui, et j'ai eu beaucoup de chance car cela ne marche pas toujours. A mon avis, cela vaut toujours le coup d'essayer. Et puisque vous disposez de ce magnifique échographe…

— Il faut remercier mon beau-frère. Quand il a su qu'Amanda était enceinte, il a commandé la machine la plus perfectionnée. Autrement, je me serais installé au pied du lit de Beatriz et j'aurais joué de l'ukulélé en espérant que le bébé se retourne, charmé par ma musique.

Shanna se mit à rire.

— Je ne vous aurais pas rangé dans la catégorie des musiciens.

— Je ne le suis pas, mais ma mère a toujours été convaincue que j'avais un don en la matière. Quand j'étais adolescent, elle m'a acheté une guitare électrique.

— J'aurais aimé vous entendre…

— Je peux vous jurer que personne n'appréciait mes compositions. Pour ma part, j'adorais faire vibrer les vitres et jouer avec les nerfs du voisinage.

Shanna imagina un Ben, portant un jean moulant et un T-shirt étriqué, passionné par autre chose que la médecine.

— Pourquoi souriez-vous ? demanda-t-il.

— Je pensais à l'accouchement de Beatriz, dit-elle, préférant mentir. Elle est à trente-sept semaines et j'espère que la naissance du bébé ne va pas tarder. Vous voulez m'aider à le retourner ?

— Accordez-moi cinq minutes…

— D'accord. Et Ben, à propos de ce baiser…

Elle l'avait souhaité, mais elle ne le lui dirait pas.

— … je ne suis pas venue pour nouer une relation amoureuse, si c'est ce qui vous inquiète. Nous avons fait une erreur, mais c'est terminé.

— En tout cas, je suis désolé de vous imposer mes revirements.

— Une chose est sûre, vous avez élevé cette tactique au rang d'un art, répliqua-t-elle en riant.

— C'est le résultat d'une longue pratique.

Mais cette pratique lui apportait surtout de la souffrance, Shanna le voyait dans ses yeux. La tristesse de Ben la peinait profondément et c'était précisément ce que son grand-père lui reprochait : être trop émotive pour faire carrière au Centre Médical Brooks. Jusque-là, rien n'avait changé et, pour la première fois, elle se demanda si elle voulait réintégrer sa place parmi les siens.

— Ceci étant réglé, accepteriez-vous de m'accompagner au village, un peu plus tard ? reprit Ben. En tout bien tout honneur, bien entendu. On pourrait dîner ensemble en évitant les sujets interdits et écouter de la musique.

— Le temps imparti à la soirée ne sera pas limité ?

Ben battit des paupières, mais sourit.

— D'accord, je l'ai bien mérité.

Shanna haussa comiquement les sourcils.

— En effet. En attendant, si on s'occupait de mettre ce bébé dans la bonne position ? Ensuite, nous verrons bien ce qu'il adviendra.

— Cela me paraît raisonnable.

— Vous avez cinq minutes, Ben, dit-elle avant de sortir dans le couloir.

Et elle en avait autant pour recouvrer ses esprits car Ben venait de lui « filer un rencard », qu'il en ait eu l'intention ou non. Et maintenant qu'elle pouvait l'imaginer vêtu comme une rock star, son cœur battait encore plus vite à la perspective de cette soirée.

Quand Ben entra dans le box, la patiente était à quatre pattes sur le sol et Shanna, assise près d'elle, tenait une brosse à dents électrique à la main. D'autres médecins se seraient posé des questions, mais Ben se contenta d'observer ce que sa collègue allait faire.

— J'ai commencé les exercices de bascule du bassin hier, expliqua-t-elle. Je n'aime pas donner des anesthésiants avant l'accouchement, pas même des tocolytiques, c'est-à-dire des produits relaxants, parce qu'ils peuvent augmenter le rythme cardiaque de la mère et du bébé tout en faisant chuter la tension de la mère. Ils risquent aussi de la rendre anxieuse et nauséeuse, voire même de déclencher l'accouchement. J'essaie donc une approche plus naturelle.

— J'entends bien, mais à quoi sert la brosse ?

— Des études ont montré qu'une stimulation vibroacoustique peut inciter le fœtus à s'écarter de la colonne vertébrale de la mère, rendant ainsi le retournement plus facile. Je me suis aperçue que le bourdonnement de cet appareil faisait très bien l'affaire.

— Mais pas l'ukulélé ?

— Désolée, mais je n'ai jamais essayé ce moyen.

Souriante, Shanna actionna le minuscule moteur.

— Je peux me tromper, mais je ne crois pas qu'on approuverait ce genre de méthodes, à Brooks, dit Ben.

— Exact. Si un membre de ma famille voyait ça... Disons que votre entretien houleux avec mon grand-père tiendrait de la promenade au parc, en comparaison. Donc, maintenant...

Hochant la tête, Ben quitta le box pour respecter l'intimité de la patiente. Un instant plus tard, il entrait dans son bureau et s'asseyait derrière sa table de travail, content de pouvoir s'accorder un instant de répit. Huit à dix heures de sommeil auraient sans doute suffi à lui redonner des forces, mais son emploi du temps ne lui permettait pas de les prendre. Deux de ses médecins étaient partis la veille et personne n'était venu les remplacer.

Il se promit que, dans une semaine, quand son nouveau

personnel serait opérationnel et la fièvre jaune endiguée, il se reposerait. Fermant les yeux, il évoqua les jours bénis qu'il avait passés en Toscane.

— Ben ! chuchota Shanna à son oreille. Réveillez-vous ! Tout va bien ? ajouta-t-elle en lui pressant gentiment l'épaule.

Il lui fallut un instant pour recouvrer ses esprits. Shanna avait posé la main sur son front, telle une mère qui vérifie la température de son enfant.

— Quand je faisais mes études de médecine, on m'a appris à faire une petite sieste chaque fois que l'occasion se présente.

— Vous avez de la fièvre, dit-elle.

Il recula dans son siège pour s'écarter d'elle.

— Il y a une différence entre avoir chaud et être fiévreux. Il suffit que je retire une couche de vêtements.

— Pourquoi niez-vous les faits, Ben ?

— Je ne nie rien du tout.

— Vous êtes crevé, alors que vous revenez à peine de vacances.

— C'est ça qui m'a fatigué, pas le travail.

— Ne dit-on pas que les médecins font les pires malades ?

— Cela sous-entendrait que je suis malade, ce qui n'est pas le cas. J'admets qu'une bonne nuit de sommeil me ferait du bien, mais rien de plus.

— Vous en êtes certain ? Parce que je peux me débrouiller seule si vous avez besoin d'un jour ou deux de congé. Si nécessaire, vous pourriez dormir au village pour mieux vous reposer.

Elle le fixa pendant si longtemps qu'il se demanda si elle évaluait son état de santé ou si elle cherchait à discerner le mensonge dans ses yeux, comme sa mère le faisait.

— Ben, je sais que vous ne me dites pas la vérité, reprit-elle enfin.

Il était sûr de ne pas être malade, même si un médecin

compatissant pouvait penser le contraire. Il connaissait son corps, ses bons comme ses mauvais côtés. Pour l'instant, il était simplement épuisé.

Shanna s'inquiétait trop pour lui… Mais cette sollicitude était agréable venant de quelqu'un qui ne faisait pas partie de son cercle habituel, constitué par sa mère, sa sœur et même son beau-frère. Il ne devait pas s'y habituer, cependant, parce que Shanna ne faisait que passer, qu'il le veuille ou non.

Aujourd'hui, toutefois, cette idée ne lui plaisait pas du tout.

8

Ben avait décidé de faire totalement confiance à Shanna en ce qui concernait la version par manœuvre externe.

— Par où commençons-nous ?

Shanna lui lança un regard perçant, comme si elle était capable de voir en lui, puis elle hocha finalement la tête.

— Je voudrais que vous surveilliez le rythme cardiaque du bébé et les signes vitaux de Beatriz.

Elle adressa à la future mère un sourire empreint d'une assurance mêlée de sollicitude. C'était ce qui faisait d'elle un excellent médecin, songea Ben. Il aimait la façon dont elle s'impliquait dans les soins qu'elle prodiguait à ses patients. On avait du mal à trouver des praticiens aussi passionnés par leur métier, surtout s'ils venaient d'hôpitaux tels que le Centre Médical Brooks. Il comprenait parfaitement pourquoi sa famille voulait la récupérer.

— Entendu, dit-il seulement.

— Vous êtes prête, Beatriz ? demanda Shanna.

— *Sí*, Doc Shanna, répondit cette dernière.

— Très bien. Pour commencer, détendez-vous. Ce ne sera peut-être pas très agréable, mais vous avez déjà eu deux enfants et ce ne sera rien comparé à ça.

Tendant la brosse à Beatriz, elle lui demanda simplement de la tenir près de la tête du bébé. Puis elle palpa le ventre de la jeune femme jusqu'à ce qu'elle trouve la position exacte de l'enfant.

— Bébé Rivas est bien installé contre le bassin de sa maman, expliqua-t-elle. Il faudrait hausser la tête du lit, pour l'en éloigner, Ben, mais j'imagine que vous n'avez pas ce genre de matériel ?

Il se mit à rire.

— Je vais m'arranger pour l'incliner avec deux gros bouquins de médecine.

Deux minutes plus tard, c'était chose faite mais Ben se promettait d'acquérir des lits plus modernes. Dans toute l'Argentine, les hôpitaux lui offraient volontiers le matériel dont ils se débarrassaient. C'était d'ailleurs de cette façon qu'il avait lancé Caridad, grâce à l'équipement que lui cédaient les autres centres médicaux.

Mais, pour l'instant, il observait Shanna avec une admiration croissante. Tout en palpant le ventre de Beatriz, elle détournait son attention en parlant avec elle des prénoms de bébés.

— Très bien, dit-elle. C'est comme si je vous massais le ventre, mais en exerçant une pression plus forte.

Après avoir versé de l'huile sur son abdomen, elle commença à le malaxer, une main à l'endroit où devait se trouver la tête du bébé, l'autre sur son derrière.

— Cela ne va pas être très agréable, reprit-elle. Si c'est trop pénible, dites-le-moi, nous vous donnerons quelque chose contre la douleur.

— Les signes vitaux sont bons, intervint Ben.

Shanna gérait si bien la situation que sa propre présence lui paraissait presque superflue.

— De ce côté-ci, quelqu'un m'envoie de fameux coups de pied, annonça-t-elle avec un sourire. Si j'en crois leur vigueur, nous avons là un futur footballeur.

Se penchant sur sa patiente, elle aida le bébé, grâce à

une rotation douce, à se retrouver tête en bas. S'arrêtant un instant, elle visionna sa position en parcourant le ventre de Beatriz avec la sonde de l'échographe.

— Pas trop mal, murmura-t-elle en reculant pour que Ben jette un coup d'œil à l'écran.

— Il va reprendre sa position initiale dès que vous aurez effectué le retournement, non ? demanda-t-il.

— C'est ce que font habituellement les plus têtus, à moins que nous ne les maintenions tête en bas pendant un moment. C'est une bataille d'endurance, mais je l'ai toujours remportée, Ben, ajouta-t-elle plus sérieusement. Je combats l'entêtement, ainsi que tout ce qui se met en travers de mon chemin.

— Que voulez-vous dire ?

— C'est un avertissement, voilà tout. Vous êtes pâle, vos yeux sont cernés et je suis décidée à m'occuper de vous, si vous ne le faites pas vous-même. Vous avez besoin de repos.

— C'est un garçon ? demanda Beatriz, totalement inconsciente de l'escarmouche qui se déroulait auprès d'elle.

Le visage de Shanna s'adoucit.

— C'est mon impression. Il est grand et vigoureux, comme doit l'être un futur footballeur. Vous voyez, à gauche ? C'est sa tête. Et sur la droite... Je confirme, c'est bien un garçon, Beatriz. C'est ce que vous vouliez ?

La patiente eut un large sourire.

— Nous avons déjà deux filles, alors un fils sera le bienvenu.

— Cherchons donc des prénoms de garçons..., dit Shanna en pressant plus fort sur le ventre de Beatriz.

Le bébé finit par collaborer et se mettre dans la bonne position. Inspirant profondément, Shanna malaxa encore plus vigoureusement le ventre de la mère.

— Esteban, Geraldo, Miguel, Rafael, Raoul…

Elle laissa échapper un long soupir en effectuant une dernière poussée puis hocha la tête.

— Et Nehuen, ce qui signifie *fort*, conclut-elle. Parce que votre bébé l'est assez pour livrer un véritable combat, Beatriz.

Faisant signe à Ben de poser les mains sur le ventre de la patiente, elle ajouta :

— Docteur Têtu, je vous présente Bébé Têtu. Vous devriez bien vous entendre, tous les deux. Quant à moi, mon dos réclame du repos, alors si vous voulez bien maintenir cet enfant en place pendant quelques minutes, Ben ?

Il obéit, tandis que Shanna effectuait encore quelques manipulations pour l'installer dans la position exacte qu'elle souhaitait.

— Votre technique est… parfaite, il n'y a pas d'autre mot. D'ordinaire, cette pratique est plus agressive et stressante, pour autant que je le sache. Vous avez appris ça à Brooks ?

Shanna s'étira pour soulager son dos.

— Non. Nous avions un service d'obstétrique qui accueillait les patientes que j'envoyais aux experts. Pendant mon internat, j'ai quand même assisté une première fois à une version par manœuvre externe. J'ai trouvé la procédure très rude… Trop, même. Le médecin n'établissait aucune relation avec la patiente, il n'utilisait pas d'huile. Comme le bébé refusait de coopérer, il a eu recours aux médicaments, ce qui, selon moi, ne doit pas être systématique. De façon générale, je pense que moins on drogue les patients, mieux c'est. Quoi qu'il en soit, ce jour-là, j'ai pu constater à quel point la future mère avait peur et combien le praticien semblait peu se soucier de ses besoins. La première fois que j'ai procédé à un retournement de ce genre, j'ai fait exactement le contraire et ça a marché. Par la suite, j'ai appliqué mes propres méthodes.

— En tout cas, le fils de Beatriz a rendu les armes pacifiquement. Il est dans la bonne position.

Par ailleurs, la patiente avait fini par s'assoupir à la fin d'une procédure souvent traumatisante. Une fois de plus, Ben se demanda ce qui avait pu inciter Shanna à quitter son poste dans un hôpital réputé pour exercer au fin fond de la jungle. Auparavant, il avait imaginé qu'elle avait pu agir sous le coup d'une impulsion ou parce qu'elle avait la bougeotte. Il se pouvait aussi qu'elle fût en quête d'elle-même, tout comme lui. En ce qui le concernait, cette recherche ne l'avait jamais mené nulle part…

Mais Shanna était une femme étrange. Tout ce qu'elle faisait était mûrement pesé et le fruit d'une motivation précise. Rien, en elle, ne révélait qu'elle fût perdue ou confuse.

Ben aurait voulu croire qu'elle était là pour des raisons purement humanitaires, mais il était persuadé qu'il y avait une autre explication. Qu'est-ce qu'elle ne lui disait pas ?

— Je crois que le but est atteint, dit-il enfin. Je vais chercher un bénévole et lui demander de s'asseoir près de Beatriz pendant deux heures. Si rien ne change, nous pourrions la renvoyer chez elle.

— Je ne refuserais pas une pause, répliqua Shanna.

Quelques minutes plus tard, Consuela Alvarez s'asseyait près de Beatriz et leur faisait signe de s'en aller. Une fois dans le couloir, Ben se tourna vers Shanna.

— Vous avez toujours mal au dos ?

— Oui. C'est le résultat d'un ancien traumatisme et ce qui m'a empêchée d'être chirurgien.

— Cette spécialité ne vous conviendrait pas… Vous appréciez trop le contact avec les patients.

— Exact, mais dans la famille Brooks, on ne se contente pas d'être généraliste. C'est bon pour les autres.

— Comme moi, par exemple ?

— Ne vous méprenez pas, Ben, je ne méprise pas les

généralistes et c'est d'ailleurs la voie dans laquelle je me suis engagée. En revanche, vous auriez fait un bon chirurgien.

— J'y ai pensé pendant un temps, mais je ne me voyais pas enfermé au bloc toute la journée. Je recherchais la variété, ce qui m'a conduit à faire ce que je fais. J'apprécie d'être dans un endroit où les attentes sont différentes. Ici, les gens sont contents si on leur administre de la pénicilline. Pendant mon internat, quand j'en prescrivais à un patient, on me disait que mes méthodes étaient périmées et qu'il y avait de meilleurs antibiotiques, plus coûteux, évidemment. Votre version par manœuvre externe est un autre exemple. Vous avez utilisé une procédure simple qui a fonctionné. J'aime l'idée que la médecine peut encore être pratiquée de cette façon.

— J'ai l'impression que vous incarnez parfaitement le médecin de famille.

— Et j'en suis fier. Les patients veulent que leur docteur s'intéresse vraiment à eux.

— Et vous avez trouvé le bonheur dans un village situé au milieu de la jungle... Je vous envie, Ben Robinson.

Shanna eut une expression empreinte de mélancolie et Ben comprit alors ce qui la torturait. Quelque part, Shanna était déchirée entre deux idéaux et elle s'efforçait de découvrir celui qu'elle préférait. C'était sans doute une interprétation un peu simpliste, mais il aurait parié son meilleur stéthoscope que son problème venait de ce conflit intérieur.

— Pour moi, le choix a été simple, dit-il. J'ai essayé, cela m'a semblé bien et je me suis adapté.

— Je suis contente de savoir qu'il y a des gens qui exercent de cette façon, répondit Shanna en souriant. Aux USA, si vous manifestez la moindre compassion, les collègues vous prennent pour une folle. Vous faites une visite à domicile ? Personne ne le fait plus ! Vous prescrivez des remèdes simples ? Certaines pharmacies ne les ont même plus en stock. Mais le médecin de famille a sa clientèle et il est heureux puisqu'il fait son métier comme il l'entend. Vous n'êtes pas d'accord ?

— Je ne sais pas, Shanna. C'est à vous de me le dire.

De nouveau, une ombre passa sur le visage de la jeune femme.

— Quand j'étais encore étudiante, j'ai accompagné mon père en Europe, où il faisait une tournée de conférences. C'est l'universitaire de la famille et, la plupart du temps, il se rendait dans les grandes villes. Pourtant, en Angleterre, il est allé voir un ancien collègue qui vivait dans un petit village dont j'ai oublié le nom, situé au bord de la mer, et composé de vieilles maisons pittoresques. Les gens vivaient de la pêche, ils travaillaient dur, mais ils semblaient heureux. Il y avait même un chapelier, Ben, vous vous rendez compte ?

Les yeux brillants d'émerveillement, Shanna s'interrompit un instant avant de poursuivre :

— C'était la première fois que je sortais de mon propre univers et j'étais très impressionnée par ce mode de vie. J'ai fait la connaissance de ce confrère de mon père, le Pr Augustus Aloysius Copp. C'était un éminent spécialiste de la chirurgie qui possédait de nombreux diplômes, pourtant il vivait dans ce petit bourg. Sa trousse à la main, il quittait sa vieille maison et rendait visite à ses patients. Mon père et moi, nous l'avons suivi pendant une journée. Le travail était difficile pour lui qui n'était plus très jeune, il devait marcher beaucoup et je n'arrêtais pas de me demander pourquoi il avait fait ce choix. Toute ma vie, je n'avais vu qu'une seule façon de pratiquer la médecine et, pour la première fois, je prenais conscience qu'il y en avait une autre. Le Dr Copp était heureux, ses patients le respectaient et il les aimait.

— Mais ce n'était pas pour vous.

— En tout cas, pas au Centre Médical Brooks.

— Pourtant, vous êtes là, avec une brosse à dents électrique dans votre trousse, et vous faites régulièrement des visites à domicile. Tout prouve que vous aimez cela, Shanna. Comment l'expliquez-vous ?

— Je ne sais pas. Je veux peut-être comprendre comment le monde a besoin des Drs Copp et Robinson.

— Il a aussi besoin du Dr Brooks, où qu'elle décide de vivre.

— Si elle le décide un jour...

— Vous y parviendrez, Shanna. Mais en attendant...

Il s'arrêta devant un box et poussa la jeune femme à l'intérieur.

— Qu'est-ce que...

Il leva les mains.

— Je suis très bon pour soigner les dos douloureux. Je ne vous guérirai pas, mais je vous soulagerai pour un moment.

— Vraiment ? Vous feriez ça pour moi ?

Sans lui laisser le temps de répondre, elle alla s'allonger sur la table d'examen.

— On ne dira pas que je ne saisis pas les bonnes occasions au vol quand elles se présentent. Vous voulez que j'enlève ma chemise, Ben ?

Il toussota, manquant s'étrangler.

— Votre chemise ?

— Pour le massage ?

Ben eut du mal à demeurer impassible. Mauvaise idée, que ce massage !

— C'est inutile, dit-il.

— La douleur se situe au bas du dos, juste au-dessus du coccyx...

Shanna retint sa respiration quand les doigts de Ben se posèrent exactement sur le point douloureux.

— Oui... C'est exactement là.

— Racontez-moi d'abord l'origine de votre mal de dos.

— Après avoir jeté cette chaise à travers la fenêtre, j'ai décidé que je voulais prendre des leçons d'équitation. Mes parents ont refusé, sous prétexte qu'ils n'avaient pas le temps de me conduire au centre équestre, que c'était trop dangereux et que j'avais autre chose à faire de mon temps libre. A chaque argument, ils m'opposaient un contre-argument, ajouta Shanna en riant. C'était la première fois qu'ils faisaient front commun. D'habitude, ma mère m'envoyait à mon père, qui me renvoyait à ma mère et ainsi de suite. J'obtenais en général ce que je voulais parce qu'ils se fatiguaient avant moi de ce va-et-vient.

— Ce qui a fait de vous une jeune personne volontaire, dit Ben en pressant de nouveau le point douloureux.

— Ouille ! Vous savez ce qui fait mal aux filles, à ce que je vois.

— Vous parlez de votre dos ou de votre amour-propre ?

— Des deux. Mais vous avez raison, j'étais plutôt obstinée, dans mon genre. Toutefois, j'étais face à un mur et je ne savais pas trop comment réagir. J'ai donc ignoré l'interdiction pour n'en faire qu'à ma tête. L'une de mes amies possédait une belle jument alezane confiée à une écurie locale. Après l'école, je l'y accompagnais chaque fois qu'elle allait la panser ou la monter.

— Elle vous a prêté sa jument ?

— Pas exactement... Ouille ! Vous le faites exprès ? Vous voulez me faire mal ?

— Vous êtes très tendue.

Parce que le contact de ses doigts, sur sa peau, était... délicieux.

— Je suis stressée chaque fois que je parle de ma famille, dit-elle.

— Il s'agissait seulement du cheval de votre amie, remarqua Ben.

— Du mien, rectifia Shanna. Il y avait un beau cheval gris à vendre… Je l'ai acheté.

— Vous aviez autant d'argent que ça, à cet âge ?

— Non, mais je connaissais la combinaison du coffre de mon père. J'en prenais un peu à la fois, en espérant que personne ne s'en apercevrait. J'ai fini par en avoir suffisamment pour mettre mon plan à exécution.

Ben se mit à rire.

— C'était du vol. D'où je viens, on vous aurait mise dans une maison de correction.

— D'où je viens aussi, mais cela ne s'est pas passé ainsi. Je me suis payé des leçons d'équitation, ainsi que la pension de mon cheval. Cela a duré un an… jusqu'à ce que je tombe sur une clôture et que je me fracture le dos. Ce n'était pas très grave, mais suffisamment sérieux pour qu'on m'emmène à l'hôpital en hélicoptère, lequel s'est posé sur l'héliport du Centre Médical Brooks. J'avais pourtant précisé que je voulais être hospitalisée ailleurs ! Mais le pilote avait déjà envoyé un message radio et j'ai été accueillie par ma famille au grand complet.

— Votre secret était éventé !

— Dans les grandes largeurs ! J'ai dû rendre mon cheval et affronter les conséquences de mes actes. Pour rembourser ma dette à mon père, on m'a obligée à assurer les pires corvées, à l'hôpital.

— Comme de vider les bassins ?

— Ce n'était pas le pire.

Tout en riant, Ben lui massa le dos un peu plus haut.

— Quelque chose me dit que cela n'a pas sonné la fin de votre rébellion.

— En effet. J'ai eu le béguin pour mon kinésithérapeute dont les tatouages représentaient à mes yeux la liberté. Par ailleurs, il avait de gros bras musclés.

— Contrairement aux miens.

— Les vôtres sont moins impressionnants, certes, mais néanmoins très beaux.

— Comment le savez-vous ?

— Une fille remarque ce genre de choses, même sous des manches longues.

A la façon dont il lui appuya sur les épaules, elle le sentit crispé.

— Je faisais du sport, quand j'étais adolescent, marmonna-t-il. Je n'ai vu aucune raison d'arrêter.

Est-ce que cela avait un rapport avec la rééducation qu'il avait dû subir ? Elle aurait voulu le lui demander, mais il était clair qu'il refuserait d'aborder la question de ses cicatrices. Elle préféra donc revenir à sa propre histoire. Si elle se confiait à lui, il finirait peut-être par en faire autant.

— C'est comme moi, dit-elle. Je n'ai vu aucune raison de m'adoucir envers mes parents. Je me suis donc fait tatouer, mais je ne voulais pas d'un motif sombre et menaçant, comme une tête de mort ou un serpent. Puisque je m'étais cassé le dos, j'ai choisi le Djed, un dessin égyptien qui représente la stabilité et la force.

— J'imagine que vos parents ne l'ont pas apprécié, la première fois qu'ils l'ont vu.

— Je ne comptais pas le leur montrer, mais un jour que j'étais en train de lire, assise au bord de la piscine et vêtue d'un maillot de bain, ma grand-mère l'a aperçu.

— Laissez-moi deviner... Elle vous a fait une scène ?

— C'est un euphémisme. En moins de temps qu'il n'en faut pour le dire, le clan tout entier se mettait en branle. A les entendre, on aurait pu croire que je m'étais fait tatouer au milieu du front.

— Vous avez vidé encore plus de bassins ?

— Je suis devenue une championne en la matière.

— Mais vous aviez eu ce que vous vouliez, non ?

— Le tatouage ?

— Non... de l'attention. Vous êtes une jeune femme intelligente, Shanna, et je suppose qu'adolescente vous l'étiez aussi. Vous deviez savoir que vous vous feriez prendre tôt ou tard. Je pense que vous souhaitiez que vos parents découvrent vos forfaits.

Shanna n'avait jamais analysé sa rébellion de cette façon. Elle n'avait vu dans ses actes que de stupides caprices d'enfant.

— Ils étaient très occupés, dit-elle, ne sachant si elle tentait de défendre ses parents ou de se trouver des excuses.

— Et ils avaient une fille qui avait besoin qu'on s'occupe d'elle.

— Et vous pensez que je suis ici pour la même raison, n'est-ce pas ? Je suis encore cette fillette en mal d'attention, dont le voyage en Argentine est juste une façon d'aller un peu plus loin qu'un simple tatouage.

Se retournant sur la table, elle fit face à Ben.

— C'est la conclusion à laquelle vous en êtes arrivé... Que je suis une manipulatrice ?

— Absolument pas ! Je sais que vos motivations ne sont pas égoïstes, Shanna.

Il se trompait, songea-t-elle. Elle était venue pour se servir de Ben, de façon à être acceptée par sa famille et réintégrée au centre médical. Elle eut soudain honte d'avoir envisagé de prendre Ben pour modèle afin d'obtenir ce qu'elle voulait. Elle aurait dû être honnête avec lui dès le début, mais maintenant, il était trop tard. Ben n'était pas celui qu'elle avait cru. Pas du tout ! Et pour comble, elle était en train de tomber amoureuse de lui.

Si elle lui disait la vérité, il serait profondément blessé, et d'ailleurs, que lui dirait-elle ?

« Ecoutez, Ben, je vous ai suivi jusqu'ici parce que je vous prenais pour un médecin froid et dénué de toute compassion. Je voulais vous prendre pour exemple. »

Glissant sur le sol, elle se mit debout, sans toutefois se résoudre à croiser le regard de Ben.

— Ecoutez... A propos de ce soir, je ne peux pas aller au village avec vous. D'ailleurs, vous avez besoin de repos, et de toute façon, je dois m'assurer que Beatriz rentre tranquillement chez elle.

Poussant un soupir, elle secoua la tête d'un air désespéré et gagna la porte.

C'était toujours la même chose ! Dès qu'il faisait un pas vers elle, elle reculait. C'était une erreur, il le savait, et les choses avaient tourné comme il s'y attendait. Mais, parfois, il avait envie d'oublier qui il était et comment il vivait, parce que... bon sang ! Il souffrait tellement de la solitude qu'il se demandait souvent comment il pourrait affronter le jour suivant.

Il savait que Shanna partirait un jour, mais il avait voulu l'oublier, oublier son passé, tout oublier.

Pourtant, il avait plus mal qu'il ne s'y attendait. Cette fois, il n'avait pas su se blinder comme il en avait l'habitude.

Et pourquoi ?

Parce qu'il était en train de tomber amoureux, ce qui équivalait à sombrer dans des profondeurs abyssales.

Voilà pourquoi...

9

— Ils reviennent demain, expliqua Ben.

Assis à sa minuscule table de cuisine, Ben partageait un repas rapide avec Shanna. Ils sirotaient du café et mangeaient des sandwichs *di miga*, garnis avec des poivrons rouges, des tomates, de la salade et des œufs durs.

Ben se réjouissait du retour d'Amanda et de Jack, mais il craignait que sa sœur enceinte ne se jette dans le travail selon son habitude.

Bien entendu, c'était à Jack de s'en inquiéter. A bien des égards, il enviait la vie qu'Amanda construisait. Un mari, un bébé en route… Il n'aurait jamais rêvé de connaître un tel bonheur. Pourquoi se leurrer ? Le mariage, la famille et le fameux « happy end » n'étaient pas pour lui, il le savait depuis longtemps.

— Donc, si je partais, vous ne seriez pas en difficulté ? demanda-t-elle.

— Vous envisagez de partir ?

Cela ne l'étonnait pas. Shanna avait besoin d'un espace moins restreint pour s'épanouir. Il le comprenait tout en le déplorant.

— Peut-être. Je n'ai pas encore décidé.

— Vous retrouveriez vos patients, à Chicago ?

Elle secoua la tête.

— Je… euh… Je serai directrice des services administratifs.

Ben fut plus choqué que surpris.

— Qu'est-ce que cela implique ?

— Beaucoup de responsabilités. Je m'occuperai des finances de l'hôpital, je superviserai notre stratégie et je m'assurerai de la qualité des services, des soins et des programmes. Ma famille estime que le poste doit être occupé par l'un de nous.

— Dans ce cas, pourquoi êtes-vous ici, à travailler plus dur que vous n'avez sans doute jamais travaillé, soi-disant parce que vous voulez être comme moi ?

— Une dernière tentative pour savoir où est ma place, sans doute.

— Etes-vous en train de m'expliquer que vous allez retourner à Brooks et ne plus jamais revoir un patient ? C'est absurde, Shanna, parce que ce n'est pas vous. Je n'ai jamais rencontré un médecin plus soucieux de ses malades que vous. Ceux qui vous connaissent savent que vous serez très malheureuse.

— Je fais comme vous, Ben, je m'adapte aux événements.

— Sauf que je n'ai jamais abandonné ce que j'aimais le plus au monde.

— Ce n'est pas ce que je fais. Je prends simplement une autre direction.

A en croire son visage malheureux, pensa Ben, Shanna n'en avait pas la moindre envie. Pour une raison inconnue, elle était pourtant sur le point de prendre cette décision.

— Vous cherchez à vous perdre encore davantage ? demanda-t-il. Parce qu'à la seconde même où vous aurez coiffé la casquette d'administratrice, c'est ce qui va vous arriver, et je crois que vous le savez. Certaines personnes sont nées pour être de grands administrateurs, d'autres pour soigner. Vous faites partie de la seconde catégorie, et si vous l'oubliez, vous serez malheureuse jusqu'à la fin de votre vie au point d'en venir peut-être à de tristes extrémités. Comme l'alcool, les drogues et pire encore...

— Je ne peux pas être plus perdue que je le suis déjà, répliqua Shanna.

— Alors, pourquoi partir ? Nous n'avons sans doute pas tout l'équipement dont dispose Brooks, mais ici, vous savez qui vous êtes.

— Pourquoi partir ? Mais pourquoi rester ? riposta-t-elle aussitôt.

— Parce que vous aimez le travail, vous ne pouvez le nier.

— Ouais... J'aime aussi bronzer sur une plage tropicale, mais cela n'implique pas que j'y passe le reste de ma vie. Dès lors que votre équipe sera au complet, ma présence ne sera plus nécessaire.

— Nous avons toujours besoin de bons médecins, et cela ne changera sans doute jamais.

Pourquoi ne parvenait-il pas à lui dire tout simplement qu'il voulait qu'elle reste ? Qu'elle lui donnait le sentiment... de vivre ?

Parce qu'elle resterait par pitié et il ne le supporterait pas.

— Vous avez suffisamment de bénévoles, Ben.

— Sans doute, mais je suis content d'avoir quelqu'un... pour assurer la continuité des soins.

Posant son sandwich, Shanna émit un rire amer.

— C'est tout moi ! dit-elle. Ecoutez, je ne vais pas vous quitter dans la minute, si c'est ce qui vous inquiète. Je fais sans doute preuve de trop de sensiblerie avec les patients, mais je suis aussi responsable.

Ben se leva si brusquement que sa chaise bascula en arrière.

— Qui a dit que vous ne l'étiez pas ?

— Mon père et mon grand-père, ma mère et ma grand-mère ainsi que mes frères... Vous voyez, je suis celle qui ne correspond pas au moule. Cela vient peut-être de ma rébellion passée, je n'en sais rien, mais je suis certaine que vient un moment où l'on est obligé d'affronter sa vie. Je suis parvenue à ce carrefour et ma vie… est ce qu'elle est.

Se levant à son tour, elle gagna la porte. Juste avant de sortir, elle se tourna vers lui.

— J'aime Caridad, Ben. J'apprécie ce que vous faites ici. Mais, pour moi, c'est toujours le problème. Mes sentiments sont un obstacle. Vous devriez me comprendre parce que vous avez réussi à repousser l'amour si loin que vous seriez incapable de le voir, de là où vous êtes.

Elle n'avait pas voulu être cruelle, cependant ces propos le frappèrent de plein fouet. C'était juste, mais difficile à entendre… Encore plus difficile de savoir que Shanna l'avait percé à jour.

— Je m'efforce d'épargner les sentiments des autres, répliqua-t-il avec un calme forcé. Je sais ce que c'est d'être confronté à quelqu'un de défectueux et c'est ce que je suis, défectueux. Les gens peuvent avoir pitié de moi un certain temps, mais ça ne dure pas. Alors pourquoi leur imposer cette épreuve ? Pourquoi me l'imposer, alors que je sais comment ça finira ? Si vous pensez qu'ainsi je repousse l'amour, vous avez sans doute raison. Mais ce n'est pas votre cas. L'amour n'est pas un obstacle, pour vous, il fait ce que vous êtes : un médecin débordant de passion et de compassion. Abandonner cela pour la paperasserie serait une lamentable erreur.

— Que se passe-t-il quand la passion et la compassion vous empêchent d'exercer correctement votre métier ?

Maintenant, il comprenait exactement ce que sa famille lui avait fait et il en était malade.

— Vous avez dit que vous faisiez preuve de trop de sensiblerie avec vos patients…

Elle hocha la tête.

— Exact. Je suis une chochotte parce que je m'implique trop affectivement.

— Qui a bien pu vous dire une ânerie pareille ?

Mais il le devinait. Il avait rencontré Miles Brooks et il reconnaissait sa patte.

— Quelle importance puisque c'est vrai ? Je perds mon objectivité.

— Votre grand-père se trompe, Shanna, et ça a de l'importance. Ce qui fait de vous un praticien exceptionnel, c'est votre empathie. La plupart des médecins sont incapables de comprendre leurs patients comme vous le faites. Vous le reprocher est une preuve d'intolérance et d'ignorance. Alors pourquoi retourner dans un endroit où vous ne pouvez pas exploiter votre don et pour rentrer dans un moule qui ne vous correspond pas ?

— Parce que si je ne le fais pas, ce ne sera pas seulement un poste que je perdrai, mais ma place au sein de ma famille. En dépit de ce qu'elle est, je ne veux pas rompre les ponts.

— Ecoutez, Shanna, je sais ce que c'est que d'avoir ce dont vous pensiez être privé à jamais. Après avoir été brûlé, j'ai passé une année à lutter simplement pour survivre et j'ai abandonné le combat plus d'une fois. Pas à cause de la douleur ou parce que je redoutais les douzaines d'opérations qui m'attendaient, mais parce que je savais que mon ancienne vie était partie. J'avais perdu ma jeunesse, mon innocence et tout ce que j'attendais de l'avenir. A dix-neuf ans, j'étais alcoolique. Et puis, comme si cela ne suffisait pas, j'ai ajouté les drogues à l'alcool.

— Ben ! J'ignorais...

— Personne ne le sait, en dehors de ma famille. Je ne parvenais pas à savoir ce que je ferais d'une seule journée, et encore moins de ma vie. Tout cela parce que j'étais terrorisé à l'idée de voir en face ce que j'avais perdu. Vous êtes sur le point de vous égarer parce que vous craignez de renoncer à votre famille. Mais la perte de Shanna Brooks est la pire des menaces qui pèsent sur votre tête.

Tandis qu'elle essuyait du plat de la main ses joues ruisselantes de larmes, Ben traversa la pièce et la prit dans ses bras. C'était dangereux, songea-t-il, mais, pour l'instant, rien n'était plus important que la détresse de Shanna.

— Vous êtes un type bien, Ben… Je ne sais pas ce que vous avez enduré dans le passé, mais vous avez trop de bonté en vous pour repousser ceux qui la perçoivent.

Tout en parlant, elle avait défait le premier bouton de sa chemise blanche.

— Vous vous êtes isolé au milieu de la jungle de crainte que quelqu'un ne vous approche de trop près, continua-t-elle. De mon côté, je me suis éloignée de ma famille parce que j'avais peur qu'ils me tournent le dos. Nous faisons la paire, vous ne trouvez pas ?

— J'ai d'abord essayé de faire autrement, mais ça n'a pas marché, répliqua-t-il d'une voix enrouée.

Elle s'attaqua à un second bouton.

— Vous ne le vouliez pas vraiment, Ben.

Il immobilisa la main de la jeune femme parce que ce qu'elle découvrirait sous son vêtement était d'une laideur repoussante…

— Mon métier et mes patients me suffisent, répliqua-t-il.

— Et un jour, les enfants d'Amanda se poseront des questions sur cet oncle bizarre qui a passé sa vie dans un appartement dont il ne sortait que pour aller travailler. C'est vraiment ce que vous souhaitez ?

Sans provocation, sans avertissement, elle se libéra de son étreinte pour lui arracher littéralement sa chemise et lui dévoiler le torse.

— Bon sang ! grommela-t-il en tentant de se couvrir.

Il voulut s'écarter, fuir, mais elle le rejoignit et, lui entourant la taille de ses bras, elle posa la joue contre son dos.

— Ne faites pas ça, Shanna ! Nous ne pouvons être que des collègues, rien de plus.

— C'est tout ce que vous voulez, Ben ? Dites-moi la vérité.

— Tout ce que je veux, c'est…

— Qu'on vous laisse seul, libre d'exercer votre métier en paix. C'est ce que vous ne cessez de répéter, mais je ne vous crois pas.

— Nous faisons tous des choix basés sur ce que nous sommes, Shanna.

Le lâchant, elle le contourna pour lui faire face.

— Mais si les vôtres se fondaient sur une mauvaise perception de vous-même ?

Ben ferma les yeux, déchiré entre le désir qu'elle lui inspirait et la certitude que cela finirait mal. Très doucement, elle lui frôla le torse, suivant du bout des doigts les sillons creusés par les brûlures. Personne ne l'avait jamais approché d'aussi près ou caressé ainsi, et il la voulait comme il n'avait jamais rien voulu de toute sa vie.

— Ne faites pas ça, murmura-t-il pourtant. Nous ne pouvons pas…

Il tenta de s'écarter, mais lorsqu'il plongea dans les grands yeux verts, il n'y vit nul dégoût, seulement de l'innocence. La laideur du monde n'avait pas éclaboussé Shanna et il espérait que cela n'arriverait jamais.

— Vous ne savez pas ce que cela implique. Vous ne me connaissez pas…

Lui prenant une main, elle la posa sur l'un de ses seins, près de son cœur.

— Touche-moi, Ben. C'est tout ce que je sais, tout ce que je veux.

Il était si beau, dans tous les sens du terme ! Il incarnait tout ce qu'elle avait cherché chez un homme. Comment lui montrer ce qui était si évident pour elle ?

— Et moi aussi, j'ai envie de te caresser, ajouta-t-elle.

D'un doigt, elle suivit les cicatrices qui partaient de derrière son oreille, contournaient son cou et suivaient la ligne de son épaule avant de labourer sa poitrine puis son ventre. Parvenus à la ceinture, ses doigts s'immobilisèrent un bref instant avant de défaire la fermeture Eclair du jean. Après l'avoir fait glisser le long des jambes de Ben en l'accompagnant du boxer, elle effleura son bas-ventre puis sa hanche avant de s'arrêter là où le sillon prenait fin, au milieu de la cuisse.

A cet instant, elle le sentit frémir et devina que si elle levait les yeux, elle verrait son visage comme sculpté dans la pierre, ses yeux hermétiquement fermés. S'agenouillant devant lui, elle posa les lèvres là où s'arrêtait la cicatrice. Refaisant le même chemin à l'envers, elle déposa une pluie de baisers sur le sexe dressé de Ben avant de le prendre dans sa bouche.

Au bout de quelques minutes de pure volupté, il poussa un gémissement sourd.

— Arrête ! murmura-t-il. C'est mon tour...

Il la releva doucement, puis elle sentit ses bras se glisser sous ses jambes et sa nuque. Après l'avoir soulevée délicatement, comme si elle était le plus précieux des fardeaux, il la porta dans sa chambre et la déposa sur son lit.

En un clin d'œil, elle fut nue et offerte, sur le drap blanc. Penché au-dessus d'elle, Ben l'embrassa passionnément sur les lèvres avant de se redresser pour contempler brièvement les seins arrogants puis, de nouveau, il se pencha pour s'emparer d'un mamelon rosé. Shanna fut alors submergée par une vague de sensations délicieuses tandis que la langue de Ben décrivait des arabesques sur sa poitrine.

Un cri faillit lui échapper quand il glissa une main vers ses cuisses. Plongeant son regard dans le sien, il posa d'abord sa paume sur son pubis. Lorsque ses doigts caressèrent lentement le point le plus sensible de sa féminité, Shanna émit un lourd soupir de plaisir et écarta machinalement les jambes. Eperdue, elle lui offrit sa bouche dont il s'empara avec ardeur.

Aussi poussa-t-elle un petit gémissement frustré quand il s'écarta d'elle, mais ses protestations furent de courte durée. Bientôt, la langue de Ben remplaçait ses doigts, au cœur de son intimité, la précipitant dans un tourbillon de volupté.

Sentant qu'elle ne pourrait pas tenir beaucoup plus longtemps, elle supplia :

— Maintenant, Ben !

Il la quitta un instant pour fouiller dans un tiroir. Dès qu'il revint auprès d'elle, Shanna noua les bras autour de son cou tandis qu'il la pénétrait lentement.

Le souffle haletant, elle lui entoura le torse de ses jambes pour mieux s'offrir à lui. Il la prit par les hanches et s'enfonça en elle avant d'entamer un mouvement de va-et-vient qui la rendit rapidement folle.

— Oh ! Ben !

— Maintenant, murmura-t-il. Viens avec moi...

Alors qu'elle se cambrait pour aller à sa rencontre, Ben accéléra la cadence et elle s'abandonna au rythme déchaîné de ses coups de reins. Un instant plus tard, quand le plaisir les emporta ensemble comme il l'avait souhaité, elle cria son prénom.

Il faisait noir, dehors, mais Shanna était réveillée. Elle pensait à la façon dont leur relation avait pris un tour différent lorsqu'elle avait envisagé la possibilité de quitter l'Argentine. Et maintenant, elle était étendue auprès de Ben...

Elle se demandait quels allaient être ses rapports avec lui maintenant qu'ils avaient passé une nuit ensemble. Elle n'était pas assez naïve pour imaginer que la situation avait changé d'un coup de baguette magique. Sa famille ne voulait pas d'elle telle qu'elle était et Ben ne voulait pas d'elle du tout. Elle se devait de regarder en face cette dure réalité.

Ben... Un homme séduisant, dans tous les sens du terme. Bon, bienveillant, compatissant et néanmoins toujours sur ses gardes. Il ne se laissait jamais complètement aller, elle l'avait senti à la façon dont il l'avait embrassée et avait fait l'amour avec elle. Il ne lui avait donné qu'une petite part de lui-même, mais laquelle ? Etait-ce seulement physique, alors qu'elle souhaitait son amour ?

Pour l'instant, il lui fallait accepter la situation telle qu'elle était. A la lueur du jour, elle la verrait peut-être différemment...

Ben lui tournant le dos, elle se blottit contre lui et posa une main sur sa taille pour être reliée à lui. Alors qu'elle laissait échapper un soupir de bien-être, elle sentit ses muscles se tendre sous ses doigts. Il sursauta une fois, puis deux, après quoi il se mit à respirer très vite, comme s'il haletait, ce qui la mit en état d'alerte. Avait-il trop chaud ? De nouveau, Ben tressaillit violemment.

— Ben ?

Pour toute réponse, elle obtint un grognement. Instinctivement, elle se redressa sur un coude et lui tâta le front pour découvrir qu'il était brûlant.

Elle alluma la lampe de chevet.

— Ben... Est-ce que tu m'entends ?

Il battit des paupières.

— Je vais bien, marmonna-t-il d'une voix bizarrement rocailleuse.

— Garde les yeux ouverts et regarde-moi, ordonna-t-elle.

S'agenouillant sur le lit, elle nota machinalement qu'ils étaient nus tous les deux.

— Allez, Ben ! Concentre-toi sur moi.

Il esquissa un faible sourire.

— C'est déjà le cas.

— Tu as de la fièvre, beaucoup, même.

Il secoua la tête et inspira profondément.

— C'est toi qui me donnes chaud, mais je ne suis pas malade. J'ai juste besoin de dormir.

Son débit était trop lent, comme pâteux.

— Depuis combien de temps tu ne te sens pas bien ? demanda-t-elle.

Lui prenant le pouls, elle constata qu'il était trop rapide. Lorsqu'elle lui palpa le cou, elle sentit sous ses doigts des ganglions légèrement gonflés.

Au lieu de répondre, Ben se rendormait.

— Je t'en prie, Ben, reste avec moi !

— Je ne peux pas, bredouilla-t-il. Ce que j'ai fait… c'était horrible. J'ai laissé tomber des gens.

Shanna avait besoin de procéder à un examen plus approfondi. Elle se demandait si elle devait se rhabiller et courir chercher sa trousse, ou appeler le Dr Hueber qui était de garde aux urgences. Il en tirerait les conclusions qu'il voudrait… sauf que ce ne serait pas l'idéal pour la réputation de Ben.

Elle choisit donc la première solution. Après avoir enfilé ses vêtements à toute vitesse, elle se précipita dans son appartement, de l'autre côté du couloir, et prit ce dont elle avait besoin. Une minute plus tard, elle prenait la tension de Ben pour constater qu'elle était basse. Sa respiration était normale bien que de faible amplitude, ses pupilles réactives, mais un peu paresseuses. Jusque-là, ce n'était pas trop alarmant, mais lorsqu'elle l'ausculta, ce fut une autre affaire. Le rythme cardiaque de Ben était irrégulier, son cœur manquant parfois une pulsation.

Une infection ? Shanna avait remarqué qu'il semblait fatigué et sautait des repas sous prétexte qu'il était trop occupé. C'était peut-être son mode de fonctionnement… ou des symptômes que quelque chose n'allait pas.

— Ben, dit-elle en le secouant gentiment. Réveille-toi ! Tu m'entends ? Je veux te poser quelques questions.

— J'ai besoin d'une douche, marmonna-t-il. Je dois faire mes visites matinales.

— Pas de visites, aujourd'hui.

Elle fouilla dans le tiroir de la commode, où elle trouva un caleçon et des chaussettes qu'elle lui enfila, ainsi qu'un pantalon et une chemise. Elle appela ensuite le Dr Hueber pour lui expliquer ce qui se passait. Celui-ci lui envoya aussitôt deux bénévoles qui déposèrent Ben sur un brancard. Quelques minutes plus tard, il était étendu sur une table d'examen, et le Dr Hueber installait les électrodes sur sa poitrine afin de surveiller son rythme cardiaque, pendant que Shanna installait une perfusion.

— Quand cela a-t-il commencé ? demanda le médecin.

— Hier soir, il allait bien. Nous avons discuté un moment, après nos services. Quand je suis passée ce matin pour m'assurer qu'il était parti pour ses visites, je l'ai trouvé dans cet état.

— Vous n'aviez rien remarqué, auparavant ? Je ne suis ici que depuis quelques jours, si bien que j'ai eu peu d'occasions de parler avec lui.

— Il semblait fatigué et il manquait d'appétit.

— Je vais bien, intervint Ben, mais j'ai fait trop d'heures.

— Cela ne suffit pas à expliquer ton état, répliqua Shanna en jetant un coup d'œil inquiet à l'écran du moniteur. Quand as-tu commencé à te sentir mal ?

— Il y a quelques minutes.

Shanna jeta un coup d'œil au Dr Hueber, qui s'apprêtait à poser un masque à oxygène sur le visage de Ben.

— Dis-moi la vérité, Ben !

Cette fois, il ne répondit pas. Après avoir poussé un profond soupir, il perdit connaissance.

— Je suppose qu'il est à jour, côté vaccinations ? demanda le Dr Hueber.

Shanna haussa les épaules. Honnêtement, elle n'en savait rien. Les médecins étaient ordinairement les pires malades qui soient, mais elle espérait qu'il n'avait pas été trop négligent. Sous les yeux étonnés de son confrère, elle caressa le front humide de l'homme qu'elle aimait.

— Qu'est-ce que tu as fait, Ben Robinson ? Qu'est-ce que tu as attrapé ?

Hueber toussota.

— Euh... Je suppose que vous ne l'avez pas examiné... c'est-à-dire, au sens professionnel ?

Shanna comprit parfaitement l'allusion.

— Que voulez-vous dire ? demanda-t-elle pourtant.

— Avez-vous remarqué des morsures, des coupures ou des éruptions, ce genre de choses ? Nous ne pensons pas toujours à regarder entre les doigts et les orteils, par exemple.

— Non, je ne l'ai pas examiné. Je vous ai appelé aussitôt après l'avoir trouvé.

Ce n'étaient pas les affaires de Hueber si elle avait passé la nuit la plus extraordinaire de sa vie entre les bras de Ben...

— Eh bien, pendant que je vais appeler un autre médecin, je vous suggère de le faire. Espérons que nous découvrirons quelque chose de facile à identifier. Au cas où nous ne pourrions pas le soigner ici, je vais appeler les services de transport sanitaire.

Après son départ, Shanna inspecta les bras de Ben, notant la fermeté et la perfection de la peau restée indemne près des cicatrices.

— Comment as-tu fait ? murmura-t-elle. Pour avoir surmonté cette épreuve et être parvenu là où tu es...

Soudain, le médecin en elle fit place à la femme amoureuse, et elle sentit des larmes tièdes couler le long de ses joues. Tant pis si Hueber les voyait ! Elle aimait cet homme et elle se moquait bien de savoir si elle était trop sensible ou faisait sa « chochotte », comme son grand-père le prétendait.

— Quand tu iras mieux, nous aurons une petite discussion, Ben Robinson, marmonna-t-elle entre deux reniflements.

Ben remua légèrement. Ouvrant les yeux, il la fixa un instant puis, d'un doigt, il lui essuya une larme sur sa joue avant de se rendormir. Shanna lui saisit sa main qui retombait sur la table et l'embrassa avant de la poser le long de son corps.

— Je vais te tirer de là… Je suis un bon médecin et tu es un bon amant. Une combinaison dont nous pouvons tirer profit, Ben, mais d'abord, tu dois guérir. Tu m'entends ?

Il resta immobile. Pendant les minutes suivantes, Shanna chercha les indices qui expliqueraient son état, mais ne trouva rien.

Hueber écarta le rideau pour passer la tête.

— Sa sœur et son beau-frère sont là, dit-il. Ils souhaitent prendre le relais auprès de Ben. J'ai pensé que vous voudriez être tenue au courant.

Dès qu'il fut parti, Shanna se pencha pour déposer un baiser sur la joue de Ben.

— Je reviendrai, murmura-t-elle.

Dès qu'elle sortit dans le couloir, Amanda vint vers elle.

— Qu'est-ce qu'il a ?

— Je n'en sais rien. Pour l'instant, nous ne pouvons que traiter les symptômes et le surveiller.

— Ça ne suffit pas.

Son mari s'approcha à son tour et passa un bras autour de la taille de sa femme.

— Je suis Jack Kenner, dit-il.

— Ravie de vous rencontrer. Je m'appelle Shanna Brooks.

— Vous avez remarqué quelque chose avant qu'il tombe malade ?

— Il était fatigué et manquait d'appétit. Ce matin, il avait de la fièvre, un rythme cardiaque irrégulier et sa respiration était faible. Il est devenu léthargique, sans être comateux. Je craignais parfois qu'il ne perde complètement conscience, mais il est toujours revenu à lui pendant quelques instants. Ensuite, il sombrait de nouveau.

— Et ces symptômes se sont manifestés ce matin ?

— Auparavant, je lui avais demandé à plusieurs reprises s'il allait bien, mais... vous le connaissez !

— Je veux que Jack s'occupe de lui, intervint Amanda. Il est le meilleur et Ben doit avoir ce qu'il y a de meilleur.

— Avec tout le respect que je vous dois, Amanda, j'ai besoin que Jack soit au labo parce que c'est lui qui doit faire les analyses pour la raison que vous venez de donner. J'ai promis à Ben que je le soignerais et je tiendrai ma promesse. Si vous le permettez, je vais lui faire une première prise de sang pour que Jack emporte cet échantillon.

— Je peux le voir ? demanda Amanda.

— Dans quelques minutes. Je suis en train de l'examiner et dès que j'aurai terminé, je vous préviendrai.

— Il ne va pas...

— Non !

Lui tournant le dos, Shanna retourna auprès de son patient, suivie par Jack, qui insista pour faire lui-même la prise de sang.

— Bon sang ! s'exclama-t-il en posant le garrot. Il détesterait être exposé de cette façon.

— Elle m'a déjà vu..., marmonna Ben.

Jack, qui cherchait une veine, se mit à rire.

— Tu nous espionnes ?

— Un peu. Je n'arrive pas à ouvrir les yeux, mais je vous entends.

— De temps en temps, du moins, rectifia Shanna.

— Mais la nuit dernière, tout allait bien ? demanda Jack. Je ne veux pas être indiscret, mais je voudrais établir une chronologie des faits.

Tout en remplissant un troisième tube avec le sang de Ben, il lui adressa un sourire d'excuse.

Elle haussa les épaules.

— Jusqu'à minuit, je n'ai rien remarqué... Quand je me suis réveillée, un peu après 5 heures, il était dans cet état. J'ai d'abord remarqué qu'il était très chaud, ensuite je l'ai examiné et j'ai découvert le reste.

Plongeant un linge dans un bassin rempli d'eau fraîche, elle baigna le visage de Ben. Tout à coup, elle retint son souffle et se pencha.

— Regardez, Jack, près de son œil gauche... Triatoma protracta... Cette punaise qui profite du sommeil des gens pour se nourrir de leur sang.

— Elle connaît les insectes, murmura Ben.

— Cette petite beauté n'est pas ma préférée.

Celle-ci tuait parfois ses victimes ou les handicapait. Les patients qui avaient la chance de survivre s'en sortaient souvent grâce à une transplantation cardiaque. Shanna souhaitait de tout son cœur que le diagnostic ait été fait suffisamment tôt pour qu'ils puissent traiter Ben avec du benznidazole et des produits antiparasitaires. Ce serait long, mais Ben était fort, c'était un battant.

— Franchement, Ben, continua-t-elle, j'aurais préféré une piqûre d'abeille.

— Je n'ai jamais prétendu que j'étais un homme facile, dit-il sans ouvrir les yeux.

— C'est vrai, murmura-t-elle.

Elle leva les yeux vers Jack, qui remplissait son quatrième tube.

— En dehors des analyses de sang, j'aimerais qu'on lui

fasse une radio du ventre et une endoscopie, Jack. Vous pensez qu'Amanda s'y opposera ?

— Vous êtes le médecin de Ben. Faites ce que vous pensez nécessaire. Pendant que j'y suis, je vous félicite, docteur Brooks. Vous êtes définitivement apte à exercer dans la jungle.

Lorsqu'il eut desserré le garrot, il se pencha sur le gonflement repéré par Shanna.

— Bravo ! ajouta-t-il. Le chagoma, ce nodule cutané qui apparaît à l'endroit où l'insecte a frappé, n'est pas encore développé… Je suis très impressionné.

Ce parasite était la cause de la maladie de Chagas, qui avait pris le nom du médecin brésilien qui l'avait découverte. Le temps et un traitement approprié pourraient guérir Ben, et Shanna espérait simplement avoir fait son diagnostic suffisamment tôt.

Trois heures plus tard, Jack ayant confirmé l'hypothèse de Shanna grâce aux analyses de sang, Ben était installé dans une chambre. La radio de l'abdomen et l'endoscopie avaient montré qu'il n'y avait pas de lésion au niveau de l'estomac et de l'œsophage.

— Tu restes avec moi, Ben, dit la jeune femme en s'asseyant près du lit.

La maladie de Chagas n'était pas contagieuse, mais elle avait quand même éloigné les infirmières. C'était à elle, et à elle seule, de le soigner !

Elle ne voulait pas le quitter des yeux un instant ou cesser d'entendre sa respiration en s'éloignant de lui. Elle resterait là, quel que soit le temps que cela prendrait. Ensuite… elle ignorait ce qui se passerait. Elle aimait cet homme et elle espérait que le reste s'arrangerait.

— Bon sang, Ben, j'ai passé ma vie à galérer ! Pour une fois, j'aurais apprécié un peu de simplicité. Mais tu n'es pas quelqu'un de facile, loin de là, alors, pourquoi a-t-il fallu que je tombe justement amoureuse de toi ?

Bien sûr, elle n'obtint aucune réponse, mais cela ne la gênait pas car elle n'en avait pas non plus. Pour l'instant, mieux valait peut-être ne pas se poser trop de questions.

10

— C'est moins bien qu'en Italie, dit Ben en se mettant péniblement debout.

Il venait de passer onze jours étendu sur le dos, hormis deux ou trois expéditions dans la salle de bains depuis quarante-huit heures. Il était prêt à se lever et à faire quelques pas, mais son corps protestait.

— Quoi ? demanda Shanna en le soutenant.

— L'Italie, les montagnes, les pentes neigeuses. Je déteste être...

— Moulu..., termina Shanna en riant.

— Moulu, inactif, traité comme un invalide.

— Mais tu es un invalide.

Ils gagnèrent la véranda de bois, où une chaise attendait Ben.

— Tu es aux petits soins, reprit-il. Tu n'as pas perdu ton pari, pourtant tu es devenue littéralement mon esclave.

En réalité, cela ne le gênait pas le moins du monde. Et même, mieux il allait, plus il appréciait les attentions de la jeune femme.

— Je ne t'ai pas entendu protester, répliqua-t-elle.

— J'ai été malade, pas fou.

— Dis-moi ce que tu veux avant que j'aille travailler.

Ben jeta un coup d'œil à la longue file d'attente de

patients. Les gens avaient su qu'il avait failli succomber à la morsure de la punaise redoutée. Depuis, ils venaient se faire examiner chaque fois qu'ils avaient été piqués par un insecte. Ben ne pouvait les blâmer car la perspective de se faire attaquer pendant la nuit sans même s'en apercevoir était vraiment effrayante.

— Tu sembles épuisée, dit-il. Je voudrais que tu prennes quelques jours de congé.

— Impossible ! Ton médecin tient absolument à ce que tu ne te remettes pas au travail avant au moins trois semaines. Cela implique que quelqu'un s'occupe de tes patients pendant que tu tires ta flemme en buvant des boissons tropicales.

— Mon médecin dramatise. Je serai sur pied dans quelques jours.

— Ton médecin a prévu quelques examens à Buenos Aires et elle n'acceptera pas de refus.

— Je n'ai rien au cœur, Shanna.

En dehors d'une légère faiblesse, il se sentait bien au point qu'il pensait pouvoir reprendre une activité éventuellement réduite. Il aurait apprécié le zèle de Shanna s'il s'était agi d'un autre patient, mais pas en ce qui le concernait.

— Mes organes vitaux sont en parfait état, insista-t-il.

— Qu'est-ce que tu en sais, Ben ? Tu as été malade pendant des semaines sans le savoir jusqu'à ce que tu perdes conscience.

— Parce que la maladie de Chagas ne s'annonce par aucun symptôme, au début.

— Ce n'est pas la question. Je ne t'autorise pas à travailler et tu dois respecter les règlements de l'hôpital... De ton hôpital. Après une longue maladie, tu es censé attendre qu'on t'autorise à reprendre ton métier.

Il appréciait sa sollicitude, mais plus que tout, sa bonne humeur. Ces derniers temps, il avait été plutôt grincheux et il s'était surpris en train d'argumenter là où il n'y avait pas lieu de discuter, mais, chaque fois, elle lui avait tenu tête sans se fâcher. Il aimait sa détermination mêlée d'espièglerie. En tant que médecin, elle était redoutable, mais, surtout, c'était une véritable amie. Peut-être la première qu'il avait jamais eue depuis son enfance, en dehors de sa sœur.

Son amour pour elle compliquait la situation, cependant, car rien n'avait changé. Elle méritait mieux que ce qu'il pouvait lui offrir.

— Je peux modifier le règlement, rétorqua-t-il.

Un léger sourire étira les lèvres de Shanna.

— Pas sans l'accord d'Amanda, et elle ne te laissera pas faire, Ben. Elle et moi sommes sur la même longueur d'onde quand il s'agit de toi.

— Je me sens...

Heureux, en fait. Ce n'était pas un mot qu'il utilisait souvent, mais, à certains moments, il aurait souhaité que sa convalescence dure toujours.

— Etouffé ? suggéra-t-elle.

— Juste un peu harcelé...

Mais de façon plaisante, songea-t-il.

— Pauvre Ben ! s'exclama Shanna en riant. Tu fais un très mauvais malade, et un convalescent encore plus horripilant. Je n'en ai pas le temps, sinon je déjeunerais avec toi, mais si tu as besoin de quoi que ce soit...

— Seulement de travailler.

— Pas encore !

Elle lui adressa un petit signe de la main puis se hâta vers la consultation, obligée de se frayer un chemin parmi la foule qui s'était massée devant la porte.

Shanna avait insufflé une vie nouvelle à Caridad, songea Ben en la regardant s'éloigner. L'hôpital manquait certainement davantage de quelqu'un comme elle que de matériel. Mais elle finirait par comprendre qu'ils ne formaient pas un couple et, ce jour-là, elle s'en irait. Shanna était une étoile que Caridad ne pourrait retenir.

Pendant l'heure suivante, il essaya de se concentrer sur un article médical ardu et fastidieux avant de finalement s'abandonner au sommeil.

Une voix inconnue l'arracha à un rêve délicieux dans lequel Shanna et lui étaient en train de pique-niquer. Etendus sur une couverture, ils venaient de décider qu'ils avaient mieux à faire que manger, et...

— Docteur Robinson ? C'est bien vous, n'est-ce pas ?

— C'est moi, dit-il en ouvrant les yeux.

L'homme qui se trouvait devant lui était plutôt bien de sa personne. Il avait des cheveux blancs, un visage qui lui fut vaguement familier et... les prunelles vertes de Shanna.

— Et vous êtes le Dr Brooks, répliqua-t-il en tendant la main.

Ne sachant si ses jambes le soutiendraient, il ne se leva pas.

— Pardonnez ma tenue, ajouta-t-il.

Ben portait son habituel pantalon de treillis et une chemise blanche à longues manches, mais ses cheveux étaient en bataille, ses joues ombrées par une barbe de plusieurs jours et il était pieds nus.

— Je me remets tout juste de la maladie de Chagas, expliqua-t-il. Je ne suis pas encore bien vif.

— J'imagine qu'elle a été diagnostiquée assez tôt pour que vous retrouviez la pleine possession de vos forces, répliqua le visiteur en prenant la main tendue.

— Sans aucun doute...

Que faisait là le grand-père de Shanna ? Celle-ci n'avait pas fait allusion à une éventuelle visite, en tout cas pas récemment.

— Désirez-vous un jus de fruits ? dit-il en montrant le pichet que Shanna avait laissé pour lui. Je peux aussi vous offrir du thé.

Après avoir refusé les deux propositions, Miles Brooks s'assit sur le bord d'une chaise, le dos bien droit et le visage froid. Sa tenue était plus adaptée à un terrain de golf qu'à la jungle.

— Jeune homme, je suis venu pour chercher ma petite-fille et quitter ce lieu le plus vite possible.

— Elle connaît vos projets ?

— Elle sait que sa place n'est pas ici. Elle nourrit peut-être le rêve romantique de devenir la reine de la jungle, mais elle doit prendre ses nouvelles fonctions à l'hôpital, ce dont elle se souviendra une fois qu'elle aura laissé derrière elle cet environnement.

— Vous comptez vraiment l'éloigner des malades pour la mettre derrière un bureau ?

— Elle a le cœur trop sensible quand il s'agit des patients. En revanche, elle est tout à fait à même d'exercer des fonctions administratives. Je lui ai attribué le poste qui lui convient.

— Le poste qui lui convient..., répéta Ben. Vous ne pensez pas qu'elle devrait en décider elle-même ?

— Pas quand elle travaille avec moi.

— C'est trop dommage parce que je suis prêt à parier qu'aucun membre de votre personnel soignant n'est aussi bon médecin qu'elle.

— Elle a eu l'occasion de se couler dans le moule du Centre Médical Brooks, mais elle a échoué lamentablement car elle est trop sensible, trop impliquée. Je lui ai donc suggéré de réprimer ses émotions. C'est ce que nous attendons de tous nos praticiens et Shanna ne fait pas exception. Je lui ai donné sa chance de se corriger et elle a accepté, aussi est-elle partie en sachant exactement ce qu'elle devait faire. Après son congé sabbatique, soit elle acceptait d'exercer le métier à notre façon, soit elle devenait une administratrice.

Shanna avait accepté l'ultimatum de son grand-père ? s'étonna Ben. Comment ? Pourquoi ?

— Elle a été d'accord pour se plier à vos exigences à son retour ? demanda-t-il.

— Si elle ne revient pas, le conseil d'administration peut la rayer définitivement de nos listes. Du même coup, elle perdra ses parts de propriété.

— Et elle serait la bienvenue dans sa famille ?

— Cela ne vous regarde vraiment pas, docteur Robinson.

C'était vrai. Mais, maintenant, il avait la réponse à sa question et il ne pouvait tout simplement pas l'effacer. Il comprenait désormais pourquoi Shanna voulait lui ressembler. A ses yeux, il était comme son grand-père, froid, dépourvu de passion. Elle était venue pour recevoir l'enseignement du maître du détachement.

Le coup était rude parce qu'il avait espéré qu'elle voudrait apprendre autre chose de lui. La médecine de jungle, par exemple, ou la gestion d'un petit hôpital… Dans ses rêves les plus fous, il pouvait s'imaginer qu'elle l'avait suivi parce qu'il lui plaisait.

Mais non ! Elle désirait simplement qu'il lui montre comment on devenait un salaud glacial et insensible à l'instar de son grand-père.

— J'ai l'impression que vous vous souciez peu des désirs des gens ou de ce qui leur convient le mieux, docteur Brooks.

— Dans mon monde, ce qui importe le plus, c'est l'efficacité. Notre centre médical est important, et la sentimentalité n'y est pas de mise. Je doute que vous puissiez comprendre l'énormité de notre tâche à Brooks.

Il ne le pouvait pas, en effet, et il n'en avait pas envie.

— Je me souviens parfaitement de vous, jeune homme, continua Miles Brooks. J'ai eu raison de rejeter votre candidature. Si j'en crois la façon dont vous avez fini, ma décision était encore plus judicieuse que je ne le croyais. Vous vous prenez peut-être pour un manipulateur génial, capable de s'insinuer dans la famille Brooks grâce à ma petite-fille, mais vous commettez une lourde erreur. Maintenant, l'alternative est simple… Soit Shanna revient vers nous et elle gagne tout, soit elle reste dans ce petit hôpital que vous appelez Caridad, et elle perd tout : son poste, le partenariat et sa famille. En fait, avec vous, elle est dans son élément, docteur : l'implication affective en raison de votre passé tragique et, maintenant, de la grave maladie qui vous a frappé !

— Vous êtes sans conteste une ignoble crapule, docteur Brooks.

Miles Brooks se mit à rire.

— On m'a attribué des qualificatifs bien pires, jeune homme.

— Mais est-ce qu'on vous a dit à quel point vous aviez la vue courte ? Parce que s'imaginer qu'un bon médecin est dépourvu de toute émotion, c'est vraiment être bigleux ! Dirigez votre établissement à votre guise, mais ne me manquez pas de respect parce que je n'ai pas choisi d'administrer le mien à votre façon. En outre, vous faites du mal à votre petite-fille. Vous attendez d'elle qu'elle renonce à toutes les qualités qui font d'elle le meilleur médecin que j'aie jamais rencontré. Si vous la confinez dans des tâches administratives, vous ferez une grande perte.

— Ou j'y gagnerai, tout dépend de quel point de vue on se place.

— C'est vous qui êtes un manipulateur, docteur Brooks. Ce n'est pas Shanna qui vous importe, mais le fait de l'emporter sur elle.

— Il ne vous est jamais venu à l'esprit que sa famille l'aime et que c'est la raison pour laquelle nous souhaitons qu'elle soit parmi nous ?

— Non, parce qu'il n'est jamais venu à l'esprit de Shanna que vous l'aimiez.

— Ce que sa famille recherche, docteur Robinson, c'est la

meilleure équation pour l'hôpital, et Shanna en fait partie. Dois-je vous proposer quelque chose pour la récupérer ?

— Shanna pense que nous sommes semblables, vous et moi. Mais elle mérite mieux que moi… et mieux que vous.

— Vous faites erreur, rétorqua Miles Brooks. Nous n'avons rien de commun parce que les femmes comme Shanna ne tombent pas amoureuses d'hommes comme moi.

Shanna l'aimait ? Il le souhaitait et le redoutait à la fois. Miles Brooks émit un petit ricanement.

— Vous l'ignoriez ? Aucune importance, de toute façon, puisque vous allez rester ici et qu'elle va partir. Je peux vous dédommager, si c'est le problème.

Si Shanna était tombée amoureuse de lui comme le prétendait son grand-père, il fallait qu'elle s'en aille, songea Ben. Et tant pis s'il en crevait !

— Shanna est en consultation, dit-il très vite. Ne l'interrompez pas pendant qu'elle reçoit des patients. Comme nous devons déjeuner dans un instant, vous pourrez vous joindre à nous. En attendant, pendant la durée de votre séjour, je vous propose de vous installer dans une chambre de ce bâtiment marron, là, en face de l'hôpital.

— Juste pour une nuit, mon garçon. Cela donnera à Shanna le temps de faire ses valises et à vous de prendre une décision. Je crois comprendre que vous vous souciez vraiment d'elle, et vous ferez donc ce qu'il y a de mieux dans son intérêt. Quand elle sera disponible, faites-moi chercher, je vous prie.

Dès qu'elle remarqua la présence de Ben, dans le box, Shanna s'étonna :

— Tu n'es pas censé te balader dans l'hôpital.

Elle venait de bander la jambe d'un jeune garçon sur laquelle elle avait effectué une vingtaine de points de suture.

— J'aurais pu m'en occuper, remarqua Ben. Cela ne réclame aucun effort physique.

— Ou rester tranquille, comme ton médecin te l'a dit.

— C'est ce que j'ai fait pendant un moment. J'ai eu un visiteur… Ton grand-père est là.

— Quoi ?

— Il est venu te chercher.

Shanna fit sortir le gamin avant de faire face à Ben.

— Il a dit pourquoi ?

— Selon lui, il est temps pour toi de rentrer.

— Parce que ma famille déteste perdre.

— Ce n'est pas un jeu.

— Tu crois ? C'est juste une question d'emprise, Ben. Je parie qu'il ne t'a pas dit une seule fois que je lui avais manqué. J'ai aussi des parents, un père et une mère qui auraient pu décrocher leur téléphone pour avoir de mes nouvelles. Mais ils ne l'ont pas fait parce qu'ils ne fonctionnent pas ainsi. Chez nous, tout se traite de façon purement professionnelle.

— C'est la raison pour laquelle tu les as quittés ?

— Pas vraiment. Quand tu as grandi dans cet environnement, tu acceptes ce mode de pensée.

— Pourtant, quelque chose t'a suffisamment tourmentée pour que tu viennes ici. Et maintenant, je sais ce que c'est.

— Je voulais te prendre pour exemple, Ben, je te l'ai toujours dit.

— Et je ne te croyais pas, mais ton grand-père m'a parlé de son ultimatum.

Malgré la chaleur ambiante, Shanna frissonna.

— Je ne suis pas certaine…

— Si, tu l'es. Après ton congé sabbatique, tu devais retourner au Centre Médical Brooks, soit en tant que médecin capable de ne pas s'investir affectivement auprès de ses patients, soit en tant qu'administratrice, et tu as pensé que si tu te modelais sur moi, tu ressemblerais davantage à ton grand-père. Dans ton esprit, nous sommes pareils.

— C'est faux !

— Vraiment, Shanna ? Tu peux me regarder dans les yeux et affirmer que tu ne m'as pas pris pour une copie conforme de Miles Brooks ?

— Ce n'est pas tout à fait ça.

— En tout cas, c'est plus logique que tout ce que tu as pu me raconter. Est-ce que tu n'aurais pas pu me dire franchement que tu espérais devenir, grâce à moi, un médecin insensible, indifférent, sans cœur, dépourvu de passion, antipathique et j'en passe ? Tous ces qualificatifs conviennent à l'idée que tu te fais de moi.

— Que je me faisais de toi, rectifia Shanna.

— C'est ce que j'ai dit.

Cela ne pouvait pas arriver au moment où elle commençait à croire qu'elle allait pouvoir continuer de travailler auprès de l'homme qu'elle aimait ! Tant pis s'il ne partageait pas ses sentiments... C'était préférable à son absence.

Elle ne pouvait le blâmer de lui en vouloir car il était blessé, à juste titre, qu'elle l'ait pris pour ce qu'il n'était pas. D'ailleurs, elle était tombée amoureuse de lui parce qu'il n'avait aucun des défauts qu'il venait d'énumérer...

Elle voulut néanmoins se défendre :

— Comment ne me serais-je pas trompée ? En Italie, tu as gardé soigneusement tes distances. Tu étais poli, galant et... glacial. Oui, j'ai cru que tu pouvais m'aider à réintégrer mon poste à Brooks si je suivais ton exemple. Je voyais en toi un médecin exceptionnel, mais capable de ne pas s'impliquer affectivement.

— C'est ce que je ne comprends pas. Pourquoi tenter de t'écarteler de cette façon ?

— Il y a eu cette patiente dont je t'ai parlé, Elsa Willoughby. Elle attendait une greffe du rein, et quand mon grand-père l'a ôtée de la liste d'attente, j'ai été furieuse. Je voulais tellement qu'elle vive que j'en perdais toute objectivité.

— En dehors de son âge, est-ce que c'était une patiente à risques ?

— Oui. Elle avait des problèmes médicaux, mais je m'étais attachée à elle, et pour cette raison, je lui avais fait des promesses que je n'ai pas pu tenir. Ensuite, elle est morte, et...

Shanna s'interrompit un instant, inconsciente des larmes qui coulaient sur ses joues.

— C'est mon cœur qui me commande et je ne peux rien y changer, reprit-elle. L'espace de quelque temps, j'ai cru que si je t'observais, je pourrais comprendre comment tu faisais, mais tu ne ressembles pas à mon grand-père, ni à aucun de ceux que je voulais imiter. Je m'en suis aperçue presque tout de suite et j'aurais probablement dû m'en aller avant...

— Tu vas donc accepter une situation qui te rendra malheureuse ?

— On doit toujours s'adapter un jour ou l'autre, non ?

— Il ne t'est jamais venu à l'idée que c'était justement ton implication affective qui faisait de toi un médecin exceptionnel ?

— Tu n'as pas besoin d'être gentil avec moi, Ben. Je vais m'en sortir.

— Mais est-ce que tu seras heureuse ?

Vraiment ? Non, pas sans lui. Mais Ben n'était pas accessible, et les timides espoirs qu'elle avait formés avant l'arrivée de son grand-père étaient désormais nuls et non avenus.

— Le bonheur est une notion très relative, dit-elle.

— D'accord, n'en parlons plus. Autre chose alors : est-ce que tu te réaliseras dans tes nouvelles fonctions ?

— Pourquoi t'en préoccuper ?

— Parce que je me soucie de toi, Shanna. Je regrette

que tu aies pu avoir une aussi mauvaise opinion de moi, mais cela ne change rien au fait que je te veux du bien, et je te vois plonger tête baissée dans un piège monstrueux.

— Qu'est-ce qui me reste, comme choix ? Rester ici et travailler avec l'homme dont je suis tombée amoureuse sachant qu'il ne veut pas de moi ? Comment est-ce que je pourrais être heureuse dans ces conditions ?

— Tu... quoi ?

— Je t'aime, Ben, et ne prétends pas que tu l'ignores. Mais parce que tu t'es fermé à l'amour, tu as volontairement ignoré le mien.

Ben laissa échapper un profond soupir.

— Quoi que tu croies éprouver...

— Quoi que je *croie* éprouver ? répéta Shanna. Comment oses-tu me dire une chose pareille ?

— Depuis ton arrivée, je t'ai dit que...

— Stop ! Je me moque de ce que tu m'as dit. Une fois de plus, je suis contrôlée par mes émotions et vois où cela me mène. Dans ce cas, pourquoi ne pas retourner à Brooks et être ce que l'on attend de moi ?

— Parce que ce n'est pas ce que tu veux.

— Et alors ? Tout ce que je veux, c'est vivre à Caridad avec toi, mais tu t'y opposeras.

— Je n'ai cessé de te répéter que je ne pouvais pas m'engager avec toi comme tu le voudrais.

— A cause de tes cicatrices ? Ou parce que tu as eu un problème avec l'alcool ? Me crois-tu assez futile pour être arrêtée par ce genre de choses ?

— Tu n'es pas en cause... Chaque fois que je me regarde dans un miroir, elles sont là... Des choses en moi sont mortes, Shanna, et ce n'est acceptable pour personne. Je ne le supporte pas non plus, mais c'est ce que je suis.

— Elles ne sont pas mortes, Ben. Tu les as peut-être refoulées, mais je n'ai jamais rencontré un médecin aussi passionné par son métier que toi. C'est toi qui as construit cet hôpital de tes mains nues.

Autant parler à un sourd… Elle voyait bien dans ses yeux qu'il ne lui ouvrirait pas la porte de son cœur.

— Tu sais, reprit-elle, j'aurais fait n'importe quoi juste pour pouvoir rester avec toi. J'aime la médecine que l'on pratique ici, je t'aime, et je me serais contentée de ce que tu aurais bien voulu me donner. Mais tu ne lâches rien, Ben, alors je pense qu'il est temps pour moi de partir.

— Caridad a besoin de toi, Shanna.

— Mais pas toi. Tu es quelqu'un d'extraordinaire et je te souhaite d'être heureux. Ah… Une petite précision encore. Je ne retournerai pas à Brooks parce que, tu as raison, je préfère rester le médecin que je suis. Ce sera au moins une chose que tu m'auras apprise et je t'en remercie.

Shanna adorait la Toscane en hiver, ainsi que les pentes de Garfagnana, bien qu'elle n'ait pas skié depuis son arrivée, quinze jours auparavant. Elle aimait le vin italien, mais elle n'en avait pas encore bu, tout comme elle appréciait les petits villages de contes de fées, les églises anciennes, les châteaux et les forteresses sans avoir pourtant le courage de les visiter.

Ce matin-là, elle ne trouvait tout simplement pas la force de quitter sa table… *leur table près de la fenêtre*. Elle venait là tous les jours, contemplant les montagnes parfois quelques minutes, parfois des heures. Ensuite, elle passait le reste de la journée à se promener sans but.

Laissant échapper un long soupir, elle ferma les yeux.

— Cette place est prise ?

Elle sursauta et se retourna. Ben se tenait derrière elle…

— Ben ? Qu'est-ce que tu fais ici ?

— Mon médecin m'a prescrit du repos, alors j'ai suivi son conseil.

— Il n'a sûrement pas approuvé un voyage jusqu'à l'autre bout du monde !

— C'est un éminent cardiologue. Il trouve que je suis en super-forme, mais que j'ai besoin de me détendre. Ton grand-père a eu la bonté de m'emmener en voiture jusqu'à Buenos Aires avant de reprendre l'avion. Je peux me joindre à toi, Shanna ?

— De toute façon, j'allais m'en aller, alors tu peux avoir cette table pour toi tout seul et contempler les montagnes.

— Et si c'était toi que je voulais contempler ?

Shanna essuya les larmes qui jaillissaient de ses yeux.

— Tu as peut-être pensé que tu devais mettre fin à quelque chose qui n'a jamais commencé, mais tu n'as pas à le faire. Si j'ai mis un peu de temps à me remettre, je vais bien, maintenant.

Ben s'assit auprès d'elle et lui caressa la joue.

— Alors pourquoi restes-tu assise ici à pleurer ? Je suis désolé, Shanna, je savais que tu étais en train de tomber amoureuse de moi et sans doute était-ce aussi ce que je désirais.

— Pourtant, même quand nous avons fait l'amour, tu ne m'as pas ouvert totalement ton cœur.

— Il y avait une partie de moi que je ne pouvais pas te laisser voir.

— Pourquoi ?

— Parce que je n'en suis pas fier. Tu aimes une image, quelqu'un que tu crois être moi. Malheureusement, ce n'est pas moi.

— Tu n'es pas le médecin qui a passé la nuit à frapper aux portes pour vacciner les gens contre la fièvre jaune ? Ou celui qui restait au chevet de Maritza pour surveiller sa respiration et son pouls ? Je suis tombée amoureuse de cet homme, celui-là même que j'observais et que j'admirais, et je voulais rester auprès de lui, Ben. Maintenant, alors même que tu ne veux pas de moi, je voudrais vivre avec toi, être une petite partie de ce que tu es.

— Tu ne sais pas tout, Shanna, et tu mérites de savoir...

— Tu as raison, dit-elle après un long silence.

La balle était dans le camp de Ben. C'était à lui de croire suffisamment en elle pour lui révéler ce qui le tourmentait au point de la repousser.

— Si tu m'as suivie jusqu'ici, c'est que tu m'aimes aussi, ajouta-t-elle. Mais tu as encore une étape à franchir : tu dois m'accorder ta confiance.

Ben laissa échapper un long soupir.

— Grâce à toi, j'ai compris que je devais affronter mon côté obscur... J'ai fait des choses très moches que j'aurais voulu oublier, mais qui font partie de ce que je suis.

— Tu n'es pas le seul...

— Comme tu le sais déjà, j'ai été brûlé. J'ai subi trente-trois interventions chirurgicales et j'ai survécu en dépit des probabilités qui étaient plutôt négatives. Mais la vraie histoire commence plus tard... Malgré ces allers et retours entre la maison et l'hôpital, j'ai réussi à faire mes études de médecine. Je me suis bercé de l'illusion que je pouvais mener une vie normale, malgré les regards et ce que les gens disaient dans mon dos, parfois même sous mon nez. Mais bon, la plupart du temps, je parvenais à me blinder. Au début, c'était un peu dur, mais c'est devenu plus facile avec le temps. Ensuite, j'ai rencontré Nancy. Une gentille fille... Elle n'était pas l'amour de ma vie, pourtant je croyais qu'on pouvait construire quelque chose ensemble. Mais lorsque j'ai ôté ma chemise devant elle, elle a poussé un cri avant de reculer, l'air dégoûté. J'ai compris ce jour-là que tout le monde réagirait toujours de la même façon. C'est ce qui m'a fourni une excuse pour suivre la voie de la facilité.

— Comme de boire ?

— On arrive plus facilement à ignorer son environnement quand on est ivre. Mais cela ne suffisait pas, alors j'ai commencé à prendre des médicaments auxquels j'avais facilement accès en tant que médecin. C'est ainsi que je suis devenu un alcoolique drogué. Ça a duré deux ans, Shanna. J'ai tenu la première année, mais pas la deuxième, et on m'a viré de l'hôpital.

— Mais tu es arrivé à t'en sortir.

— Pas au début. J'ai encore sombré pendant un an. Et, cercle vicieux, plus je coulais, plus j'étais malheureux. J'ai fait en vain deux cures de désintoxication. J'ai été repris dans un hôpital et, de nouveau, on m'a renvoyé. J'ai décidé alors d'abandonner la chirurgie pour devenir généraliste, mais ton grand-père n'a pas voulu de moi.

— Tu m'as dit que le poste suivant te convenait mieux.

— C'était l'hôpital où j'effectuais ma troisième cure de désintoxication. J'ai commencé par y travailler en tant que bénévole, ensuite ils m'ont engagé parce que personne d'autre ne s'était présenté. C'était un vieil établissement qui manquait cruellement de subventions, et c'était ce qui pouvait m'arriver de mieux, parce que j'ai vu la médecine d'un point de vue que je n'aurais jamais eu à Brooks. C'est ce qui m'a permis par la suite de m'établir en Argentine. Malgré tout, la façon dont on a accepté ma candidature était assez lamentable.

— Sauf que tu as pu aller de l'avant, malgré les circonstances.

— Cela ne s'est pas exactement passé ainsi. Avant d'échouer dans cet hôpital, j'étais au bout du rouleau, et je ne voyais aucun moyen de m'en sortir. Je buvais, j'avais besoin de pilules pour effectuer le moindre geste, et ma carrière était au point mort.

— Comment la personne que tu décris a-t-elle fondé Caridad ?

— J'ai tenté de me suicider.

— Oh !

— Le jour où ton grand-père a refusé de m'engager, je suis retourné dans ma chambre d'hôtel. Je lui en voulais, j'en voulais à Nancy, j'en voulais au monde entier. J'ai bu un peu plus, j'ai pris davantage de cachets. Je me sentais... fatigué, vaincu. Plus j'étais mal, plus j'avais recours aux béquilles qui me détruisaient : l'alcool et les médicaments. Un homme mieux armé aurait affronté son destin plus tôt, mais je ne l'étais pas et je me cherchais des excuses.

La gorge serrée, Shanna entrevoyait la fin inévitable.

— Tu as essayé de te tuer.

— J'ai passé des jours et des nuits à planifier mon suicide... Je suis monté en haut d'une montagne, là où j'avais l'habitude de jouer étant gosse. Parvenu au sommet, j'ai songé réellement à en finir avec la vie. Je suis resté là haut deux bonnes heures, à contempler ce qui pouvait être mon destin. Un pas de plus et tous mes problèmes auraient été résolus.

— Qu'est-ce qui t'a arrêté ?

Ben émit un ricanement amer.

— Bizarrement, après avoir tant fait pour me détruire, j'ai soudain compris que je ne voulais pas mourir. J'avais aussi fourni beaucoup d'efforts pour vivre, et j'étais là, sur le point de sauter dans le vide parce que... J'avais des tas de raisons, toutes centrées sur les torts que d'autres m'avaient causés, alors que j'étais le seul responsable. La foudre n'a pas fendu le ciel, je n'ai pas reçu de révélation céleste, pourtant tout est devenu clair : le monde était rempli de gens qui souffraient davantage que moi et qui parvenaient à s'accomplir en dépit de cette souffrance, mais moi, j'avais toujours emprunté la voie la plus facile... J'étais l'incarnation de la faiblesse.

— Ou bien c'est le moment où ta vraie personnalité a décidé de se développer. Nos chemins sont tous différents, Ben. Pour certaines personnes, c'est un jeu d'enfant, mais pour d'autres le cheminement est laborieux.

— C'est ça... Dis-le à mon miroir, parce que chaque fois que je me regarde dans la glace, j'y vois quelqu'un de faible. Ce ne sont pas mes cicatrices qui font de moi un monstre, mais l'homme que je suis. Chaque jour de ma vie, je suis au bord du précipice, regardant encore en bas et me demandant si je vais faire un pas de plus vers l'abîme. Comment puis-je demander à quelqu'un de partager cela avec moi ?

— Mais je sais qui tu es, Ben. Quand tu vois la faiblesse, dans le miroir, moi, je discerne une force incroyable. Venir d'où tu viens et parvenir là où tu es maintenant... Faire des cures de désintoxication, poser ta candidature dans un hôpital, en fonder un en Argentine... C'est ce que je voudrais partager avec toi, si tu me le permettais.

— C'est aussi mon vœu le plus cher, Shanna, mais que se passera-t-il si je rechute ? C'est toujours une possibilité et la plus grande crainte de ma vie.

— Est-ce que tu veux de moi, Ben ?

— Je souhaite plus que tout construire un avenir avec toi.

— Est-ce que tu vois le mariage, dans cet avenir ?

— J'ai voulu t'épouser la première fois que nous nous sommes assis à cette même table. Ce jour-là, j'ai failli prendre les jambes à mon cou.

— Ecoute-moi, Ben... J'ai quitté une voie toute tracée, abandonné une pratique médicale que je connaissais pour me plonger dans un monde inconnu, j'ai tourné le dos à ma famille et je suis tombée amoureuse de l'homme le plus têtu de la planète. Et tu sais quoi ? J'en ai assez de contempler cette montagne, à me demander ce qui va se passer. La vie est courte et nous perdons du temps.

Elle lui tendit la main avant de conclure :

— Je suis avec toi, Ben, mais est-ce que tu es avec moi ?

— Oui, répliqua-t-il en saisissant les doigts tendus.

— Pour le voyage tout entier ? Parce que c'est ça ou rien.

— Je suis prêt.

Ils sortirent de l'auberge main dans la main et Ben ajouta :

— Nous pourrions grimper au sommet. Il nous faudra une heure pour accéder au téléphérique selon la file d'attente, et une autre pour arriver en haut.

— Peut-être même deux ou trois.

— Quatre ! Au moins quatre.

— C'est ce que tu suggères, Ben Robinson ?

— Je connais un *bed and breakfast*, en haut de la rue. Je crois qu'ils ont une chambre qui pourrait facilement passer pour une suite nuptiale.

— C'est ce que tu veux ? Tu en es sûr ? Parce que je n'ai pas encore été demandée en mariage.

Elle s'arrêta pour lui faire face. Le visage de Ben exprimait l'amour et la confiance.

— Veux-tu m'épouser, Ben ?

— Je croyais que tu ne me le demanderais jamais !

Sortant de sa poche deux écrins, il les ouvrit, révélant des alliances en or.

— Selon la coutume, on les porte à la main droite jusqu'au jour du mariage, dit-il. Une fois que le prêtre les a bénies, on les glisse à l'annulaire gauche. Elles ont appartenu à mes grands-parents, c'est pourquoi elles sont un peu usées.

— Elles sont magnifiques, murmura Shanna tandis qu'il enfilait un anneau à son doigt avant de l'embrasser.

Elle en fit autant sous les yeux des badauds installés à une terrasse de café, puis ils échangèrent leurs vœux.

— Je promets de t'aimer et de rester à ton côté pour toujours, Ben Robinson.

— Je promets de t'aimer et de ne jamais t'exclure de ma vie, Shanna Brooks.

Ils s'embrassèrent longuement. Conscients que la scène était peut-être un peu osée pour ce tranquille petit village italien, et qu'ils devaient rejoindre leur *bed and breakfast* au plus vite, ils s'écartèrent l'un de l'autre, salués par les applaudissements des spectateurs. Ben s'inclina tandis que Shanna faisait une petite révérence, après quoi ils gagnèrent leur « suite nuptiale ».

— C'est presque une lune de miel, remarqua Ben.

— Peu importe la main qui porte l'alliance, c'est une vraie lune de miel, dit Shanna.

Une énorme caisse de bois avait miraculeusement fait son apparition à Caridad.

— On l'a livrée ce matin, et mon nom est inscrit dessus, dit Shanna. Je meurs d'envie de l'ouvrir.

Ben se mit à rire. Ils étaient mariés depuis un mois, maintenant, mais dans des moments comme celui-ci, il se demandait pourquoi il n'avait pas épousé Shanna dès leur première rencontre.

— Fais-le.

— Tu ne m'en crois pas capable, c'est ça ?

— Je te crois capable de n'importe quoi, au contraire.

Elle avait défié sa famille qui s'était quand même déplacée en Argentine pour assister au mariage, une cérémonie très simple. Vêtue du traditionnel jupon bleu argentin qu'elle avait enfilé par-dessus sa robe blanche, Shanna avait ôté l'alliance de la main droite de Ben pour la glisser à son annulaire gauche et il en avait fait autant pour elle. Ils avaient dansé le tango une grande partie de la nuit sans les Brooks qui n'étaient pas restés pour les festivités, préférant reprendre l'avion aussitôt après la cérémonie. C'était quand même un début et Shanna envisageait l'avenir avec un certain optimisme. Son grand-père avait précisé qu'il attendait avec impatience l'arrivée de son premier arrière-petit-fils. Il avait aussi financé les travaux de façon que les deux appartements de Ben n'en fassent plus qu'un seul.

— C'est tout juste si je peux bouger cette caisse, Ben. Son transport a dû coûter une fortune.

— En effet, dit-il avec un sourire.

Après avoir ôté quelques clous, Shanna parvint finalement à soulever le couvercle de la caisse. Son cadeau étant protégé par des bulles de mousse et des rembourrages de plastique, elle se déchaîna, arrachant tout ce qui l'empêchait de découvrir ce qu'ils cachaient. Enfin, elle vit ce que c'était.

— Ben, je ...

— Tu restes sans voix, c'est ça ? plaisanta-t-il. Si c'est le cas, je cours chercher une caméra parce que c'est un spectacle que je ne reverrai pas de sitôt.

— Comment tu t'y es pris ?

— Je les ai achetées quand nous étions en Toscane, et une compagnie aérienne s'est chargée du transport.

Elle essuya une larme.

— C'est vraiment à nous ? Où allons-nous...

— C'est notre table, celle qui a été témoin de notre rencontre. J'étais assis sur l'une de ces chaises quand je suis tombé amoureux de toi. Je détestais l'idée que d'autres gens s'assoient autour d'elle, ou qu'elle soit abîmée et, pis encore, détruite.

— Notre table..., répéta-t-elle en se jetant dans les bras de Ben. Merci, mon amour, tu ne sais pas ce que cela signifie pour moi.

— Tu veux me le montrer ?

— Au milieu de la journée ? Tu as des patients à voir.

— Je me suis fait remplacer.

— Et je dois compléter mes dossiers...

— Ils peuvent attendre.

— Qu'est-ce qui t'est arrivé, Ben Robinson ? demanda Shanna, étonnée.

— Toi, dit-il en se penchant pour s'emparer de ses lèvres.